島尾敏雄とミホ
沖縄・九州

[編者]
島尾伸三
志村有弘

鼎書房

目次

◆追慕　島尾敏雄・ミホ

「微かな記憶のなかの島尾さん」――石田忠彦・7
島尾家を断片的に――鹿児島で催された「島尾敏雄展」から――比嘉加津夫・17
スターバト・マーテル――島尾伸三・26
懐かしい義母――潮田登久子・42
最後の思い出――しまおまほ・51

◆沖縄・鹿児島

『島尾敏雄にとっての「鹿児島・沖縄」――「南島」』私論――椬賀七代・63

島尾さんと沖縄――「安里川溯行」を読みながら――岩谷征捷・74
那覇歩き――八重瀬けい・84
普通の人 島尾敏雄――ヤポネシアへ至る一本道――澤田繁晴・94
琉球弧の人々と島尾敏雄をめぐって――おおくぼ系・101
島尾敏雄と鹿児島――吉村弥依子・112
島尾敏雄と鹿児島純心女子短期大学――昭和四十五年三月の講義ノート――安達原達晴・122

◆文学と昔ばなし

島尾敏雄の「長崎」――高橋広満・137
「ちっぽけなアヴァンチュール」の位相――波佐間義之・147
『硝子障子のシルエット』の光と影――阿賀佐圭子・155
島尾敏雄と昔ばなし――宮本瑞夫・164

◆島尾敏雄・ミホの周辺

作家活動と図書館運営――奄美大島における島尾敏雄の場合――早野喜久江・173

ヤポネシアと図書館長──南島における島尾敏雄の一断面──井谷泰彦・185
島尾ミホインパクト──葬送儀礼クライシスと女系社会──岩見幸恵・194
島尾敏雄とミホ、そして「九州文學」の周辺──志村有弘・204
あとがき──志村有弘・218

追慕　島尾敏雄・ミホ

「微かな記憶のなかの島尾さん」

石田忠彦

島尾敏雄さんの言葉の中で、強く感銘を受け、記憶に残っているのは、「小説家などなろうと思ってなれるものではない。かといって、やめようとしてやめられるものでもない。」というつぶやきであった。しかし、これをいつどういう機会に聞いたのか、全く覚えていない。

島尾さんとの交流がそれほど頻繁であったわけではない。直接にお会いして話したのは、おそらく十指に満たなかったのではなかろうか。奇妙な言い方になるが、亡くなられてからの方が親密であったような気がする。それは、ミホ夫人やご子息の伸三さんと登久子さん夫妻、それに島尾作品やその文学資料を通してのことではあるが。

このような思い出であるので、時間軸が抜け落ちていることはお許しいただきたい。

最初にお会いしたのは、九州大学文学部の同窓会で、庄野潤三さんが講演された時であった。その頃、島尾さんについては、特攻ものといわれる小説をいくらか読んでいるだけで、庄野さんの作品の方が好きだった。まだ全集が出ていない頃でもあり、庄野さんの単行本や作品掲載雑誌を買い漁っていた。そのことをご存じだった九州大学の重松泰雄先生が、講演の後の西中州での東洋史学研究室主催の慰労会に誘ってくださり、その二次会の博多駅の裏の都ホテルの喫茶室で、庄野さんに引き合せていただいた。その時島尾さんも同席されていた。

九州大学での講演が終った後で、四人で、島尾さんや庄野さんの学生時代の下宿を、網屋立筋の電停の近くで探し回った。それらしき家屋は、偶然私が学生時代に間借りしていたところの近くだったので、お二人に親近感をもったことを覚えている。

その時は、庄野さんのお話を聞くのが目的だったので、島尾さんとはほとんど言葉を交わさなかった。島尾さんに年齢を聞かれ、四十歳だと答えると、一言、若くないなと言われた。庄野さんとは、作家の経験した事実と小説との関係について話した記憶がある。というのは、庄野さんの小説の中の挿話に、東北地方の知人に貰った自然薯を美味しく食べたことが書いてあるので、私も、小説のとおりに、擂鉢で自然薯と味噌とを擂り、それを麦飯にかけ、焼いた塩鮭で食べたら美味しかったというと、どういう雲行きだったかは記憶にないが、庄野さんは、いきなり憤然とされて、私は事実でないことは小説に書きませんと言われたことを覚えているからである。また、庄野さんは、俳句を作る理由を、短歌は長すぎるからなどと言われた。

その間島尾さんはといえば、その席に東洋史学出身の女性が一人同席されていたが、おそらく二時間ほどの間だっただろう、その女性の手を自分の膝の上に載せて、優しく撫で続けながら話し込んでおられた。そのことを、何十年も経ってから、伸三さんに話したら、一言、親子そろっての女好きと笑って答えられた。

私が公私ともにお世話になった重松泰雄先生は、ご存じの方も多いと思うが、庄野さんと島尾さんの九州帝国大学時代の、東洋史学の教授の重松俊章先生の御子息である。

こういうことが縁になって、島尾さんに、勤務先の活水女子短期大学の日本文学会で講演をしていただくことになった。快く引き受けていただいたが、なかなか講演題を連絡してもらえず、やきもきした記憶がある。そして、当日、講演が始まった。島尾さんは演壇に立たれたのだが、顔を上げられないし、窓の外に眼を移されたりして、なかなか話しだされない。恥ずかしいのだろうかと、ここでもやきもきさせられた。なんとか講演が始まったので、裏方だった私は会場からの出入りが激しく、何を話されたのかよく聞いていない。その時の講演内容は、活水女子大学に録音テープが残っているのではなかろうか。

ただ、なかなか話しだされなかったことを、ある人に後で話したら、「彼がよくやる手で、聴衆を困らせて楽しむ癖がある」という返事が返って来た。しかし、これは誰に話したのかどうしても思い出せない。島尾さんと知り合いの人をそれほど多く知っているはずがないので、奥野健男さんにだったのではないかという気もする。

この講演は、日本近代文学会九州支部の学会と同時に行なわれたので、学会会員の懇親会にもお招きした。その席で、大分出身のSさんが、戦時中に実家の近くの兵舎から、「全員起し」の号令が毎朝聞えて来た。それを、島尾さんにやってもらえまいかとお願いした。島尾さんは「やりましょう」と言われて、立ち上がり大声で号令をかけられ、同席者の拍手喝采を浴びるという一幕もあった。

それから、長崎の街に飲みに出て、ある酒場で、私は、なぜカトリックに入信されたのかを尋ねた。島尾さんは「ああいうところに入っておかないと、私は何をしでかすか分からないから」という意味のことを答えられた。それまで、なんとなく、穏やかな礼儀正しい人柄の作家を想像していたので、意外な印象をもった。

この時のことではなかったような気がするが、やはり酒の席で、私が何かを尋ねたのに対して、「みんな私が悪いのだから」とぽつりと答えられた。その時、私は『死の棘』の「カテイノジジョウ」のことかと理解していた。しかし、最近「新潮」に連載されている、梯久美子さんの文章にある性病のことなどを読むと、島尾さんのいう「私が悪い」の「みんな」は、私達が知らない多様で複雑なものが、まだあるのかもしれない。

これもいつのことだったろうか。つかこうへいが、『死の棘』は喜劇だといっていますねといって、私が『死の棘』を読んでいて、つい吹きだしてしまった箇所を、二か所挙げたのに対しては、肯定的な微笑を返されただけだった。その二か所は、ミホが台所で、家事をしながら、「ドウセヤケクソ　オサケノンデ　クロウワスレテ　ヨッパラオウジャナイイカ」、また「イノチマデモトアゲタモノ　クレタナサケハ、イツワリカ」と歌うところ。それと、同人雑誌の仲間を代表して、浮気相手の女性が見舞いに来ると、ミホとの修羅場になり、ミホがその女性が逃げられないようにパンツを脱がせようとするところ。脚を押えるのを手伝わされたトシオが、「女の両足の上にかぶさるようにしておさえた」時の、次のような感受。「ふれてならぬものにふれるときの快さが伝わるのをどうしてよいかわからぬ。わずかにのこされている支えまでも、崩れてしまいそうなあやしい感覚だ」という感じになるのが可笑しくてたまらなかった。しかし、喜劇を肯定されたとしても、それは「La Divina Commedia（神曲）」か、「La comédie humaine（人間喜劇）」という意味での喜劇であって、私達が使う喜劇ではなかったのではなかろうかと、現在では考えている。ダンテの意味では、むしろ「地獄」で、バルザックの意味では「修羅場」か。

その後私は鹿児島大学に転勤した。ある日、鹿児島純心女子短期大学の三島盛武さんからの電話で、島尾さんが、茅ヶ崎から鹿児島に移られるので、引越手伝いに来て貰えまいかということだった。男子学生数名を連れて、加治木町の引っ越し先に手伝いにいった。差配するのは専ら三島さんで、島尾さんは始終うろうろされていたように覚えている。三島さんほど、島尾さんを公私にわたってお世話された人を私は知らない。

生活用品などがあったのは当然のことだが、大部分は書籍で、なんだか古本屋の片付けに来たようだと、学生と話したりした。お昼のお寿司を囲んでいる時に、私が、雑然と積まれている荷物を見回しながら、「よく引っ越しをされますが、これだけを持って回るのも大変ですね」と挨拶したら、島尾さんは、ミホ夫人とマヤさんとを見るともなく見て、「これらを抱えて廻る方が大変ですよ」と言われた。一瞬、私は言葉を失った。

この頃、島尾さんは、始良ニュータウンに土地を購入されていたかして、そこに家を建てる時は、君たちが来て文学論をたたかわせることのできる部屋を造るからと言われていた。しかしこの計画は実現せず、鹿児島市の吉野町に越され、また、宇宿町に越され、そこが終焉の地となった。

鹿児島純心女子短期大学に勤務されていたこともあって、そこで行なわれた公開講座を聞いたことがある。海軍の四種類の特別攻撃隊の兵器についてであった。この時だったかどうか、敗戦を知りながらも、大分の基地から飛び立って不帰の客となった特攻隊員のことや、敗戦後、炸薬を取り外している時の作業中の爆発事故で亡くなった、高知の特攻隊員のことなどを聞いた記憶がある。その頃からの、いろいろの意味での特攻作戦への島尾さんの拘り方を見ていると、自分は死ぬはずだったのに死ななかった、しかし、死ななくてもよかったのに死んだ人もいた、という事実を深く掘り下げようとされていたような気がする。これは私の言葉だが、島尾さんは、なぜ自分は死ななかったのか、そこに或る「運命の法則」が働いていたのではないか、とすると、それはどういうものか。そのことを掘り下げようとされていたのではなかろうか。無宗教の私には、「運命」というものをカトリックがどのように位置づけるかを知らない。また、神の摂理と運命との違いも分からない。しかし、『魚雷艇学生』などを読むと、私にはやはり「運命の法則」という方が島尾さんにはあてはまるような気がする。主人公が特攻に「志願致シマス」と書いて上官に渡す場面の残酷さ、あの救いのない過酷さはやはり運命ではなかろうか。もしそれが「神の摂理」なら、最終的には救いがあるはずだという気がする。

そして、その日が来てしまう。突然に、三島さんから、島尾さんが脳内出血で倒れたという電話があった。宇宿の新居で書籍の整理をしている時だったと聞いた。すぐ鹿児島市立病院に駆けつけた。すでに頭部の手術が終わって、頭を包帯で巻かれて横たわっておられた。今考えてみて不思議なのは、治療室にもその周辺にも誰も、看護師さえも居なかったことだ。動いているものといえば、心臓の鼓動を伝えるモニター画面の波型の線の動きだけだった。ここから私の記憶は全く跳んでしまう。

次に記憶にあるのは、病院の一階の車の搬送口から、島尾さんの遺体が運び出されていこうとしていた時のことだ。その車の横に、一人の初老の男性が直立不動の姿勢で立ったまま、「隊長殿、私も連れて行ってください」と泣きながら、叫んでおられた情景である。ご家族の意向で、通夜は家族だけで行なうと伝えられていたので、この男性はそれでも車に乗せてくれと懇願されているのかと思った。しかしすぐに私の勘違いに気づいた。この方にとっては、島尾隊長の死は、昭和二十年八月の加計呂麻島の呑の浦の基地での出来事だったのだろう。そこではその時、隊長殿はみんなを連れて行くはずだったのだ。この情景は、今思い出しても、あの方の号泣が聞えてきて、つい涙が流れてしまう。

島尾さんと隊員との関係を表現しようとしても、どの言葉もどの言葉も途端に古びてしまい、手垢にまみれた言葉しか思いつかない。人間と人間との関係の濃密さや一体感というものでは表せない、私などがおそらく一生実感することのできそうにない世界が、そこにはあった。その方は、車が去り、誰もいなくなっても、しばらくその場に立ちつくしておられた。私も、なんだか立ち去りがたく、その方が去られるまで、そこに居残っていた。

純心女子短大で行なわれた告別式で、私は、島尾さんと親しく、「カンナ」を主宰し、島尾さんの夢日記などを掲載されていた渡辺外喜三郎さんに、島尾さんの親族や友人知人のことなどを教えていただいた。後日、いわゆる香典返しとして、ミホ夫人から夫人の編集になる瀟洒な小冊子が送られてきた。そして、すべてが終るはずであった。

しかし、終らなかった。昭和六二年に、福岡市の「西日本新聞」が、島尾敏雄没後一周年の連載記事を企画するということになり、私もそこに、三本の文章を寄稿した。その時手元の一七巻の晶文社の全集を本格的に読み始めたのがきっかけになり、島尾さんの小説が気がかりになり始めた。また、初期の小説の舞台を尋ねて、長崎や神戸に出掛けていくようにもなった。それに、奄美や沖縄の島尾さんの足跡も尋ねるようになった。結果的には、研究論文や試論などを書くことになり、また、講演や講義でも島尾さんの小説をとり上げるようになった。おもなものをあげて見る。「逃げる・とぶ・とどまる」（「敍説」平三）では、初期作品のイメージ分析を行なった。「南島論の文学性」（「活水日文」平三）では、一連の南島論は地誌ないしは郷土史として評価されているが、文学的試論として把握すべきだという点を強調した。歴史に関係するものは、事実が再現する世界だが、南島論は島尾さんの言葉が紡ぎ出す世界だからだ。「特攻三部作の二つの時間」（「国語国文薩摩路」平三）は、小説の時間論である。物語のもつ時間と、作者の執筆時の時間との関係に対する興味は今でも続いている。「鳥瞰する島尾敏雄」（「敍説」平十）は初期作品の小説の舞台探索である。

島尾さんの小説を考える時に、今でも気懸りになっていることがある。それは、いわゆる特攻ものにおいても病妻ものにおいても、主人公が、時間が流れずに停まってしまったと感じることがある。そしてその時は、また、試されていると感じる時でもある。カトリックの神が人に試みるものなのかどうかを、私は知らない。そのために、試みられているという感覚は、私の場合極端に古色蒼然としていて、山中鹿之助が、「願くは我に七難八苦を与え給え」と三日月に祈ったというふうな感覚になってしまう。つまり、神はいなくて、運命に試されているという感覚である。神の摂理かは一往措くとしても、過酷な運命の中で、試されていると感じ、その時、時間が停まってしまうという感受が、島尾さんの小説の本質なのではないか。そしてそこから時間の流れを取り戻そうとする、つまり生命の流れを取り戻そうとするあがきが島尾文学の本質なのではないか。別の言い方をすれば、特攻物と病妻物とは別の小説ではなく、同じ本質をもつ小説ではないか、ということであり、島尾さんの小説をより高所から俯瞰し、より本質的な視点から評価する必要がありはしないか、このようなことが気がかりである。しかし、この点の追求は放棄してしまった。それは一つには、島尾さんのカトリック度が理解できなかったからである。最近では、「カテイノジジョウ」は、島尾さんが自ら呼び寄せた修羅ではなかったかという見方があるようだが、私もこの考えに必ずしも反対ではない。

鹿児島大学と名瀬市との連携のもとに、連続市民講座が行なわれた時は、私は「南島論の文学性」について、その頃の名瀬市役所で話した。ミホ夫人にも聞きにきていただいた。夕方から夜にかけての講座であったので、昼間は、加計呂麻島に渡り、呑の浦で島尾さんの墓参りなどもした。丁度台風が接近していた時で、かなり濡れてしまうことになったので、その夜の講座の時に、ミホ夫人は着替えに島尾さんのカッターシャツをビニールの洗濯袋のまま一着も持ってきていただいたりもした。ただ、背の高い島尾さんのシャツは私には全く合わなかったが。ミホ夫人はこういう心配りの方でもあった。また、マヤさんの告別式に参列できなかったので、その時、浦上のご自宅に霊前に花を供えに行き、島尾さんの残された文学資料について、その処理に関するご意向をうかがってみた。返事は、自分が生きている間はどこにも動かす気はないということであった。その時、座敷に上がると、いきなり大瓶のビールが二本出てきて、有無を言わさずと私は感じたが、栓を抜かれたのには驚かされた。曰く、敏雄は必ずビールを出していましたから。マヤさんを祀った祭壇には、溢れるくらいの思い出の品が並べられていて、そこの空間には島尾さんもマヤさんもまだ存在していた。帰りには、敏雄が好きだったから植えたと言われた数本のパパイヤの庭の木を背景に、門のところで、いくら固辞しても私の姿が見えなくなるまで、見送っていただいた。その黒の喪服姿は今でもはっきり思い出すことができる。

島尾さんの文学資料については、この時は断られたが、そのミホ夫人のご意向とは別に、しかるべきところで、整理・保管すべきだという気持ちが、その後強くなっていった。

ミホ夫人が亡くなられたという知らせを受けた時も、やはり文学資料のことが気がかりでならなかった。その後、私はかごしま近代文学館に、アドヴァイザーとして勤務することになり、島尾さんの文学資料の整理と管理とを本格的に考えるようになった。

現在、文学資料は、奄美・沖縄関係のいわゆる南島ものを除いて、ほぼ全体がかごしま近代文学館に収蔵されている。そのような管理状態になった経過についての詳細は、ここでは触れないでおくが、ご遺族の伸三さんと登久子さん夫妻の配慮、それに鹿児島市のこの資料の重要性に対する理解があっての実現であったことは否定できない。

資料が鹿児島市へ移る前に、伸三さんのご好意で多くの資料が利用できるようになり、かごしま近代文学館で島尾敏雄特別企画展を行なった。そこでは、「死の棘」頃の未公開の日記やその他の貴重な資料を展示することができた。その時、島尾さんの神戸での教師時代の教え子の方々にも来ていただき、島尾さんのエピソードなども聞かせてもらった。そのなかで記憶に残っているのは、島尾さんがミホ夫人との間でとり交わした、もうミホ以外には決して心を動かしませんという、例の誓紙を見ながら、教え子の三人の方は、「あの二人はよくこういうことをしていた」とさらりと話されたのが意外であった。夫が浮気をし、それについて証文をとり交わすなど、確かに時代離れがしてはいるが、それでも非常に重要な誓文として理解していた私は、決して遊び半分でとは言われなかったが、ややそのような語調の話し方に、資料の理解の仕方の難しさのようなものを感じたことを覚えている。

この特別企画展は好評で、多くの島尾愛好者から好意的な評価を得た。ついで、写真で見る島尾敏雄の展示も行なったが、これも好評であった。

現在、幸いなことに、有能なスタッフと鹿児島市の予算上の配慮とを得て、文学資料の整理は、ラベルによる分類とパソコン入力とによるデータベース化の基礎作業が進捗していて、おそらく平成二六年度中には終了するところまできている。

残された作業は、文学資料の「目録」作成と、「死の棘」の頃の損耗の激しい「日記」の復元作業である。より完全な「目録」を作成し、全国の島尾文学の愛好者に利用していただくのが、当面の課題であるが、平成二七年度中の完成をめざしてとり組んでいる。

特別企画展の時に、「日記」を翻刻してくれという要望が多かったが、なにしろ、少年時代から亡くなられるまで、膨大な量にのぼるので、目下検討中である。また、「日記」には、現存されている方について触れている部分もかなりあるので、プライバシイを考慮すると、簡単に公表というわけにもいかず、この翻刻・公表には難しい問題が残されている。

島尾さんは寒がりであった。もちろん季節によるが、よく厚手の外套にソフト帽を被っておられた。鹿児島では暑いでしょうというと、鹿児島は寒いくらいです、私には奄美の方が丁度よかったと答えられた。島尾さんのことを思い出すと、自然とそのソフト姿が目に浮かぶ。それに、黒い喪服姿のミホ夫人。

（いしだただひこ・かごしま近代文学館アドヴァイザー）

島尾家を断片的に——鹿児島で催された「島尾敏雄展」から——

比嘉加津夫

其の一

平成二十四年（二〇一二）に出た『新潮』一月号からみたい。そこには桐野夏生の「島尾敏雄の戦争体験と三・一一の私たち」という講演記録が掲載されている。

桐野夏生は『ＩＮ』で『死の棘』とおぼしき小説に出てくる愛人探しをテーマにした小説を書いていた。おもしろかった。そんな記憶がある。

今回の『新潮』の講演は、平成十三年（二〇一一）一〇月一五日にかごしま近代文学館で催された「島尾敏雄展」企画をもとにして行われたものであった。

講演によると、桐野夏生は奄美大島を訪ね、島尾家にあった「大量の日記」を見ておどろいた。そして次のようにしたためた。

そこで私は、島尾敏雄が残した大量の日記を目撃しました。それはまさに「目撃」という言葉にふさわしいものでした。まず圧倒されたのは、その量です。人の背丈ぐらいまでに積み上げられた大学ノートの山が、三つ四つありました。

これは大変な量だ。ぼくもワクワクした。同時に「本当だろうか」とも思った。人の背丈ぐらいというのも曖昧なら、三つ四つというのも曖昧だったからだ。

こまかな情報はインターネットの「吾輩は名無し」という方からだが、この方、なかなかの人である。島尾敏雄にかなり執心しているし、くわしいのだ。彼は、その分量についても推量してみせた。次のようにである。

人の背ほどの大学ノートが三、四束となると、厚みがJIS規格の八一・四g／㎡と仮定し、「背丈ほど」というのを低めの一五〇㎝と見積もって一束でおよそ二四、〇〇〇ページ、少なめに三束としても総計七二、〇〇〇ページはくだらないわけで。さらに「島尾敏雄日記」の表紙カバー写真より判別できる一枚から類推して、一ページあたり二四行×三〇～四〇字なのがわかる。ページの六割を字で埋めるとして、そこから出た数字を四〇〇字で単純に割ると、原稿用紙にして約九一、〇〇〇枚。これを出版するとしたらどんなもんだろうねえ。

旧全集で発表済みの作品は粗計算して原稿用紙一四、〇〇〇枚に届かないんだぜ。作品集と同じ版組だと全一三〇巻以上になっちまう。

と「名無し」という方はおっしゃっている。「原稿用紙一四、〇〇〇枚に届かないんだぜ」と言われると「ワイルドだぜ」とすぎちゃんなみに返したくなるのはテレビの見すぎか。それにしてもワイルド的規模だと言わなければならない。いずれにせよ、「名無し」という方の推量はおもしろい。島尾は日記を自らの羅針盤だと言った作家である。記憶をたどれば、ミホさんも「いつ、あれほどの作品を書いていたのでしょう」と言っていたことがあった。「病妻物」と言われている一連の作品を指して言ったのであったが、もとをただせば、あの病院でそのような時間はなかったはずなのに、何時、日記をつけていたのだろうということであった。

日常の空白を言葉で埋めるというより、生きている日常を写生しておく、記録しておくということに島尾はことのほか執心した。まるで生きている確証を確保したいという執念であったかのように。

あるいは明治という時代に日本の作家たちは文学を、これまでの荒唐無稽な世界に浸っていた表現方法から抜け出して「写生」、つまり現在を写し取ることこそが文学の本道であると自覚していったように、島尾は自然にその世界に立っていた。記録することがすべての始まりであるとでも言わんばかりに。

日々をひたすら記録していくという匍匐前進が幼いころから身についていたのである。桐野夏生は言う。


そして戦後、よるべないとも言っていい、日々がただ通り抜けていくような恐怖を抱えてしまった彼を現実につなぎとめたのが、あの膨大な日記を綴る作業だったのだと思います。日記という名の錨をおろして、かろうじて日々を生きていくのです。もともと島尾敏雄の実家では日記を書く習慣があったそうです。「考えがシャープになる」という信念のもと、母も妹も日記をつけていたそうです。

なるほど、と思う。とにかく何らかの信念のなせるワザだと思わないわけにはいかない。

其の二

桐野夏生も『死の棘』は、一種の戦争文学であると考えている。隊長さん、島尾が死んだら自分も死ぬと覚悟した村の娘ミホ。ふたりは、出会いからすでに死を意識していた。それは隊長の任務が「死」に向かって突き進むことであったからだ。

しかし終戦は突然やってきて、ふたりは生き延びた。その後ふたりは家庭を持ち、隊長は作家になり、さらに家庭が戦場と化していった。後は、阿鼻地獄の世界である。

死が、一度姿を消したはずなのに、いつの間にか棘となって二人に復讐してかかる。「死の棘」はまことに巧みな題でした。今回あれこれと資料を読み進めるうち、またも震撼し、やはりこれは物凄い傑作である。

桐野夏生は、たえず死を考える日常にも驚嘆し、震撼した。そして、《わたしは『死の棘』を戦後文学の最高峰だと思っています》とも言った。

あ、同じ考えをしている人がいるということは何ともうれしいかぎりである。たしか、高橋源一郎もそう言っていた。そうなのだ。最高峰である。

桐野の追求はおもしろい。二六歳になった島尾が何故あえて特攻を志願したのかというところに着眼したのである。予備学生は志願ではないが、予備学生出身にも特攻志願を許可すると発表されたとき、島尾は何故、あえてそれに志願したのかということである。

たしかに、目には見えないレールがたくみに敷かれていたとしか言いようがない。島尾はそのレールに乗せられてしまったのである。みんながやっているように自分も動いた。しかし、島尾の場合、別のレールも準備されていた。これは特異な体験であった。

それこそがまさに「死の棘」のレールに重なっていく。桐野の講演はそのような考えに連れていった。

其の三

次は『新潮』一月号の発刊から四カ月後に出た『すばる』四月号について。ここでは「トシオの断片《かけら》――今、ふりかえる島尾敏雄」という特集を組んでいる。

これも先の『新潮』同様に、かごしま近代文学館で行われた「島尾敏雄展」のひとつとしての企画『家族でトークショー「敏雄とミホの思い出を徒然なるままに……」』を中心にそえた特集である。

企画について編集者は次のように書いた。


多彩な創作活動を裏付ける膨大な量の遺稿・資料はこれまでミホ夫人によって散逸することなく保管されていたが、夫人の死後、四年に及ぶ整理作業を経て、二〇一一年秋、かごしま近代文学館での特別企画展において公開された。その際に行なわれた島尾家の家族トークショーを誌上載録。また、孫であるしまおまほ氏に展示について所感を語っていただき、さらに島尾敏雄とゆかりのある作家・中沢けい氏に、改めて島尾作品の魅力を論じていただいた。


かがみのページには「Diary of Toshio Shimao」と大書きされた展示コーナーの前で、まほちゃんがケースの中の展示物をじっと見いっている後姿が映し出されている。

何かを深く思っている、というのが伝わってくる。いや、膨大な量の遺稿、資料を残して死去した偉大な祖父と可愛い孫の会話が何となく聞こえてくると言えばいいか。そのような写真である。

このように想像をひろげさせる瞬間を切り取った像はいい。ちなみに撮影者は前康輔氏。ページをめくると、まほちゃんのインタビュー記事が展示された遺稿の写真と平行して掲載されている。

其の四

しまおまほちゃんのインタビューを読んでいると、まほというお孫さんは、何でも受け入れていくすなおさをもったお嬢さんだなとか、あるいは自らをまったく飾り立てしない、おおらかさを身につけているなということを思ったりした。

いや、まほちゃんだけではない。この家族には、そのような一種独特な空気があるという感じがする。そのような空気のなかで成長した個性なのであろう。のびのびしているのである。どのような空気かというと、みんなが自分の家庭で起きたことなのにそれを完全に客体視しているということ、自らも他者として見ることに慣れているという空気である。撮影者と被写体がどこかでひとつに重なっている、そんな家族におもえる。

同人誌の仲間と喧嘩したことがわかる手紙がありましたね。富士正晴さんとのやりとりとか。一応手紙では冷静を装っているんだけど、日記の記述を見ると、実は秘めたる嫉妬心や恐怖感や焦りがあったりして、面白かったですね。

と祖父島尾敏雄を客観的に見ている。おそらく、ここで言われている喧嘩？　は島尾敏雄が神戸を離れる前後の、同人誌『ＶＩＫＩＮＧ』から脱退するころのことだろうと思われる。

通常はあまり言いたくない祖父の性格の一面を「面白い」と感じるのである。いや、感じることが出来るのであると言うべきか。

人は誰でも二面性をもっている。これは当たりまえの事である。しかし身内の事を語る場合、人はたまたま言わないでもいいことは言わないでおこうという方向に行きがちである。しかし、この家族は違う。そこがあざやかに映るのである。

編集者が「ミホさんが、敏雄さんの原稿を清書していたのですよね」と聞くと次のようにこたえる。

添削というか、日記の内容も検閲していたようですね。だから祖父は祖母に見せない日記もつけていて。二重に日記をつけるなんて、よくやるなと思います。そこまで書き残したい、書かないといけないという気持ちがあるのがすごい。でもその裏日記も結局見つかっちゃうんですよ。祖母は「燃やして捨ててしまった」とずっと言っていたらしいんですけど、やっぱり捨てられなかったんでしょうね、後になってほとんど燃えて崩れた日記が見つかって。触ると完全に崩れちゃうので、開けることもできませんでした。

これなどは「ああ、そうであったのか」と思わせる箇所である。いったんは火をつけて燃やしたものの、その火を消してそのまま大事にミホさんなりの方法で保管していたのだ。すべてあるものは失いたくない、自分の管理下で保持していたいという意識が十分に働いていたということなのか。

《敏雄展なのに、祖母の存在を強烈に感じました。》

《二人のことを知れば知るほど、「ミホありき」という感じがします。》

ぼくはその部分を読みながら、鹿児島での「島尾敏雄展」を見逃してしまったことを、おおいに後悔した。

其の五

次の「家族でトークショー」もおもしろい。「家族でトークしよう」というダジャレが、つい飛び出てしまうような、やはりこの家族は、ぼくなどの家族とは違って「おもしろい」と、またまた思わせてしまう箇所である。

父親の伸二さんが会場で、おそらく大きな拍手をもらって迎えられたあと、

「きょうはお日柄もよく」

と言いかけるのだが、いきなり娘のまほちゃんが、

「雨降っていたよ」

と笑いを誘う。それを受けて伸二さんが、

「あ、そう、堅苦しい話がどうもできませんで、申し訳ありません。じゃあまずは自己紹介から」

と突っこみをはずして、少々あせりながら軌道に乗せていく。

このような軽いトーンでトークがなされていくのである。島尾敏雄、島尾ミホというイメージが重くて暗いため、観衆はいくらかの緊張感を持っていたはずなのだが、その掛け合いの軽さで身にまとっていた鎧は完全にはずされてしまったであろう。

それに拍車をかけたのが伸三さんの自己紹介である。

「敏雄とミホの長男の島尾伸三です。私は馬鹿息子の典型みたいなもので、高校は落第するわ、大学はどこを受けても入れてくれないわ、会社は入って二年もしないうちにさっさと辞めてしまうわで、ずっとブータローをやっていたら、気がつくと六十三になっておりました。ニート歴四十年という不出来でございますが」

と続ける。

ぼくなどは自己紹介で「沖縄大学を中退」などと書いたりすると、妻は「書かないでもいいことまで書いて」と憤懣をあらわにする。ぼくもその気になったりするのである。

しかし、この家族には重たいものは捨ててしまったほうがいいというのびやかさがあるように思えるのだ。ここがうらやましい。それでいながら娘まほちゃんを生活の中心に添えようという雰囲気がある。

あの『死の棘』の世界に引きずり込まれた伸三さんには蓮《はす》の花の輝きというか、ゆったり感があるが、それはどうして身につけたものだろうかと思わず感じてしまうのである。

（ひがかつお・「脈」発行所主宰）

スタート・マーテル

島尾伸三

嘘の手紙

奄美大島は自然も人も家並みもまるで別の宇宙でした。話されている言葉もまるでわかりません。「ふつだぐ／よもぎ団子」「かしゃむち／かしわ餅」「みにゃ／貝」「いゅんかまち／魚の頭」「うわーむん／ブタ料理」など食べ物の様子も違います。外には虫やヘビやトカゲなどの小動物が沢山いて、家の中ではノミ、シラミ、ハエ、ゴキブリ、ヤモリやネズミと一緒に暮らす生活です。ヤギ、黒いウシ、荷物を運ぶウマ、黒や白のブタがいるブタ小屋が空き地やどこの山裾にもあって、子どももおとなも日に焼けた褐色の肌に裸足です。山では鳥たちが昼夜を問わず四六時中交代で歌を唄い、開け放たれた家の中を夜も昼も虫が飛び回ります。暇を見つけては柱の中をギリッギリッという音を立てて虫が齧っています。こんな暮らしも開放的で気持ちの良いものです。おかげで妹（マヤ）と私は虫さされや水が合わないとかで、手足におできがいっぱい出来てかさぶたになり、それは数年以上続きました。

マヤ（麻耶）と私は、母（島尾ミホ）の親戚の和《かず》ちゃん（林和子）という二十歳前後のおとなしくて美人でやさしいおねえさんに預けられ、奄美大島の林さんの家で気ままな毎日を楽しんでいました。マヤと私の子ども時代の黄金時代は和ちゃんと過ごした池袋と奄美での二年弱です。

和ちゃんのおとうさんは林恒敬《こうけい》、おかあさんはハルという名前でした。妹と私にはおじいさんとおばあさんに見えていましたが、二十歳前後の四人の子どもたちに囲まれてくらしていたのですから、二人は五十歳になっていなかったのではないでしょうか。広い庭の道路に面した一帯には花やブドウ棚、パイナップルなどが植わり、家の後ろの方では野菜を作り、ニワトリをたくさん飼っていました。

学校の先生や上海で働いていたりしたという恒敬おじいさんは畑仕事や大工仕事が得意で、ぼくはそれを眺めながら何でも出来るおじいさんに感服していました。彼は家族とのんきな田園生活を町中で実践していたことになります。両親が奄美へ来るまでは林さん家族に可愛がられて、孫のような扱いを受けて妹と私にも自由いっぱいの天国でした。

国府台病院に入院している父と母へ手紙を書くようにと和ちゃんのおとうさんが鉛筆と紙を用意してくれたので、廊下の端に用意された勉強机代わりのリンゴ箱の机で私は手紙を、麻耶は和ちゃんに教わって絵を描きました。

向いの家の庭で殺された長さ二メートルのハブを前にマヤと私が並んで座って撮った記念写真を、和ちゃんの二番目のおにいさんの明治大学に在学中だったタカちゃん（林恒孝《はやしつねたか》）が手紙に添えたので、母の里心を掻き立ててしまったのかもしれません。長々とした近況報告のような手紙に、うかつにも「おとうさんとおかあさんにはやくあいたいです」というような嘘の気持を書いてしまったような気がします。

仮退院

子どもたちからの手紙を手にした母は、もう奄美へ帰りたい気持ちを抑えきれなくなったと話していました。クリスマスとお正月を故郷で過ごすという仮退院だとかの口実で、十一月ごろ船で奄美へやってきました。林さん一家は広い庭に二軒目の家を建ててそこへ移動して、これまで林さん一家の六人が住んでいた家に、父と母と子どもたちの四人で暮らすことになりました。母は二度と病院へ帰る気はありませんでしたから、私はとてもがっかりし、マヤは一緒に寝起きするのを嫌がり年が明けても和ちゃんの家で寝起きしていました。父がイヌ嫌いだというので、それまで縁側の下にいていつでも一緒だったイヌのジョンは、林さんの方の庭にタカちゃんが犬小屋を造り移されました。

嘘でも手紙にあんな御機嫌取りを書かなければよかったと、悔やんだものです。彼らが到着した日に、庭で記念写真を撮りましたが、一枚目は全員が苦虫を噛み潰したような不機嫌な顔だったので、タカちゃんが笑顔を強要して撮り直し、ようやく笑顔の一枚が出来ました。

はがきくらいの大きさに出来上がった二枚の写真を見て、無理矢理笑っている写真の方をこれは嘘だと思って細かく破いて捨てました。最近、和ちゃんのアルバムを見たら、渋い顔の写真と並んで破いた写真をきれいにつないで貼ってありました。どうして和ちゃんのアルバムに私が破いた写真が継ぎ接ぎされ残っているのが不思議です。

大火事

父と母が名瀬に来た最初の日曜日、商店街と向かい合った場所にあった木造のカトリック聖心《みこころ》教会へ林さん一家とミサに向かいました。その日のミサはジェローム神父で、ミサが終わると神父は聖堂の玄関先で信者に声をかけるのですが、林さんがジェローム神父へ両親を紹介すると、「どこの教会所属ですか」というようなことを言いました。父がカトリックのミサは初めてだと答えると、落ち着いていたので、てっきり信者だと思ったなどと神父は話していました。清々しいまでに晴れた日曜日でした。

この一九五〇年代から六〇年代まで、奄美大島は家族の結束が固く、ヤーニンジョ（家族全員）でミサにあずかるのが当然といった感じでした。母もどんなこともヤーニンジョで行動するのが当たり前だと思っていました。

「家族が人殺しをしたら、どうする」と食事の時に母が言い始めました。父とマヤは警察へ通報し自首を勧めるという意見です。母はどこまでも隠し通し、どうにもならなくなったら逃がすと言います。奄美でなら逃げ果せるとも思えましたが、私はいい加減な返事をしていたと思います。「ヤマトッチュ（本土の人）なら自首させて、シマンチュ（奄美人）なら逃がす」とです。

父と母がシマへ来た直後に二度目の名瀬の大火がありました。一度目の大火は彼らがシマへやって来る直前の一九五五年（昭和三十年）十月十四日。二度目は二ヵ月後の十二月三日の深夜に火の手があがり、空を真っ赤に焦がしました。聖心教会聖堂と司祭館が焼け落ちました。父は和ちゃんの一番上のおにいさんのツネちゃん（林恒良《はやしつねよし》）と火事場へ行きました。恒敬おじいさんは親戚の家が心配だと言って出かけました。火事の炎が空を赤くしているので怖がったマヤは林ハル（和ちゃんの母）おばあさんにくっついたままでした。母とタカちゃんは、自分たちの家の屋根に水をかけながら飛び火で延焼するのではないかと心配し合っていました。

ツネちゃんの火事場の感想は、「ブルトーザーで燃えていない家を壊していたッチョ！」と、ブルトーザーの威力に驚いたことを繰り返すだけです。

炎に包まれた教会を背にジェローム神父は父に「またやり直しましょう」と、落ち着いていたそうです。鐘楼が焼け落ち鐘が地面に落ちて一声泣いたそうです。父は燃える聖堂の写真を撮り、役立ててもらうために新聞社やカトリック関係者へ配りました。写真機を持ち歩く人がとても少なかったのです。この大火事で焼け出された六反田さん夫婦が夜中に玄関先で夜明かしさせてくれと頼んだのに、母が追い出してしまい、父と母は最初の友達を失いました。

大火事の後の神父や修道士たちの被災者への奉仕の様を見て、無神論に近い考えだった父は気持ちを動かされたようです。二度の大火で名瀬の市街地の半分が灰になったそうです。特に繁華街は壊滅に近かったのではないでしょうか。大火事なのに休校だとは思いつかず、一度目の大火のときのように私はまたもやランドセルを背負って誰もいない奄美小学校の校庭でしばらくぼんやりしていました。

聖母の騎士、ドンボスコ社などという出版社の本を取り寄せ父は「カトリック全書」などを読むようになりました。

親戚の歓迎会

誰もが母を「ミホちゃん」「ミホねえさん」と呼んでとても大切にしますが、父に対しては冷たく接していました。林さんの家での夕方から始まった父と母の歓迎会に、小学一年生の私は恒敬おじいさんと並んで上座に置かれましたが、主賓であるはずの父は玄関の上がりがまちに追いやられていました。和《にぎ》先生という、親戚の中でも格式の高い家の歓迎会でも同じことでした。それは、父が、シマのみんなが大事にしていた母を苛めて病気にした悪いヤマトッチュ（日本人）だったからです。

後に和先生に奄美の歴史などを習いに出かける様になり父と和先生は懇意になります。和先生の三人の男の子は大学生になる年頃で、父との長い付き合いが始まりました。

郡山為成《こおりやまためなり》おじさんは龍郷村会議員をしている口ひげをはやした細身の人で、子どもが何人もいるカトリック一家のおと

小湊で旧正月の準備中の家で。中央の白いドレスはミホ。
（撮影は島尾敏雄。1956 年 2 月頃）

うさんです。戦争中はカトリック弾圧をする憲兵や警察官や役人と命がけの交渉をしてきたそうですが、そんな影がまるで感じられないほどに明るくお喋りで、母を「ミホ子」といって可愛がります。為成おじさんが一家を引き連れて龍郷村・瀬留《セルベ》からやって来て、聖心教会の隣にあった郡山《こおりやま》医院で歓迎会を開きました。

為成おじさんのお兄さんで温厚でやさしい恿《たけし》フッシュ（おじいさん）が父にこう質問したことでも、親戚一同がいかに不信感を持って迎えていたかが、小学一年生の私にも判りました。病院の無い村を巡って無料巡回診療をしていた郡山勇《こおりやまたけし》おじいさんは、正直な気持ちから、

「いつまでシマにおるんですか？」

「島尾さん、フグリ（金玉）やヤマン（痛く無い）ですか？」

「おとうさんはお元気ですか？」

「アヴェ（おやっ）、手紙も出さないのに、どうして元気だと判るのですか？」

……などと、です。明るくて気楽なシマッチュ（奄美人）の気質そのものですが、よそ者の無礼にはいつまでも厳しいものでした。終生独身だった郡山医者は着物姿でいることが多く西郷隆盛に似ていて、子どもたちには尊敬と親しみもあってフッシュー（おじいちゃん）と呼ばれていました。

そんな中でも、林さん一族は父をかばっていました。

お正月には奄美小学校の後ろに住んでいた井原校長先生の家にも年始に行き、夜遅くまでご馳走になりました。井原先生は父と話しが出来ると大喜びでしたが、数年後に奄美小学校から他校へ移動になりました。

再び家族が一緒に暮らし始めて一年間ぐらいは、親戚が大勢集まって歓迎会を開くことがよくありました。母を励まそうというのか、小湊《クミ》という山の向こうにある村から郵便局の仕事で名瀬にやって来る事の多かった陽気な隣重俊《となりしげとし》

おじさんは、母と同い年で、名瀬本局への出張の度に林さんの家を宿にしていました。母と和ちゃんの兄弟を交えて宴会をしては大騒ぎをしていました。きっと沈んだ母を元気付けようとしていたのかも知れません。

空襲警報か、警戒警報か、サイレンの鳴りゅーりヨー

と、シマ歌の変え歌を車座になって唄い終わると、その中の誰かを背負って「ウレ、ウレ、ウレ」とかけ声を掛けられながら、逃げ遅れた人を防空壕へ連れて行く真似をして「ハケ、ハケ、ハケ」などと叫びながら座敷を一周するのです。お互いに背負ったり背負われたりを繰り返して、いつまでも笑い転げるだけなのですが、母は楽しそうでした。母を含め彼らは子どもの頃から兄弟のように仲が良かったのかもしれません。

こんな具合に母の親戚が夜な夜なお酒を持って歓迎をかね親交を深めようというのか、深夜に突然、「ミホねーさん、キョータドー（来ましたよー）」などと大声で叫びながら何人かでやって来たりしていたのですが、数年もしないうちに無くなりました。父と母が、酔っぱらいの無礼に寛容でなかったからです。それにも増して父が宴会を嫌っていました。

林さんの家で何度目かの宴会をした時、5歳くらいだったマヤにはまだ幸福な気持ちが残っていたので、みんなの前で唄ったり踊ったりしていたのですが、面白がった母がお客さんの前でいつまでもやらせたので、声が枯れ、熱を出して踊りながら倒れてしまいました。マヤはそれっきり、二度と宴会で唄ったり踊ったりしなくなりました。

名瀬《ナジェ》は奄美群島の政治経済の中心で、日刊紙が二紙もあり（現在も）、週刊誌らしきものや月刊誌も無い訳ではありませんでした。新聞記者、学校の先生、詩人、画家などが文人仲間が増えたと、父を歓迎しているようでした。

外交手段

母の最大の味方は林さん一家でした。ミホの両親はすでに他界していたからです。父も林さん一家に変わることな

く守られ続けました。

林さんの家系は第二次世界大戦中の奄美大島での激しい迫害にもカトリックを守り通して来たらしく、当たり前のようにマヤと私にも洗礼を受ける準備をさせていました。母は鹿児島のザビエル教会で幼児洗礼を受けたそうです。父と私は一緒に一年間の洗礼の準備をして、一九五六年（昭和三十一年）十二月のクリスマス・ミサの時に洗礼を受けました。洗礼を受ける数日前だったと憶えているのですが、神様などいないと思っていた私は父に質問しました。

「どうして洗礼を受けるの？」

「外交だよ」という答えでした。私はそれを聞いて安心しました。私もそうだったからです。ああ、父はまだ狂ってはいないんだとも胸を撫で下ろしました。

父の代父は林恒敬で洗礼名はペトロ、私の代父は林恒敬の長男のツネちゃんで洗礼名は父とルカ神父の薦めもあってマルコでした。倉庫と車庫を兼ねた簡単な細長い小屋が仮の教会になっていて、そこでクリスマスミサも行われ、司祭はジェローム神父、助祭はルカ神父でした。

マヤは翌年に洗礼を受け、代母は林ハルで自分で決めたマリアという洗礼名でした。母の洗礼名もマリアです。

最初に憶えたシマ歌

親類縁者から冷たい眼で見られる夫をなんとかしようと、母が考えた作戦は彼にシマ歌を唄わせることでした。それも、同情心を掻き立てる様な歌です。母の調教で父が最初に憶えたのは、こんな歌詞でした。

ワヌや　くぬシマに　ゆいすら（私は　このシマに／ゆいすらはかけ声）

ウヤハルジ（親類縁者）　うらぬ（いません）　ゆいすら

ワン　カナシャ　シュンチュドゥ（私を　思ってくれる人こそ）
ワヌ　ウヤハルジ（私の親族）　すらゆい　すーらゆい

シマの言葉の発音が不正確でシマ歌になっていませんでしたが、居合わせた親戚は誰もが、

「え〜、ウガシじゃや〜（そのとおりだねえ）」

「きむちゃげさー（お可哀想に）」などとため息をつくと、いとも簡単に父に優しく接する様になりました。母の作戦は大成功で、彼は初めての席ではこの歌を唄うようになりました。

親戚取材

家族揃って最初の遠出はバスで一時間程かけた終点の小湊という海岸線を目の前に抱えた村でした。そこにはシゲトシおじさんの一族が、鬱蒼とガジュマルの繁る広い屋敷の三軒の家に住んでいて、父はこの一族と村の様子を記録していました。蘇鉄が群生している蘇鉄畑や墓地にも行きました。この時の記録が『名瀬だより』という本になったのではないでしょうか。

母の押角のおかあさん・大平吉鶴《おおひらきちづる》の姉妹・長田《おさだ》ウメさんは料理の上手な人でした。正月や冠婚葬祭があると六畳くらいの畳いっぱいに皿やら鍋に料理の材料を入れて列べ、その先の土間で調理をします。ウメあんま（おばあさん）が料理を準備しながら説明する野菜や魚の名前や料理の名前や調理法を、父は夢中になってメモをとるのです。ウメあんまのお年玉が一番多くて、両親がいない正月もマヤと二人だけで遊びに行き、たくさんご馳走を食べて多すぎるお年玉をもらいました。ウメあんまが死ぬまでこれは続き、その二人のおじょうさんのスガちゃんもカツコさんも同じ様に多すぎるお年玉を振る舞ってくれました。あの頃の親戚のことを思い出すと、どうしてあんなに優しくしてくれ

たのか不思議です。

「ハケ、マヤちゃーん」などと、マヤと私を見て涙するおばあさんやおばさんたちには閉口しました。

母の親戚の糸をたぐりながら奄美のことに造形を深めた父は、郷土研究会を主催するようになっていたようです。

大量の荷物の行方

彼らは仮退院で奄美へやって来てたので、着の身着のままの手ぶら同然でした。神戸から貨車を借り切って小岩へ運んだリンゴを入れる木箱に詰められた家財道具や本が、開けられること無く東京都江戸川区小岩から千葉県佐倉へ、そして東京都武蔵野市武蔵境に住んでいた母の親戚にあたる太丈夫《ふとりますら》さんの家に預けられていました。

ですから、林さんが使っていた台所用品や生活用具を借りて仮住まいが始まりました。ツネちゃんがアメリカ軍が残していった鉄製の組み立てベッドを父のためにどこからともなく見つけてきました。一年程して奄美に居座る覚悟を決めた母は、太さんの家に預けたままの荷物を引き取ることにしました。母は必要な箱だけを少しずつ送ってもらい始めました。それは私が小学二年生の頃から始まり、最後の荷物の処分まで十年以上もかかっていました。

時々船便で到着するリンゴ箱の中には、神戸のお爺ちゃんが使っていた茶色の皮で龍の浮き出しのある大きなトランクが二個、黒い鼻緒の桐の下駄、白い運動靴、銀食器、ディナーセット、カンカン帽子二個、パナマ帽四個、カーキ色の兵隊の作業帽、海軍の士官帽、絨毯二枚、和箪笥《たんす》、洋箪笥、大理石に埋め込まれた置き時計、腕時計、縦縞の背広、無数のネクタイ、父の革靴、祖母の着物や帯、祖母の嫁入り道具のシンガーミシン、鏡台、和箪笥《たんす》、洋箪笥、組み立て式の文庫本を入れる本箱などでした。

子どもの荷物は遂に送られて来ることはなく、家を占領している大量の荷物の取扱に根をあげた太りさんが、庭に小屋を建て、荷物の詰まったリンゴ箱を収める様になりました。小岩から佐倉の引越の時にあれほど頑張っておとなたちを説得したりこっそり紛れ込ませておいた子どもの荷物は、一九六八年（昭和四十三年）頃になって小屋を開けると、子どものおもちゃや節句人形は手の施しようが無いくらいに崩れていましたので、廃棄処分となりました。私の手元に残ったのは組み立て自動車の空き箱だけでした。小屋の中の様子に太さんのおばさんはしきりに恐縮していました。

禁止事項一部解除

一九五八年（昭和三十三年）、私が小学三年生になるまで、母は父に対して、映画、新聞ラジオ、酒、たばこ、無断外出、夜間外出など禁止事項をたくさん作ってありました。使わないラジオなら分解しても叱られないと思って、神戸から持ち歩いていた木箱のラジオを分解して遊んで壊してしまいました。母の持ち物だったトランプも遊び方を知らないまま模様を眺めては散らかしていたので、いつの間にかゴミになって捨てられていました。郵便局へ行くにも父は母の許可が必要でした。

二人揃って映画を見に行った辺りから、父に町中の本屋さんへ行くことが許され、新聞が解禁になり、雑誌も家の中で見かけるようになりました。収入の半分が新聞雑誌などにつぎ込まれる様になるまで数年もかかりませんでした。

この頃の奄美大島は地理上の理由だけでなく、あらゆる世界からも絶海の孤島だったといっても大袈裟ではないと思います。東京からの手紙は郵便局員の認識不足もあって那覇局経由の消印が押されていたりしていました。ラジオは沖縄から発信されているアメリカのニュースや流行歌を流すボイス・オブ・アメリカ（VoiceofAmerica/VOA）しかまともに聞けませんでした。東京の出版社との電話は先ず電報で通話時間を決めてから、ヤーニンジョ《家族全員》で出かけ、図書館の受話器の前で待つのです。ベルが鳴ると母が先ず受け取って愛想の良いことを言いますが、それは通話先の人を品定めするためです。

台風が吹くと船は一週間も二週間も避難していますから、新聞や雑誌が一月近くたまってドサッと束になって届けられることも度々でした。父はそれら全部に目を通し、ハサミを片手に切り抜きをスクラップブックに貼っていくのです。母は無駄なことをしていると感じていたらしく、それを嫌っていました。庭へ投げ捨てたこともありましたが、私はそれを拾い集め元に戻しておきました。

周期的に母の様子がおかしくなるので、そんな時は商店街の裏にあった親戚の窪田医院へ行きました。おっとりとした窪田先生と奥さんで大平吉鶴の妹の八重おばさんを交えて食事をすると、母は気持ちが静まるからです。

私が奄美小学校二年生の遠足に、父と母と妹が付いてきました。担任の福山先生は喜んでいました。母の気分を明るくするために父が思いついたに違いありません。砂浜で母は子どもたちと遊びました。子どもの遠足に付いて来る親はいませんでしたから、私は少し戸惑いました。母は幾つに成っても海岸で遊ぶのが好きでした。

一〇〇ワット電球

林さん一家が空け渡してくれた木造平屋瓦葺きの家には竈の焚き口が二つある土間、四畳半ほどの座敷がついた台所、アメリカ軍の機銃掃射で空けられた穴がいくつもある玄関、庭に面した八畳、両親が寝室にした六畳、玄関からの四畳半という間仕切りでしたが、電気製品といえば１００ワットの電球が父の座卓の真上に一個あるだけでした。他に照明の無い暗闇では明るすぎるこの電球だって、周囲の家のどこにも無い贅沢なものでした。友達の家では、トイレに下げておくような一〇ワットや二〇ワットくらいの電球が配線の先にむき出しのまま卓袱台《ちゃぶだい》の真上に下がっているくらいです。発電容量が少ないので一家に一灯で電気メータが無いので電気料金は一ヵ月定額でした。停電はしょっちゅうで、石油ランプは必需品でした。ランプのホヤの手入れは子どもの仕事でした。子どもの頃のマヤは家の手伝いはほとんどしませんでした。遊びに出たきりなるべく家に寄り付かないようにしているかのようでした。

親子ラジオという親局から細い電線で各戸の小さな木箱の子機に繋がっている有線ラジオが、一九六五年（昭和四十年）辺りまで健在でした。確かめた訳ではありませんが、現在も営業しているようです。そこからは毎日シマ唄が流れ、入船出船の案内が放送されていました。でも父も母も親子ラジオへは無関心で、ついに親子ラジオは家に入って来ませんでした。むしろ親子ラジオの電線が庭をかすめて張られていると、小さな木造一軒家のラジオ局に抗議していたくらいです。

大島実業高校と大島高校と文化会館

やがて父は大島実業高校と大島高校で国語や歴史を教える様になり、どちらの高校にもアメリカ軍の爆撃機から投下された大きな爆弾が不発のまま放置されていた時代です。数学の川畑先生や習字の中川先生など誠実な教職員と知り合いになったことを喜んでいました。川畑先生の奥さんは母と奇麗なヒギャ・クトゥバ（奄美大島南部の言葉）でお喋りをしている時、母はとても自然で落ち着いていました。

一九五八年（昭和三十三年）辺りから父は年賀状を書く気になったのか、神戸から持ち歩いていた朱色に貝殻で小さく船頭さんの形がはめられている硯箱を開いていました。原稿は万年筆、手紙は墨で書かなければならないと思っている時期が一九五九年（昭和三十四年）あたりまで続いていたはずです。

数年後に父は日米文化会館（後の鹿児島県立図書館奄美分館）に勤めが決まりました。名瀬市にある唯一の大ホールが併設されている施設で、市民は「文化会館」と呼んでいました。風呂敷に本やノートを包んで職場を父が行き来するようになると、父も母も少しは平和でいられるようになったかのようでしたが、そうは巧く行かないのが彼らの関係でした。おませな教え子から手紙やハンカチを送られることもあったのですが、母はそれを見つけ出すのがうまくて、父は記録に残して置きたかったのでしょうが、散々罵られた父が提出したそれを竈に焼《く》べるのは私の役でした。

パパイア

母は道路に面した庭を掘り起こし畑に変え、野菜を作り始めました。学校から帰ると畑仕事を手伝わなければならない私は、食事の準備や掃除等もあって、家に帰ってからは遊べなくなりました。初めて鍬を持った小学三年生のある日、持ち方がおかしいとか耕し方が逆等と散々罵られ、その日のうちに両手は豆だらけになりましたが、やがて慣れました。畑からはアメリカ軍の戦闘機から発射された機銃掃射の不発弾が何発も出て来ました。

畑仕事を手伝う小学生はいましたが、四年生で肥え汲みを出来るのは大山君と私だけでした。名瀬中学校の農業実習でもそれは変わりませんでした。名瀬では親の農業を手伝う子どもは少なくなっていたのです。台所からの排水路の脇にバナナの木を育てましたが、うまく実をつけさせることができませんでした。排水が巧く行かないので実をつけても大きくなれなかったのだと思います。後にこの畑は父が好きなパパイアが毎日食べられるようにとパパイアが八十本ほど林立するパパイヤ畑になりました。

学生時代にフィリピンを旅行しておいしいパパイアを食べたとかで、父は懐かしがって良く食べました。たくさんの完熟パパイアが年中獲れましたが、母も子どもたちも口にしようとはしませんでした。この頃、熟れたパパイアを果物として食べる習慣は奄美にはありませんでした。パパイア漬けも私が中学生になる頃に普及したぐらいです。パパイアの実はニギャグリ（苦瓜／ゴーヤ）同様食べ物だとは思われていなかったと思います。

七夕

シマでの生活が始まって数年もすると、母は大きな竹をツネちゃんに山から切り出して来てもらい、七夕飾りをする様になりましたが、夫や子どもが手伝わないといってはその度に極度に不機嫌になるので家族は七夕が嫌いでした。七夕飾りの短冊にはお願いごとや和歌を書くのですが、その墨を擦る水は七夕当日の草の葉の朝露を集めるのです。どうやら母を育てた大平文一郎おじいさんは風流好みだったようで、母もそれを楽しみたかったのでしょう。しかし、家族にとって母のイライラは不愉快な七夕にしか過ぎませんでした。

ヤーニンジョというのが奄美人の行動規範です。ところが父には家族が協力しあうという気持ちが育っていません。妹のマヤは両親から離れていたいし、母のヤーニンジョで七夕を遊ぶという夢は困難だったのです。

マヤは父と母と一緒に暮らす様になっても、自分を守ってくれるのは和ちゃんの家族だと思っていたらしく、林恒敬の名前と住所が書かれてた迷子札を肌身離さず持ち歩いていました。それを見つけた母にさんざん笑われたあげく、マヤが小学二年生の頃だったと思いますが、私が薪で御飯を炊いている時に竈に焼べられてしまいました。シマへ来て数年もしないうちに、マヤは父や私よりも上手にシマユムタ（奄美語）を喋れるようになっていました。こうやって家族は徐々にシマの生活に溶け込んでいきました。

虚ろな記憶

ぼくのおとうさんは島尾敏雄、おかあさんは島尾ミホ、妹は島尾摩耶ということになっていて、それは多分そうなのかもしれません。彼らの第一子として育てられたのですが、彼らとの暮らしは二人が他界するまで決して楽しい年月ではありませんでした。いいえ、むしろ不愉快なことが多くて、恨みがましさを栄養分として育ってしまったのか、六十六歳になっても落ち着きの無いままです。いったい彼らが家族の幸せを見せかけだけのものとしか理解していなかったのは、何が原因だったのでしょうか。

おとうさんの小説もおかあさんの書いたものも読んだことがないので、子どもの頃の虚ろな記憶しか書けませんでした。折角の文字にする機会なので両親への感謝の気持ち等も必要なのでしょうが、言葉が見つかりません。不肖とはぼくのことだと思います。この作文は豪徳寺の家で数日かけて書き上げました。その後で登久子さんと連れ立って奄美大島に母が建てた家に帰り八月踊りに参加し、加計呂麻島の墓参などして、十日間の奄美帰省を終え帰宅。この作文の仕上げに掛かりました。くたびれたので、ここいらで字を綴るのを止めます。乱雑ですみません。

（しまおしんぞう・写真家）

第3種郵便物認可

敏雄とミホが残したもの

寄稿　島尾　伸三（写真家）

父・島尾敏雄と母・ミホの残した膨大なゴミとも宝物ともつかぬ、本、文房具、衣類、食器、思い出のお土産、写真や手紙などの後片付けに約3年半かかりました。それらは奄美市名瀬浦上町の母が住んでいた2階屋にぎっしりと詰め込まれていて、私のスタッフ4、5人掛かりでまるで発掘をするようにして、隣の部屋へ前進します。

その中から、父の日記、メモ帳、万年筆のインクの跡も生々しい原稿の数々が出て来ました。この発掘の当初は東京の出版社の新潮社が加わり「島尾敏雄日記―『死の棘』までの日々」を出版できました。やがて強力な味方、かごしま近代文学館のスタッフが参戦してきました。多い時は総勢12人で約1週間かけて整理分類をしますが、それでもなかなか前進しませんでした。

母が積み上げた1㍍を越す新聞紙の山が幾つも在り、その題字の辺りには赤や青で「12ページを見よ」「8ページ重要」などと書かれていて、目を通さずにはそのまま捨てることができません。加えて週刊誌や雑誌や小箱にも、「捨てるな」「保存」などと書き付けてあり、一つ一つ確かめなければなりません。

奄美や太平洋戦争などに関するテレビ番組を録画したビデオテープはカビが生えていた3千本ほどを廃棄し、ビール瓶の詰まったケースも引き取りに来たトラックの荷台が沈むほどでした。

父が子どもの頃から死ぬまで書き続けた日記も出て来ました。大学時代の学生服や海軍の軍服などに交じって、妹や私の子どものころのランドセルや衣服も在り、呆然《ぼうぜん》としたりもしました。

平成23年夏の終わりに、原稿や日記など保存にふさわしいと思われる両親の遺品をかごしま近代文学館へ収めることができ、大掛かりな展覧会も開いてくださいました。しかも、同館は収蔵目録を早急に制作してくださるとのことですから、それが研究者だけでなく、一般にも公開されるということですので、とても楽しみです。

父の生前から本の分類と整理は私の役目でした。父が仕事をやりやすいように本棚に並べたり外したりするのです。自発的に始めたのが小学校2年生のころですから、それから55年経って、ようやく責務を終えることができたような気がします。

いいえ、まだ終わっていないことがあります。私の生きている間には着手できないのかもしれないのですが、福島県南相馬市小高区本町2―89―1に在る「埴谷島尾記念文学資料館」の資料の救出です。

島尾敏雄と埴谷雄高はこの地の出身です。父の死後、まだ元気だった埴谷雄高さんと小高町役場の方々と相談しながら開館の構想を建て、2000年5月の開館後も若松丈太郎さんの力を借りながら資料収集を続けてきました。原発通りと言われる福島県で、若松丈太郎さんは原子力発電の危険性を訴え続けてきた詩人です。

同館は福島第一・第二原子力発電所から約17㌔の辺りに在り、先の地震と津波と爆発事故のため放射能の汚染に曝《さら》され閉鎖され、資料は放置されたままです。気がかりでなりません。

しまお・しんぞう氏　1948年神戸市生まれ、作家の島尾敏雄・ミホ夫妻の長男。小中学校時代を奄美で過ごす。東京造形大学卒。家族との生活を記録した「まほちゃん」や父の思い出をつづった「月の家族」「小高へ」など数々の写真、エッセー集を発表している。

県立図書館奄美分館長時代、官舎での島尾敏雄さん＝左＝と妻ミホさん、長女のマヤさん。1971年ごろ、伸三さんが撮影した　（かごしま近代文学館提供）

「南日本新聞」　2011年12月21日

懐かしい義母

潮田登久子

洋服箱の中

サーテ、コレハドウシタモノカ
コンナニボロボロダトハ
ヒキウケナケレバヨカッタ

沖縄から来た紙修復技術士の宮城さんは、部屋の隅に一人離れて考え込んでいました。

それは二〇一四年八月二十九日、鹿児島市立かごしま近代文学館の収蔵庫地下二階の一室の会議用テーブルを列べて設えた大きな机の上の、ボロボロに崩れたノートの入っている茶色のダンボール箱を真ん中にして、十人くらいの人間が神妙な顔をして取り囲んでいる時のことです。

「主人洋服」と義母の文字で書かれた横幅六十センチ程の平たい洋服箱を、奄美の家で発見した時の驚きを私は思い出していました。

十数年前、奄美大島名瀬の町はずれの浦上に念願の終の住処を自力で建てた義母は、それまでの引越の度に増え続けた大量のモノを、その半分以上が義父の膨大な蔵書類だったとしても、一人暮らしには大きすぎる二階建ての家にビッシリと詰め込んでいました。

「私は死ぬような気がしない」とか「百二十歳までは大丈夫」と口癖のように言っていた義母の二〇〇七年三月二十五日の突然の帰天は、そのモノたちが東京でのんきな生活をしていた伸三さんと私の上に大きくのしかかって来るのです。どの部屋もモノで埋め尽くされた様子を眺めているとどこから手をつけてよいものか、葬儀の混乱と疲労に加えて、奄美大島・東京という遠距離を考えると呆然とするばかりでした。

義母・島尾ミホと義妹・マヤさんが残して行った膨大な家財道具や衣類と数万冊以上の本を片付ける作業を、長女・マホの三人の友人たちの助けを借りて始めたのは、二〇〇八年夏あたりからだったと思います。東京からやって来た助っ人たちは麦わら帽子に首にタオルを巻き顔にマスクをし両手に軍手をはめ、私たちが次々と下す命令を、少々荒っぽいけれど若者らしいエネルギーに満ちた行動力と、絶えることの無い屈託ないお喋りと笑い声を家中に響かせながら働き続けます。その作業する姿に私たちは随分と慰められ助けられました。

義父・島尾敏雄の蔵書が詰まっている階下の書庫や、祭壇のある客間と義母が書斎にしていた部屋に散在する原稿等の整理は、新潮社の並外れた集中力の持ち主の編集者グループと、かごしま近代文学館の黙々と働く学芸員のグループがあたりました。

二階の真ん中の部屋の押し入れには、義父の子ども時代の衣服や学生服、軍帽、軍服、衿のすりきれにミシン目がジグザグにあてられている鹿児島県立図書館奄美分館の勤務シャツ、自転車ごと川に転げ落ちた時に着ていてその時の泥が乾いてへばりついたままの皮のジャンパー、それらが大きな名札に島尾と書かれた柳行李や茶箱に入っていました。その上の棚に何段も重ねられた紳士服などを入れる平たい紙箱には、背広やコートなどが、備えの良い義母らしくいつでも着られる様に丁寧にたたまれてありました。

その中のひとつの洋服箱に「主人洋服」と書かれたものがあったのです。両手で持ち上げると、ファッと軽いものでした。何気なく蓋を開けると、その中はまるで焼け跡から拾いあげて来たばかりのような無惨な大学ノートが重なるようにして横たわる様子が目に飛び込んできました。

残骸はちょっとした接触さえも敏感に拒絶しているようで、空気や人の手が触れたり箱を傾けたりしたら、たちまちのうちに崩壊してしまいそうな、ただならぬ気配を発しています。

洋服箱に新聞紙を敷いて寝かされている大学ノートは、義母が遺体を運ぶようにして大事に保管していたことが読め尚更のこと理解の及ばぬ世界から吹き出してくる妄想に包み込まれ始めました。私は三脚をすえてカメラをセットしていたのですが、四角い箱の中の惨憺たる景色をただ虚ろに眺めまわすだけの焦点の合わない自分に気づきました。

慌てて蓋をして、伸三さんへ報告しようと階下へ下りました。

二〇一四年八月二十九日

その洋服箱をかごしま近代文学館学芸員のミーコちゃんが、収蔵庫からそろそろと運んで来ると、久しぶりに会った懐かしさよりも緊張感が走ります。

箱の表には幾つもの注意書きがあります。

「さわるな」、これは伸三さんの字のようです。

「キケン」「取扱注意」誰が書いてくれたのでしょうか。

新潮社のシールには「日記原本　S27（28年も）動かさずに水平移動のこと」

箱の横にマジックインクの書付「主人洋服」は他の洋服箱と積み上げた状態で義母が書いたと思われます。

その場のだれもが固唾《かたず》を飲んで机に置かれた箱が開けられるのを見つめます。

あまりの瓦解に全員が言葉を無くし、静寂に支配された部屋は一瞬にしてフリーズされたかの様相となりました。湿気と虫食いなど奄美の厳しい自然環境と時間という過酷な状況だけでは説明しきれない無慈悲な背景があったことを、表紙に「昭和二十七年」とゴム印が押されている日記の書かれたA５版の小振りな大学ノートやそれに挟まれへばり着いている書付のある原稿用紙や新聞の切り抜きなどが教えてくれます。大学ノートはいったい四冊なのかそれ以上なのか判然としません。文字の書かれた数枚の原稿用紙がノートの左上にはみ出し、新聞の切り抜きはその耳をほんの少しだけ顔をのぞかせています。誰に向けての置き手紙なのか四つ折りにされた原稿用紙に義母の流れるような美しい特徴のある字はところどころインクが滲んでいて判読が困難なのですが、走り書きのその中から「涙」という文字だけがまぶたに焼き付いて離れません。

真上から写真を撮ろうと見つめると、それらが紙だけでなく文字までも溶け合いくっ付いていて、その周囲には土壁のようになってしまった破片が散乱しています。クリップで留めた辺りが錆で茶色に滲みて、クリップは錆を残して姿を無くしてしまっていました。

どうやって沖縄の工房まで移動させるかが問題となりました。このまま圧縮するか、いくつかに分けるのかなど、暫く思案すると宮城さんは息を止め、箱に敷かれた新聞紙ごと、そおっと箱から中性紙の敷かれた机に移動させました。塊になったこの状態は、土化《つちか》する直前とのこと。紙修復保存のオーソリティでこの作業の責任者の宮城さんは、劣化を確認するようにピンセットの先で軽く叩くと、頁岩《けつがん》に似たコンコンという音がします。

真ん中を爆弾で穿たれたような大きな穴を広げた虚ろな大学ノートもあり、どれも湿気で一枚一枚が互いにへばりついて堆積岩状に成っています。雲母をはがす要領でへらを使ってページをめくろうとすると、何枚もの紙片がくっついたり離れたりしてパイ皮の状態になっている部分に触れると、ポロポロと崩れそうで怖くなります。

几帳面だった義父の小さな書き文字と切り抜いた新聞記事等の活字がパッチワーク状となって溶け合ったまま顔を出し、それでも拾い読みは出来ます。

庄野　不在　駒場へ
ロゴスキー　ビール2本
2匹の猫　手渡し　5950受け取り
ガラス戸割れてる　破局　父の帰宅
モラルの声とデーモンの声
ミホ貧血で倒れる
死んでもいい　ほっとする
女の幸福　寝つかれない　臀部
多喜二　〝防雪林〟　有楽町駅
こころよい sentiment
清書し中央郵便局へ

子供のお面を沢山買う
濠際の煮込屋　10時半
帰宅すると子供たちの枕許に置
今日中に掌小説7枚書かねばならぬ
写真を見ながら〝ちいちゃんのこと〟7枚

他人の日記を盗み読みする後ろめたさを感じつつ、言葉の断片から私のうかがい知れぬ世界が少しずつ広がります。小さな声で読みながらメモをしていると、傍らで、

「ロゴスキーでビール二本……いい気なもんだ」

「モラルの声とデーモンの声、ダッセー」と、伸三さんは吐き捨てるように呟きます。


私が「中央郵便局って、奄美の？」「多喜二って、小林多喜二のこと？」「子供たちの枕元に何を置いたのかしら？」「修羅場、５９５０って何だろう？」と、書かれた言葉の消えた先を伸三さんに尋ねると、答えてはくれますが、あげくの果てに、

「言っておくけど、ワタシは興味が無いからね。聞かれるから子どもの時に見聞して知っている事を答えるだけ」と念を押す語気で無表情のままに、「自分は今が大事、昔のことなど興味ない」と周囲の人に聞こえるようにキッパリと、でも静かに言い放ちます。

彼が周りの人間とは異なる存在になっていることが私にはハッキリ判りました。

この混乱を四つに分けて回収し、破片も落ちていた場所を四ブロックに合わせて回収されます。

少しでもジグソーパズルの穴を埋めるために、一字でも読める文字がある破片を探し宮城さんの助手とミーコちゃんは息で破片を吹き飛ばさないようにマスクをして、注意深くピンセットで拾い集め透明のビニール袋に収めます。その後でただの土や砂になってしまったもの以外、少しでも面積のあるものは拾い集め同じように収められました。さながら事件現場の証拠集めです。

この光景はどこかで見た気がしたのですが、それは義父のお骨を拾った時のことだと思い出しました。どんな小さな骨でも一片も残すなという義母の命令で、二つの骨壺が用意され、「和ちゃんとマヤさんと……」と私がと言いかけると、「違うよ、火葬場の人も怒って……ぼくが焼けた鉄板の上で火傷しながら、一人で顔を真っ赤にして」と伸三さんが口を挟みました。

新聞紙の上の日記が破片も粉も回収されると、そこには瓦礫《がれき》が取り除かれ、焼け野原のような光景が出現しました。読売新聞一九五八年八月二十五日夕刊の見開き全面広告が日記の下敷きになっていて、景気の良い時代の住宅広告です。大きな字で「働く人の夢づくり」とあります。

取り合えずの無事終了にホッとしました。関係者が揃ってのその夜の打上会で伸三さんはまた飲んで騒ぎました。

義母の力

一九七四年に創樹社から刊行された、義母・島尾ミホの最初の著書『海辺の生と死』を友人が古書店で見つけて来てくれたのが、この本と私の最初の出会いでした。一九七八年生まれの娘・マホが小学校に入学する頃のことです。

古本といえども一冊三、〇〇〇円もしたのですから、私たちの生活からするなら高価な買物だったことが印象に残っています。

東京の世田谷にある古ぼけた洋館の一室だけで夫・島尾伸三と生まれて間もない娘と三人の生活を始めていました。これが結婚生活というものか、家族というものかと思うほどの頼りないものでしたが、それでもひと通りの生活用品が詰まっている一部屋だけのささやかな暮らしは結構楽しいものでした。

その頃の私は奄美大島へはまだ行ったことがありませんでした。ましてや義母の故郷である加計呂麻島は私の中ではおとぎ話に登場するロマンチックな名前の南の島でした。

義母の死から時を経て二〇一三年に、中央公論社の文庫として復刊された『海辺の生と死』を久しぶりに掌に乗せてページを繰っていると、どの物語も心の奥底に染み込んで行く不思議な力を秘めています。

加計呂麻島がまだ原始の香りを残す時代、慈愛あふれる父母のもとで育った感性豊かな女の子の目を通して紡がれていく物語りに登場する人々の仕草や佇まいは、優しくもあり恐ろしくもあり、それを辿っているうちにその物語りと緑の深い自然の中へ放り込まれたような幻覚に包まれていることに気づきました。

「ミホネエサン」と敬愛と懐かしさを込めて義母のことを呼ぶ伸三さんとマヤさんの母親代わりでもあった林和子さんのなにごとも許す気持を心に秘めている底知れぬやさしさや、奄美の親族の集りに現れる大和浜の老人たちのゆったりとした振るまいを見るにつけ、この島の太古の生きもののＤＮＡが彼等にも脈々と受け継がれているのではと思い、義母の物語りの続きが東京で生れ育った私の目の前で繰りひろげられていることに驚きを感じます。

義父や義母、それにマヤさんまでもが居なくなってしまった年月が私をそのような気持ちにさせているのではないでしょうか。

名瀬の町外れに義母が建てた家は、バルコニーの中央に大きなシーサーを一体だけ乗せた西洋のお城のような外観で、一家族には大きすぎる一戸建て住宅です。そこでは今も義父と義母とマヤさんの遺影が留守番をしています。

夜になると黒々とした森の中から「コホーコホー」とリュウキュウコノハズクの低く重く鳴く声が、寝静まった闇をさらに深くしていきます。やがて東の空から徐々に暗闇の薄皮を剥ぐようにあたりに群青色が広がりだすと、リュウキュウアカショービンが「キョロロロー」と高く澄んだ声を響かせます。夢うつつのままの私は太古の自然のハンモックに身を委ねているような奇妙な心地良さに浸ります。

三月二十五日の義母の命日、八月の旧盆の頃、十一月十二日の義父の命日には奄美大島と加計呂麻島を訪れるようにしている私たちです。

（うしおだとくこ・写真家）

最後の思い出

しまおまほ

祖父との最後の思い出は鹿児島・宇宿の家へ遊びに行った小学二年生の夏のことです。
初めて一人で乗った飛行機、しばらく祖父母の家で過ごした後、叔母のマヤと旅をした奄美大島。
今ではそれが何日間の出来事だったか覚えていませんが、祖父母、そしてマヤと過ごした数日間がその夏のすべてになりました。

「鹿児島へ」

子どもが一人で飛行機に乗ると、たくさんオモチャがもらえるらしいと聞かされていたので期待していたのです。しかし、実際にもらったのは幼稚園生向けのピースの大きいパズルと絵はがきでした。飛行機の模型やスチュワーデスの制服を着たリカちゃんを想像していたわたしはガッカリしましたが、そんな素振りを見せたら隣で付き添ってくれている乗務員のお姉さんにすまないと思い、とりあえずパズルを何回か、申し訳程度にハメたり戻したりしてリュックサックにそっと仕舞いました。

通路側の席だったので、空も好きに眺めることができず、飛行機の中は緊張したまま。

ひとりっこのわたしは、家では両親が同居していた母方の祖父母のだれかしらに構ってもらえていたし、学校には友だちが沢山いました。

知らない人たちの中で、ひとりポツンとしていると、自分をどうやって保って良いのかがわからず、身体中が不安でいっぱいでした。

鹿児島空港に到着して、長い通路を係のお姉さんと手をつないで歩くと、到着口のガラスの向こうに三人横一列に並んでこちらを向く祖父母、マヤが見えました。

祖父は帽子を被って、マヤはワンピース、祖母はよそ行きの服だったと思います。

会うのは久しぶりでした。

祖母が亡くなるまでそうでしたが、父は東京でわたしたちと暮らしている時は、冗談ばかりの楽しいお父さんですが、祖父母の前では閉じた貝のように寡黙で、無表情です。

その理由もなんとなく知っていましたが、小学校低学年の頃のわたしは、

「ああ、お父さんはジッタン（祖父のこと）マンマー（祖母のこと）がキライなんだなあ」

というようなくらいにしか理解が及びませんでした。そして、わたしも近くに住む母方の祖父母にわがままを言ったり駄々をこねたりすることもありましたが、〝ジッタン〟〝マンマー〟に接する時はいつも敬語でした。

マヤは時々ひとりで東京の我が家へ泊まりがけで遊びに来ることがありましたが、東京で見せる兄の開放的な態度とひょうきんさにきっとビックリしていたはずです。

そんな風に、わたしたち家族の関係は普通とは少し違ったものでしたから、鹿児島空港で祖父母たちの顔を見てもホッとはできませんでした。

飛行機にひとりで乗った時とはまた違う緊張感が、お姉さんの手を離れて祖母の手を握った時にバトンタッチされ

た、という感じです。

唯一の救いはもう片方の手を繋いでいたマヤの手の温かさ。

マヤが誰よりも好きだったわたしは、マヤさえいてくれたら、少しくらいの大変な出来事も我慢ができました。

自宅は市街地から二十分ほど電車にのった所にある宇宿町という所にありました。祖父母たちは茅ヶ崎から鹿児島へ越した後、わずか数年の間に加治木、吉野、宇宿と三回家を変えました。祖父母の家にひとりで泊まりに来たのは初めてではありません。彼らが茅ヶ崎に住んでいた頃にも一度経験しました。

その時はたまたま日航機の墜落事故があった日の直後で、縁側で立て膝をつきながらマヤが好きだった坂本九の記事に見入っていたのを覚えています。

宇宿の家には、わたしとマヤのおそろいの服が用意されていました。

白地に小さな青い花柄のワンピース。

いつも赤い服を着ているマヤがその爽やかな柄のワンピースを着ている姿はわたしの目に新鮮に映りました。

そして、いつも家ではズボンやキュロットスカートばかりのわたしにもまた新鮮でした。お尻のあたりがしきりにスースーと風が通ったのを憶えています。

マヤの白い肌に、わたしの真っ黒に日焼けした肌に、どちらにもよく似合っていて、その時に撮った写真は後のお気に入りとなって大きくなってからもよく見返しています。

「朝　食」

祖父母の家の朝ご飯はパンを焼かずにそのまま食べます。スーパーで売っている六つ切りの食パンを、そのままです。

東京の我が家ではパン屋で買って来た食パンを焼きたてのカリカリにして、少し焦げた耳が好物だったわたしには、白いパンで始まる一日が憂鬱でした。

パンの上で溶けないバター、生っ白い生地。

今思えば小学生のクセに偉そうな、とも思いますが、焼いていないパンは香料の味がするのです。

他におかずなどもあったのでしょうが、朝ご飯は食パンの印象ばかりで他に牛乳があったことくらいしか覚えていません。

バターを塗っても、ジャムを塗っても、張り合いのない味がしました。祖母の〝おふくろの味〟と言うとすぐに思い出す味です。

朝食の後はエビオス錠。

大きな瓶から祖母がわたしたちに何錠かずつ配り、それを全員でクイッと。

祖父たちは他に粉薬や白い錠剤も飲んでいた気がします。

このエビオス錠の味もなかなか慣れるものではありませんでした。

到着の翌朝の食卓で、わたしは祖父母の家に来たことをあらためて実感し、しみじみとその味を噛み締めるのでした。

動物園とプールに連れて行ってもらいました。

祖父とは上野動物園に行ったことがありますし、茅ヶ崎の海岸にも遊びに行きました。

祖父はその時と同じように、わたしをプールで泳がせている間チラチラと見て何分か経つと、

「○分経ちましたよ、上がっておいで」

と言って、わたしをプールサイドに上げました。そしてしばらく休ませた後に、

「遊んでおいで」

と、プールへ送り出す、その繰り返し。これが祖父なりの安全な遊ばせ方だったようです。

わたしが濡れた身体でプールとベンチを行ったり来たりする姿を祖母もマヤも楽しそうに見ていました。

わたしも楽しかったのですが、水着を着ているのは自分だけで、プールに入っている時は向こうにいる祖父と目を合わせながらプカプカするだけだったので、なんだか少し物足りない気持ちでした。

「奄美大島と和ちゃん」

どういう経緯で奄美大島へ行くこととなったのかはわかりません。

鹿児島へ行く前から決まっていたことなのか、その時の思いつきなのか。

とにかく、鹿児島で一通り遊んだ後に、わたしとマヤは船に乗って二人きりで奄美大島へ行くことになりました。

初めて乗る大きな船。デッキから港を見下ろすと沢山の見送りの人の中で祖父と祖母がニコニコと笑ってこちらに手を振っています。港に向かって紙テープも投げられていました。テレビで見た事のあるような光景でした。

帽子を手にゆっくりと大きく振っている祖父。

プールではすぐに上がってきなさいというのに、いつもマヤの心配ばかりするのに、二人きりで船に乗せるのは平気なんだなあ。

わたしは行きの飛行機で少し慣れていたのと、マヤがいてくれたことでそこまで不安はありません。マヤがいれば百人力です。

しかし、すぐに着くと思っていた船はなかなか着きませんでした。聞けば、夕方に出た船は次の朝に着くといいます。

かすかに揺れている船内。隣のベッドには知らない人。

いくら目をつむっても寝付けず、結局子守りをしていたマヤと二人、一睡もできないままに奄美に着きました。

いつもは少し年上のお姉さんくらいに思っていたマヤがこの時は優しいお母さんのようで、マヤも大人の女性なんだと思いました。

この時マヤは三十六歳。今のわたしとちょうど同じ歳です。

奄美の港に迎えに来ていたのは祖母の従姉妹であり、父の育ての母でもある和ちゃんです。

和ちゃんは名瀬にある小さくて古い一軒家にわたしたちを連れていき、昼寝をさせました。

部屋には色とりどりのお盆提灯が飾ってあり、その奥にはマリア様とキリスト様の像、誰だかわからないけれど色の褪せた家族写真がごちゃごちゃと並んでこちらを向いていました。

手作りのペン立てやコースター、物が沢山置かれた机、押し花。

決して綺麗な部屋とはいえない、その雑然とした空間がとても落ち着いて、すぐにわたしとマヤは眠る事ができました。

ごく近所に家族や親戚がいるようでしたが、和ちゃんはその家に一人暮らしをしていました。

あまりにその家の世界観と和ちゃんが馴染んでいたのでまったく疑問に思っていませんでしたが、五十歳を過ぎている和ちゃんは独身だったのです。

それは東京の家に戻るまで気づかず、帰ってから父に聞かされて、ああそういえば和ちゃんには子どもも旦那さんもいなかったなあ、あんなにお母さんみたいなのに不思議だなあ、そう思いました。

奄美での最初の思い出は大きなスイカです。家の近所にある八百屋さん。通りに面した角のボロボロの佇まい。軒先には沢山のバナナがぶら下がっていて、知っている野菜や果物も東京のものよりずいぶんカタチが大きく反り返ったり膨れていたりで、なんだかどれも大いばり、な見た目でした。野性味溢れるその八百屋でひときわ大きいスイカを選んで買おうとすると、店のおばさんがわたしを見て、

「ハゲー、マヤちゃん？　久しぶりねえ」

と言いました。和ちゃんは笑って、

「ハゲー、マヤちゃんはこっちよお」

と隣にいるマヤを指しました。

わたしはまだ七歳です。マヤが奄美大島に住んでいたのはその頃より三十年ほど前のはず。おばさんの頭の中では三十年など一瞬の出来事だったのでしょうか。そして、小さな頃のマヤはわたしと見間違えるほどに似ていたのでしょうか。その夜に食べた大きなスイカは今まで食べた中で一番甘くて美味しいスイカでした。

免許をとりたてだった和ちゃんの甥っ子コウジの運転でお墓参りへも行きました。お墓参りと言えば、その頃は虎ノ門の大きなビルの隣にある母方の祖先が眠る墓地にしか行ったことがなかったので、ワイルドな墓石の並び、雑草がそこらに生えている墓地は柳の下の幽霊などとても出ては来ないようなノン気さがありました。

お墓参りの後は海へ。

祖父のように行ったり来たりはさせず、和ちゃんはズボンの裾をまくって一緒に海へ入りました。わたしは鹿児島のプールで着た水着です。

家に戻って和ちゃんにお風呂へ入れてもらうと、水着の中からたくさん砂が出ました。

お腹、お尻、内股、和ちゃんは丁寧に丁寧に手でわたしの身体を洗ってくれました。

夜はコウジや親戚たちも一緒に和ちゃんのちいさな家で食事。たしか鶏飯だったと思います。

テレビでは幽霊と恋に落ちた男の主人公を描いたメロドラマが、特に誰が見ているわけでもなく流れていたのですが、
物語のクライマックスで幽霊の女性が胸を露にした男性とのラブシーンが始まってしまいました。

大人たちは皆「しまった！」という表情で気まずそうにうつむいています。

わたしが戸惑いながらもテレビから目が離せないでいると、後ろからマヤが両手でわたしの目を覆いました。

マヤのその機転の利かせ方に周りの大人たちは、ホッとしながらハハハと楽しそうに笑い、マヤも照れながら笑いました。

船の時といい、やっぱりマヤは大人でした。

マヤが手を離すとテレビの画面は白くフェードアウトするところで、部屋の色とりどりのお盆提灯がぼやけてやけに幻想的に見えたのでした。

奄美から鹿児島へは和ちゃんも一緒に三人で船で戻りました。帰りは個室で、ゆっくりと眠れて、時間もあっという間に過ぎた気がします。

そこから東京へ帰るまでの記憶は曖昧です。

羽田に迎えに来た母を見てホッとしたことしか覚えていません。もしかしたら父もいたかもしれないです。

鹿児島でも、そして東京へ帰って来てからも電話や葉書で、祖父は、

「奄美大島での思い出をぜひ、作文にしなさい。きっとしなさい」

と何度も言っていました。

そして、その年の十一月、一緒に夏を過ごしたたった三ヶ月後に祖父は宇宿の自宅で倒れて亡くなったのです。

その時、ちょうど香港を旅行中だった両親。

わたしはまた、ひとりで鹿児島まで飛行機に向かうことになりました。

（イラストレーター、エッセイスト）

沖縄・鹿児島

『島尾敏雄にとっての「鹿児島・沖縄」―「南島」』私論

槌賀七代

島尾にとっての「加計呂麻島」は、「死に場所」という意味で特別な場所であり、そこで「死」を前提とした凝縮された時間を生きていたことは、戦争小説群やエッセイに詳しい。しかも場所そのものは、戦時下としては異空間であった。そこは南の美しい「国」であり、麗しい女人もいたのである。それを特異なものにしたのは、衆目の認めるその特異な戦争体験である。特攻隊として、死への出撃体制を整えたが、出撃命令が出なかったというその体験は、ペトラシェフスキー事件のドストエフスキー的体験になぞられ、その後、島尾の根源的な問題となり、戦争物、病妻物を始め、『夢の中での日常』をはじめとするそのシュールリアリズム的な作品群の生み出される原因ともされ、島尾文学を総括するものであるとされてきた。勿論、その見解に対し、島尾の現実感は、幼児期からすでにその傾向があったともされるが、ともかく、島尾の戦争体験が特異であったことは衆目の認めるところであろう。しかし今ここで、問題にしたいのは、果して人は、自分の死を現実として実感出来るのであろうか、出来るとするならば、どのような「瞬間」であろうか、そして、そのことはどのような意味で根源的な問題になるのかということであり、それはまた体験時から十七年もの後に、その戦争体験が書き始められることとどのように繋がるのか、つまり、島尾の戦争小説の代表とされる『出発は遂に訪れず』や『その夏の今は』が書き始められる時機が『死の棘』の後であると言うことは何を意味しているのかと言うことである。そして、何度も問題に挙げられたこれら点について今一度考えることにより、島尾敏雄にとっての「鹿児島」「沖縄」等――「南島」の意味を考えてみたい。

いっそのこと自殺艇と一緒に敵の船にぶつかってやろうと、もうその他にどんな道も自分に許されていないように思い込んでいたことだ。この一年間というものは、そんな事情で、明けても暮れても、身体ごとぶつかることばかり考えていた。

（『出孤島記』一九四九年）

このような時間を生きた者が見ているのは、現実としての「死」だけであろう。しかし、その「死」は現実感のあるものなのだろうか。やはり、人間にとって死とはイメージでしか捕らえ得ないものないのではないか。それゆえに「死」は厄介なのだ。イメージゆえに、それは心の奥深くで勝手に増殖し、自分を思わぬ方向に追い詰める。だからこそ、次の描写はこのようになるのではないか。

私にはその頃の時間の感じに自信がない。時は進んでいたのか、逆行していたのか、或いは又停止していたのか、然しそれを疑ってみたというのではない。ただ私にとって歴史の進行は停止して感じられた。私は日に日に若くなって行った。（中略）どんなことが起っても新鮮な驚きを感じなかった。（中略）然しどこでそんなことになる歴史が始まり、そしてその次に何がやって来るかについて私は何も考えることが出来なかった。私の頭の中には猛烈に無気力な空白の渦があった。昨日は今日に続かず、そして又今日は明日に続いて行きそうもない。ただ南方洋上のT島のあたりが絶え間なくどろどろとおどろに鳴り響き、運命の日をのみ待ちくたびれて、一瞬一瞬だけが存在しているようなその日その日があっただけだ。

（『出孤島記』昭和二十四年）

外的要因により、「死」が避けられない場合、しかも、外的要因で「死」を与えられるのではなく、自らの意志で死に向かわねばならない者の心的状況が見事に言葉で表現されているが、「日に日に若くなっていった。」という表現は、時間を超越した感覚として主観的な感情であるはずなのに、読む者も合理的に納得してしまう。最初にこのような文体に接した時の衝撃は忘れがたい。ゆえに、「これが追い詰められた人間の心理なのだ」と合点してしまう。島尾文学にはそのような描写が点在する。島尾文学が感情の言語化だとされるゆえんのものであろう。

「一寸」女がびっくりしてつまったような声を出した。「あなた頭どうかしたの。へんなもの、一ぱい」私は頭に手をやって見た。すると私の頭にはうすいカルシウムの煎餅のような大きな瘡が一面にはびこっていた。私はぞっとして、頭の血が一ぺんに何処か中心の方に冷却して引込んで行くようないやな感触に襲われた。私はその瘡をはがしてみた。すると簡単にはがれた。（中略）手を休めると、きのこのようにかさが生えて来た。私は人間を放棄するのではないかという変な気持の中で、頭の瘡をかきむしった。すると同時に猛烈な腹痛が起った。それは腹の中に石ころを一ぱいつめ込まれた狼のように、ごろごろした感じで、まともに歩けそうもない。私は思い切って右手を胃袋の中につっ込んだ。

（『夢の中での日常』昭和二十三年）

これは何を描こうとしたのか。どこから何処までが現実で、どこからが非現実なのか、読む者にとってそれが判然としない幻惑の世界に放り込まれてしまう。その謎を解釈するために、多くの研究者が、これを代表とする島尾自身が「目をつむって書いた」というシュール的な作品群における現実の捉え方を問題にし、その原因も「戦争体験」に起因させ、助川徳是氏のいう、大変合理的な解釈を生みだし、島尾文学の理解を深めて来た。確かに鳥瞰的に島尾文学を眺めれば、その執筆時期、作品内容を年譜的背景に照らし合わせた時、更には、そのエッセイや日記を照らし合わせるとその作品内容には、論じる者を喜ばすような合理的な筋が見えてくるところが島尾の文学にはある。「私小説」作家と言われる所以である。

例えば、その特異な戦争体験、特異な時間を共有した大平ミホを選び、一緒に生き残り、「日常」を生きることを選んだこと、その仕事として、日常から離脱でき、一見、「私小説」的作品を書くがゆえに精神的な治癒につながるであろう「作家」という職業を選んだこと、しかも、その職業は、作品を書くために利己的であることを言いわけに出来ること等々、丹念に作品の道筋を追えば追うほど、調べる者の期待に添うように、その年譜的出来事が確かめられ、島尾自身の裏づけになるような言葉があり、そのことに論理的辻褄の合う作品が現れる。例えば、その一つが、

『出発は遂に訪れず』がその題材となった体験から十七年後、『死の棘』の後に書かれたという問題である。『死の棘』以降に書かれたのは、その「死」を賭けたミホとの極限的な関係が「戦争体験」を想起させたのではないかとの推論を引き出し、その意味でも島尾の戦争体験とこの時のミホとの関係は根源を同じにしているとの見解を生みだす。確かに、全てを受容するかのような一見、脆弱な島尾の生き方――戦争においては外圧を跳ね返し、生きようとはせず、特攻隊の隊長としても、温和で全てを許容しているような「立派なマレビト、島尾隊長」であったという事実が意味するものと、ミホの病の受け止め方――ミホのいい分が絶対的に正しいからだとしても、又、それゆえの贖罪からくるものだとしても、又は、作品の素材を求めるゆえだとしても、確かに、離縁してしまえば済むものを一緒に入院し、ミホの気持ちを全て受け止めようとするその生きる姿勢は、その根源が同じだからではないかとの推論も導かれるであろう。

更に又、そのシュールな作品群に関しても、先に述べたように、その特異な戦争体験から「現実の裂け目」を感じ、それを描くと言う意味において、その根源を「戦争体験」にするか、幼年期からの資質にするかの違いはあっても、きっかけは「戦争体験」による「現実感」の変化だとすると辻褄が合うのである。いつも、根源的なものは過去の「戦争体験」に結び付けられる。「還らざる復員者」と言われる所以である。森誠一氏は「現実に生きている島尾に主体を感じることができないのだ。」(『日本文学研究資料叢書　野間宏・島尾敏雄』有精堂、昭和五十八年刊)とさえ言う。ゆえにも、島尾ほど自分の実存とその存在できる場所を探し求めた者はいないかもしれない。島尾自身が言うように、何時もどこででも「異邦人」だったのだ。「現実感」がちがうのだ。その原因は戦争かもしれないが、その傾向は、やはり以前からあったのかもしれない。世の中と「不適合」を感じていた幼年時代、モラトリアムな学生生活の長さ。それは、「現実感」の希薄さによるものであったかのも知れない。しかし、その傾向があったとしても、発芽させ、決定的な問題としたのはやはり、「戦争体験」といえよう。つまり、だからこそ、生きていると実感した「その時」を追い求めるのではないだろうか。それがない現実――その裂け目に何かを感じようとするのだ。その緊迫感。近代小説を読む者にとって『死の棘』を読んだ時の衝撃は多くの者が語り、その結果、島尾文学について考え始める者も多いのも同じような読後感の経験からなのではないだろうか。山田篤朗氏は「窒息しそうな文体で」「小説のなかで、私は何度も窒息しそうになった。」とさえいう。

客観的叙述だと思っていたものが、実はそうではなかったと知らさせる。一見、何ということはない文章の流れの中でそのことが起きるだけ、かえって一層、虚を衝かれたという印象は強いのである。

（川村二郎著『われ深きふちより』集英社文庫解説、昭和五二年一一月）

このような　島尾文学への川村二郎氏の感慨も川村氏自身が書かれているように文体が、作品の本質と分かちがたくかさなり、主題を導いているその深淵に読む者が触れた時、その魅力に取りつかれるからではないのか。そして、その原因もやはり、「戦争体験」とされる。しかし、前括した『出孤島記』に書かれた「一瞬一瞬」だけがあるような生活における「現実」とはどのようなものなのであろうか。

それはいわば事故のようなものだ。事故は死の直前の恐怖を取りのぞいてくれるから、私は易々と威厳に満ちた死を自分のものにすることができる。ふたたび生への執着が起きない気持ちのささくれだっている今のうちに、出発したい。

（『出発は遂に訪れず』昭和三十七年）

過去にも未来にも繋がらず、それゆえに意味もない「気持ちのささくれだっている時」つまり、それがこの時の「現実」なのだ。そのような時間を生きることが人は果たして出来るのであろうか。まるで記憶喪失者だ。だからこそ、島尾は書かねばならなかったのだと思う。

私たちの出発が無視されたら、すべてはむしろ悪化し腐りはじめるだろう。（『出発は遂に訪れず』昭和三十七年）

島尾は分かっていたのだ。以前の様な時間がもう訪れないであろうことを。それはまた、存在の実感を失うことでもあることを。それを書いたのが、その様な戦後の「腐り始めた」時間を経験した後なのであり、それゆえに客観化され、整理され、創られたものであることを忘れてはならない。つまり、凝縮された時間を経験した者に未来が出現し、所謂「日常」がはじまった後に書かれているがゆえに、『その夏の今は』には、「日常」に掘り込まれた戸惑いと、不安と行き場の無さにうろたえる姿を見えるように書くことが可能だったのだ。

だからこそ、その時、同時に問題になるのは、その様な凝縮された時間を共に生き、一人は自分だけの死を見つめ、他方は殉死を望んだ二人の関係である。二人にとって、「死」を前提にすればするほど、刹那の勁い繋がりを感じであろうことは、想像に難くない。ただ、そのような経験を超えた者同士がその後の時間を共に生きる現実とはどのようなものであろうかとの疑問が湧く。だからこそ、どこかでかつての刹那の強い結びついた時間を互いに求めるのではないだろうか。事実、ミホにそれが現れる。正に、示し合わせたようにである。例えば、この二人の問題に対し、佐藤順次郎氏はその原因を次のように論じられる。

男が「死」を希んでいたとは言うまい、しかし〝死〟に賭けていた。だが女は男の〝生〟に賭けていた。これが昭和二十年八月十五日までの男と女の到達点であり、八月十六日からの出発点でもあった。

（佐藤順次郎著『島尾敏雄』沖積舍、昭和五十八年）

「生と死」程の対極の差があったかどうかは分からないが、ある極限を体験した者同士、その後をいかにして向き合って生きて行くのかという問題は重い。しかもその二人は微妙にずれていたのだ。前述した佐藤氏は「戦争を抹殺する」しか方法はないとさえいう。子供を産み、育てる女性には、常に未来がある。そこに夢も生まれる。ミホには敏雄と一緒にいること、添い遂げることへの「勁い思い」があったであろう。しかし、敏雄には、「死」だけが、それを前提にした感覚だけがあり、それゆえに凝縮された時間を経験した者として、その後の時間は「猶予」された緩慢な時間を過ごしているに過ぎなかったのではないか。だからこそ、この点においても現実感、存在感が問題となる。

島尾が、小説家になることを選んだのも、先に述べたように、「書くこと」で無意識的に治癒に繋がるのを予感したところもあったのであろう。「日常世界」からの脱出を可能にする点においても島尾にとっては生きるための不可欠な状況が執筆活動にはあったのではないか。つまり、島尾も何とかこの世界で生きようとしたのだ。存在の実感も、現実感も不必要なわけではない。そのために東京に転居するが、そこは逆に彼を追い詰める結果となったのは周知のとおりである。西尾宜明氏が島尾における「都市」の意味を詳細に検証されているが、島尾にとって東京を代表と都市は「見極めのつきにくい難癖のようなもの」(『硝子障子のシルエット』一九五二年)がひしめき合い、「雑沓のなかには危険な均衡がひそみ、腐敗の衣装をまとって滅びのうす笑いを浮かべている」(『家の外で』一九五九年)場所であった。ミホの病気の如何にかかわらず、都市は島尾自身をうけいれなかった。「私はずいぶん長いあいだ世間から逃げた。(中略)もっとがまんして隠れていなければいけない。それなのに、つい出てしまった」(『家の外で』)、もし、ミホが発病しなければ島尾自身に何かが起こったかも知れない、否、浮気に走り、転地し、旅を求め、旅行に「躁」的な状況を見せるのは、実はすでに「都市」つまり、「見える」現実から逃げざるをえなくなっていた証拠なのではないだろうか。

島尾文学の核は「戦争とミホ」であると言われる。確かにミホが存在しなければ、島尾文学の多くの作品は生み出されなかったであろう。しかし、ミホとの関係の根幹に、「戦争」があるが故に、事は複雑化しているのだ。先に述べたように女は「未来」を見つめ、男は「過去」すら失いかけている。漱石が『門』で描いたように、子供がおらず、共に「過去」を見つめ生きていれば、良かったのか。しかし、『こころ』の先生と奥さんは仲の良い一対の夫婦でありながら、先生は奥さんを残し、自死することになる。島尾とミホは生きている、否、生きるために何とかしようとしていたのではないのか。

『死の棘』について、つぎのような感慨をのべるのは、秋山駿氏である。

こういう人間の光景が異常なものに見えた。その光景を沈着に小説化している作家の手というものに、私は違和感を抱いた。果してそれは人間的に正しいことであろうか。

（秋山駿著「人と文学」筑摩現代文学大系七八）

しかし「正しい」のか「正しくないのか」など、ここでは問題ではないだろう。生きるための「戦い」であったのだ。そして、それは現代という時代の人間の関係性の問題に繋がる。つまり、今の時代、人間関係において真面目に「向き合う」ことをすれば、島尾とミホのようにならざるをえないのではないかとの予感の下に私達は『死の棘』を読んでいるのではないかということだ。個人主義の「近代」と言う時代に真実の関係性なるものを得ようとすれば、このようになるしかないのではないかという不安だ。だからこそ、最後はどうなるのだ、どうすればいいのか、という疑問が読み進めるエネルギーとなる。

つまり、二人は本当に憎しみ合わないだろうか、最後には一緒に死ぬしか方法は無いのではないのか、否、後はどうしても誤魔化すしかないのではないか、近代と言う時代を生きるには、それしかないのではないか、人間の本質は、生きようとすれば「ほどほど」本心を「誤魔化し」ながら生きるしかないのではないのか、さらには、ミホへのあれほどの献身は実を結ばないのかとの思いが高まる。だからこそ、その状態は異常ではあるが、その時間は、二人にとって、所謂「極限状況」（戦時中）の代償状態ではなかったかさえと思えてくる。この二人は、二人でいるためには、「戦争」つまりは、「死」を意識した凝縮された時間、ゆえに生きている実感を感じる時を選ぶしかなかったのだ。

つまり、『死の棘』に描かれた二人の関係は、勿論、不幸な関係であるが、無意識に望んだ関係でもあったのではないだろうかということだ。このような時間を二人共に求めていたはずである。だからこそ、一緒に入院するのは、島尾の言葉でいうなら「再生のため」だったであろうし、その意味でミホと一緒に生きるためには避けることのできない選択であったのではないのか。さらに、それを「書く」ということは、己の体験の客観化の過程で作家としては新たな世界を模索することでもあり、それは確かに新たな詩小説の世界を切り開くことになった。

一見ありふれた現実を見た通りに書いているようでいて、実はそれが現実でない、あるいは、現実なのかどうかはっきりしない、そういったことが文章の微妙な動きによっておのずと明らかになる。その時、微妙さはそのまま、露骨さよりも強い衝撃力を孕んでいる。（川村二郎著『われ深きふちより』集英社文庫解説、昭和五十二年十一月）

この考察は、他の島尾の作品にも当てはまる。島尾の作品が「私小説」の極致として、認められる所以でもあろう。シュールな作品群での現実の描き方と「私小説」がここで見事に一体となる。

だからこそ、さらに又、生き延び、一緒に生活していくには、現実世界でもない、生きている実感のあった加計呂麻島でもない、「どこでもない場所」に行くしかなかったのではないのか。そこに逃亡し、二人の再生が可能になった時、作品においては加計呂麻島にもどり、当時のことを克明に描くことができたのではないだろうか。未来が生まれたときに過去も再生するのだ。しかし、そこは、もともと「どこでもない場所」であったはずである。

島のことがわからなくなった。島に来たてのころは、わからぬままにそれを知ろうとした。すると対象はすさって行って、わからないことがその領域を広げた。私はそれを追いかけ深くかかわろうとつとめたが成功せず、いたずらに歳月をかさね、十五年がまるまるたってしまった。（『奄美の島から』昭和四十六年）

島尾にとって、加計呂麻島ではなく、「奄美」とはこのような場所であった。だからこそ、返って二十年近く住み続けることが出来たのではないのか。現実としては、加計呂麻島には帰れなかったのである。

私は加計呂麻島にこそ住むべきであったかもしれぬ。それは妻が加計呂麻の出身であるだけでなく、加計呂麻島で私は自分のからだを貫き通った或る信号と衝撃を受けたのだから。（『加計呂麻島呑之浦』昭和五十年）

逆に言うならば、奄美であったがゆえに、「異邦人」しての立場が島尾の精神状況と一致し、違和感なく過ごせたのではないかということである。しかし、昭和四十二年、体験時から二十二年後の作品、名瀬に帰ってから十二年後の作品の最後は次のごとくである。

私は自分の隊の全員を送りかえしたあとも島にとどまるつもりでいた。（中略）一度は内地に行かねばならぬと考えたら、急に堰が切れたように、帰りたくなった。任務をすっかりすませてから身ひとつになり、ふたたび島にもどってくればいいことだ。
（『その夏の今は』昭和四十二年）

「私」は確かにふたたびもどろうとしたのだ。創作活動の初期のころから島尾は「ラビリンス」、つまり「迷宮」と言う言葉を用いているが、それは島尾にとってはしっくりくる世界観なのであろう。後に「私の頭の中では魅惑的なラビリンスの町」（『沖縄日記』『沖縄タイムス』昭和五十三年二月十二日刊初出）と評する「沖縄」に対しても、「私の場合、どんなにのぞんだところでなることができない沖縄人に、私の長男は努力しないで加わっている。彼のからだの中にその母を通して沖縄の血を持っているのだから。」（『沖縄紀行』『展望』昭和四十八年八月初出）とその自らの内なる違和感を記している。本土において何度もの転居を繰り返す事実、ラビリンスという形容がつけられている神戸、長崎、都市空間に対しても違和感を感じていたことは前述したとおりである。都市という「近代」社会そのものに、違和感があったのではないかともいえるかもしれない。奄美で「古事記」の世界に癒しの感覚を感じるのもそのためではないだろうか。しかし、結局は戻れなかったのだ。それどころか、この後、「家庭の事情」ために、指宿に住居をうつし、茅ヶ崎に引っ越す。冬は沖縄に長く滞在することにはなるが、加計呂麻島からは離れて行く。ますます遠くなる。

……どうしてこうなってしまったか。この地域を含んだ日本でなければ窒息してしまいそうなことに変わりはないし、（中略）ある日、はっきりとらえることのできないいらだちが私のからだの四隅に住みつきはじめたように思う。それがしだいに広がってきて、もう島どころではない、と気がへんになりそうなのだ。
（『奄美の島から』昭和四十六年）

それは、島が近代化され、汚れて来たからだという直接的なことのためかもしれないが、しかし、何処へ行こうと思い描く落ち着く場所などあるはずがないのである。いつも、あの時から問い返されているのだから。
『死の棘』において、「私」は妻に問われ続けるが実は、「問われ続けている」のは私たち「近代人」すべてである。

「自由」の名の下に私達近代人はいつも「問われている存在」である。「どうするの」「なぜ」と。そうとするならば、島尾にとって真の「近代」は、生き残ることが決定したときから始まっている。「いったい、どういうのかしら」「どうなさるつもり?」「どうしてもね、これだけはわからないわ」と問い続ける「妻」の問いは、「どう生きるのか、何を選択するのか、なぜそうするのか」という近代人に絶えず向けられる問いに繋がる。だからこそ、島尾文学は私たちにとっても切実なのだ。島尾はずっと、「存在」そのものとして「あの時」から問われていたのだ。それはかつて、島尾に対する吉本隆明（『群像』昭和四十三年二月初出）の卓越した見解、「戦争を選びとったのだ」というその時からである。それ以来、それに答えるための「彷徨」が始まったのだ。しかし、何処に行こうと「戦争」はなく、凝縮された時間もない。それゆえにいつまでもその存在は「異邦人」であり、気持ちの落ち着く場所をこの地上には持てない。だからこそ、逆に、「海岸の満ち干の呼吸に身をまかせたときの安らぎが再現され」「自然と合一できる」（『加計呂馬島呑之浦』前掲書）場所、島尾は「ヤポネシア」を夢見るしかないのだ。

（つちがななよ・大阪女学院大学特任講師）

参考文献

『鑑賞　日本現代文学第二十九巻　島尾敏雄・庄野潤三』（角川書房、昭和五十八年（一九八三年））
『日本文学研究叢書　野間宏・島尾敏雄』（有精堂、昭和五十八年）
『島尾敏雄・ミホの世界』（久井稔子著。髙城書房、一九九四年）
『ユリイカ　八月号　島尾敏雄』（青土社、一九九八年）
『島尾敏雄―ミホの世界を中心として』（佐藤順次郎著、沖積舎、昭和五十八年）
『検証　島尾敏雄の世界』（島尾伸三・志村有弘編、勉誠出版、二〇一〇年）
『南島から南島へ』（髙阪薫＋西尾宣明編、和泉書院、二〇〇五年）

※島尾敏雄の作品及びエッセイは、すべての表記を島尾敏雄全集（晶文社刊、一九八〇年）にしたがった。

島尾さんと沖縄——「安里川溯行」を読みながら——

岩谷征捷

『透明な時の中で』（潮出版社、一九八七年）はエッセイ集なのですが、巻末に「安里川溯行」（「海燕」昭和六十年九月、以下「昭和」を略）が収められています。帯文に「小説『安里川溯行』も収録」（傍点引用者、以下同）とありますが、そうしたジャンル分けも含めて、いかにも「島尾さんらしい」作品集として懐かしく読み返しています。

島尾さんが亡くなられたのは、その「安里川溯行」を発表された翌年、六十一年（一九八六）十一月ですから、ほんとうに最後の小説になりました。ちなみに六十年に発表された小説は「変様」（「新潮」一月号）、「基地へ」（同六月号）、「『石垣島事件』補遺」（「別冊潮」八月号）。それぞれ戦争体験とその後遺を描いており、『魚雷艇学生』（新潮社、一九八五年）と『震洋発進』（潮出版社、一九八七年）の二冊にまとめられています。その中で「安里川溯行」が『透明な時の中で』に収められたことこそ象徴的なのです。

島尾さんにとって那覇が、長崎、神戸と並んで忘れえぬ町になったことは改めて確認することもないでしょう。

住居を置いてみたい所と言い換えてもいい。その上この三つの町はまざり合って私の夢中市街の原型たる趣さえ帯びている。そしてそのいずれの町にもなぜか実際に出かける機会が多い。

（「度重なる長崎への訪れ」『透明な時の中で』所収）

ということなのです。ちなみに年表を見てみますと、沖縄への旅は三十九年（一九六四）あたりから目立ってきます。四十五年（一九七〇）の那覇での講演が、のちに「ヤポネシアと琉球弧」としてまとめられ、その新たな視点からの発想は民族学、日本学へも影響を与えました。島尾さんの《ヤポネシア論》は、「日本の単調さ、本土の人間が持っている発想の固さに反して、日本を相対化しようとする性格」を持っているということ。いわば「日本の非日本化（非日常化）のすすめ」なのです（『南島通信』潮出版社、一九七六年）。

そして那覇で冬を過ごすようになるのは五十四年（一九七九）からです。肌に馴染む外気は南島だけ、いわば避寒の地として滞在していたようです。

先ず『透明な時の中で』から「流寓記」（初出、「毎日新聞」一九八五年七月三十日夕刊）を見てみましょう。「那覇市中を流れる安里川の流域の状況を確かめに」と、はっきり目的をうたっています。

私は安里川を溯る雑文を書いたばかりだった（引用者注、これが「安里川溯行」）。実は二年ばかり前の冬、しばらくの那覇滞在のあいまに、その川の流れを初発の所まで溯ってみた。丁度登山家たちが試みる沢のぼりを真似て。と言ってもこの川は那覇の町なかを流れているのだから、私は結局は町の裏がわの表情を見ただけだったのかも知れない。

とひかえめではあっても、すぐに「途中偶々すれちがった住民や殊に子供らから私は快い弾みを受けた」と付け加えています。この「子供らからの快い弾み」という受けとめに注目しておきたいのです。

終局の川の源は首里の丘上の町々に拡散してしまっていたが、私の体力でさえどうにか一日で溯り終えてしまう程の小さな川の流れにも、深山渓谷のあいだを縫う秘められた川の沢のぼりと変わらぬ多様な趣を見ることができた。そしてそれらは沖縄の時の流れを映し取っていると見えたのだ。

「小さな川の流れにも」、「沖縄の時の流れを映し取っている」ことを認め、その多様な趣を書いてみたいというのです。しかし帰宅していざ筆をとってみると、「気持ちがはやるばかりで、流域の状況は甚だ曖昧に忘却の底に沈んでしまっている」のに気づき、確かめのために再び那覇に渡ったのでした。そうして「同じ川筋を再び独り辿り歩いて」、「一層強く那覇の町のリズムに引きつけられるのを覚えた」のです。

また、島尾さんはその原因を「南島の存在が私をがんじがらめに取りおさえているからだ」と考えます。さらに具体的に「その根は南島生まれの妻に発している」とするのは、島尾文学に親しんだ読者にはすんなり受容できる発想です。「沖縄の時の流れ」というのも、身近なところでの「妻とのかかわりの歴史」だったからです。この優れて内的な溯行の歩みは、書物のタイトルどおり「透明な時」全体の中に位置づける必要があったのです。

那覇の町なかを流れる川の一つに安里川《アサト》がある。那覇は本来王城が存在した首里丘陵の麓の沖合に浮かぶ浮島であったという。時代が下がるに従い、或いは陸につなぐ長堤が築かれ或いは埋め立てられ、今ではいわば丘陵地帯の麓に展開する都会と化した。

これが「安里川溯行」の書き出し。簡潔に那覇の地理と歴史をまとめています。若いときからの地歴への関心の深さが、ここに見事に集約されているのです。

那覇の市街地（今は首里周辺の丘陵地帯も那覇市域に組み入れられた）を島尾さんは「ラビリンス」と呼んでいますが、それはこうした形成の経緯によるものだったのです。

平らな土地がはじめから展開していたのではなく、海水に囲まれた幾つかの島や岩礁が、その固有のかたちを残したまま継ぎはぎされて、今の市街地をかたちづくったと思えるからである。たとえば那覇空港着陸直前の飛行機上からか又は那覇港入港直前の連絡船上から俯瞰もしくは展望した際の、那覇の市街地の一見平坦な（勿論背後に首里などの丘陵上町のかたちを擁しながらの）広がりは、地面に接しつつ自らの足で歩き廻ってみれば、海中に浮いた島々のさまざまなもとの土地の凹凸が伝わり響いてきて、単純な平らかさの感触など吹き飛んでしまい、ひと目ではとらえることのできぬ複雑に傾斜の重なり合った迷路さながらの地形の感触と出会うことになろう。

ここにも地理学、地質学、歴史学を根底にしつつも島尾さん独特の、いわば感覚的地理把握とでも言いたい表現が見られます。それによって那覇の市街地は立体的に描出されているのです。また出来るだけ精確であろうとする粘り強い文体です。それは親しみを以て那覇の町の隅々まで根気よく歩いたことによって獲得したものでしょう。同時に「或る快さ」に、「防禦をまるっきり放棄してしまった」歩きに支えられた感受に違いありません。

島尾さんは、神戸の学生時代に仲間とともに奈良県の大峰山中川迫川《コウセイ》にある神童子《シンドウジ》渓谷を沢のぼりしたエピソードを語っています。「遂に川の流れの源に近づいた時の、長い暗い閉じこめから突如として開放されたかの如き明るい気分の訪れには、身も心も躍りだしたい喜びがあった」のだと。

安里川について、実際には「流れの端緒まで一気に溯ったのではなく、二、三日あいだを置いた前後二日にまたがって」歩いたのを、ここでは順を追って溯ったかたちで書いています。もちろん街中も歩くことになるので、とうぜん人との行き会いもあります。むしろそれを書きたかったのだと思われるほどです。その最初の触れ合いを次のように語ります。

（橋を）渡ろうとすると、偶々向こう岸からも渡りはじめた人が居た。若い女性だったが黒人との混血であることがすぐにわかった。簡素なワンピースをまとい、腰の高いからだつきなのに、はにかむような歩き振りで、早く渡りきろうとする気遣いが伝わってきた。その気遣いに私の心はなごみ、橋のたもとで彼女の渡り終わるのを待った。

彼女との「かすかな通い合いを得た」ことに心満たされて、歩き続ける。それが快い歩行のリズムを生みます。思えば島尾文学は、長大な『夢のかげを求めて―東欧紀行』を頂点として、「市壁の町なかで」、「サン・ファン・アンティグォにて」、「オールド・ノース・ブリッジの一片」など、いわば《歩行者の文学》とでもいった一面を持っているのです。作家の眼は、街の片隅にいる人をも見逃しません。

コンクリートの階段の中程に、若い主婦が赤ん坊を物のように膝に抱いて腰かけているのを見たこともあった。じっとしていれば肌寒い天候なのに、彼女は色物の短いショートパンツをはき、物憂げに私を見下ろしていた。目と眉のあたりの引きしまった面高な顔があたりの風景と釣り合い、どこか南海の見知らぬ国の裏道に迷いこんだような錯覚を私は抱いた。

「見知らぬ国の裏道に迷いこんだような」というところに、また島尾さんらしい感受があるのです。氏の一生というのは、むしろラビリンスを好んで求め歩いた旅だったように思います。旅とは、島尾さんの言葉をお借りすると「自己を解き放つ」ということであり、それはヤポネシアの発想にも夢の小説にも通底していると思います。そして、「日の光にはじけてふっと時の流れがとどまったような思いを誘われ」もするのです。島尾さん自身が心弾ませているように、読者の心もまたふっと明るんでくる部分です。

一人の女の子が、そばを通り抜けながら、私に呼びかけでもするふうに両手を万歳なりに挙げて、「おーい」と言ったのだ。小学校二、三年生ぐらいの年頃であった。不意打ちを食った私は、うまく対応できず、ぎこちなく右手を挙げただけだったが、とても親密な気持ちが湧きあがった。警戒心などまるでない、開け広げな少女の態度には、同時に又如何にも淡々とした爽やかさがあった。

島尾さんはこの年頃の少女との交流を、『日の移ろい』などに印象的に描いています。十歳過ぎの少女の声や姿態への偏愛は、島尾文学の一面にもなっているのです。ひとつだけ挙げます。

私の目はどうしても乗客や外を歩く人々の姿に向かわないわけにはいかないが、小学校上級ぐらいの女の子たちが視野にはいると、いきいきしてくる自分が隠せない。あの固くてやわらかな均衡のとれたからだつき、にんげんのからだの美しさはその年頃を通過すると、もう峠の坂を下るようにくずれはじめる、などと思っているせいだろうか。

（『続　日の移ろい』）

しかし、「安里川溯行」のこの場での描写は、別の日に、ある琉舞道場で少女の発表舞踊を見たことから触発されたものでした。「私」が思わず振り返って少女を見、彼女がこちらを振り向きもせずに走り去る後姿、その間合いなどに踊りの少女との連関を見たのです。「まだ舞台化粧も落としていない少女が、白い下着のままドアから勢いよくはいって来て、私とすれちがいざまちょっと立ち止ったかと思うと、息をはずませ、はー、とため息をついた」とありますが、何と細やかで対象への慈しみに満ちた感受なのでしょう。島尾さんには琉球舞踊や沖縄芝居に関するエッセイも多いのですが、その心根は「おそらく背後に沖縄の人々の長い歳月の体験があって、その中に私が心引かれるものが存在するからであろう」（「玉城秀子独演会に寄せて」『透明な時の中で』）というところにあるのでしょう。

さて、源流探しのほうは、その先で混乱してしまいます。「真嘉比川起点」という標柱があったからです。その橋を渡ったところで出会ったのが、小学校四、五年生位の男の子でした。「からだ全体にいそいそした弾みがあり、快い感じを受けた。大方の年少の男の子には余りかかわりたくない遠い気持ちを抱きがちな私が、その男の子はそうではなかった」というのです。少年も「私」を警戒するふうではなかった。ここにもまた観察の細やかさが見られます。少年はむしろ「私」に近く寄り添っているようです。

彼は疲れ果てたおとなのように放心の為体でひと休みしていたのだが、ゆっくり坂道をのぼって来た私を見ると、何やらあわて気味になり、しかしそのために姿勢を変えるのも心ならずと言ったふうにもじもじして、「つかれた！」などとあらぬ方向に目を向けてひとりごちていた。

この年頃の少年のナイーヴな動きが生き生きと描かれています。それに対応するかのように、「鬱蒼たる樹木に覆われた一個の峡谷の様相が展開していた」のを見るのです。しかし、そこを歩くわけにもいかず、やむなく町すじに戻るのですが、そこから作品のひとつのクライマックスに向かってゆきます。

下り切った所で橋を渡るとそのあとしばらくは首里の傾斜に覆われた町々を伝い歩くことになったが、峡谷の様相はもう人家にかくれて見えなくなっていたが、そのあたり一帯は峡谷の部分も共々首里の区域に含まれていて、たとえば首里儀保《ギボ》町、首里桃原《トウバル》町、首里大中《オオナカ》町、首里当蔵《トノクラ》町などと名づけられ、起伏の入り組んだ傾斜の重なりで成り立っていた。

ここでも総体的に地形を鳥瞰する眼が生きています。そして那覇の町並みへの愛情が、これら地名の持つ呪性、あるいは聖性として描出されるのでしょう。

さて、その後からひとつのメロディ、声がひびいてきます。石焼き芋売りの屋台から流れていたものでした。しかもそれが、少女のそれであったことに魅力の根源がある、と考える作者がいます。

高い音程もやわらかく充分に出しきる豊かな声量があって、どことなく悲劇的な寂しさとでも言ってみたい響きも潜めていた。その声が坂の町筋を移動する私に従い、或いは前方から或いは後方から嫋々と、まるで私を追いかけまとわりつくように、高く低く聞こえてきたのだった。

その声から「私」はさまざまなモノガタリを想像するのです。声の主は、囚われの境遇ではないか、或いは親孝行の娘で一家の暮らしを支えているのではないか。そして、その澄んだ美しい声を「やはり沖縄の土地柄の中から生まれ出てきたものにちがいない」と思うのです。(島尾さんを沖縄にいざなう因になったミホ夫人の澄んだ高い声を連想します。)想像のふくらみの底には、やはり沖縄芝居のたしなみがあるのでしょう。沖縄に滞在したときには、観劇や舞踊鑑賞を欠かすことがなかったといいます。沖縄芝居は「その総体から純真素朴で且つ根源的な演劇表現の根が感受できるから」であり、舞踊には「内に動きを潜ませた静寂が、実にナイーヴに凝縮、単純化され」、これらを繰り返し巡り見ることで、「或いは沖縄が冴え冴えと見えてくるのではなかろうか」という予感と期待があったからです。川の源を探すという行為も、このことに一脈通じるものがあるようです。しかし、島尾さんには、もう一つの目的があったのです。それは琉球文学の研究です（「那覇からの便り」『南風のさそい』泰流社、一九七六年）。琉球文学については、島尾さんは大学で講義するまでに情熱を傾けています。その講義ノートをもとに「琉球文学」に関する本を刊行する予定もあったのでしたから。

さて、橋上に石焼き芋の屋台車を見つけたのですが、そこに居たのは年配の男でした。それでも、少女の声はいつまでも耳について離れなかったのです。「それは私を透明な桃源の境に誘うものであった」と語り、「首里の丘のはずれであった筈の昔の水源の様子を、或いは人気のない野原の中の湧き水ででもあったろうかと、思い巡らすばかりであった」と結んでいます。結局、安里川の全容は明確には見えてきませんでした。しかし、それは開発の結果として当然のことであり、島尾さんはむしろ「溯る」という行為そのものに意味を見出していたのです。そのやわらかな受けとめは、現実と夢とのあいだを歩き続ける地下水脈のような文体となって私たちに提示されているのです。

私が島尾さんにお会いしたのは五十七年（一九八二）の十月末でした。当時島尾さんは茅ヶ崎に住んでおられ、沖縄滞在から戻られたばかりということでした。ひとしきり沖縄の気候風土の話題のあと、《震洋の横穴》探しの旅に話が移りました。少し前にテレビで放映していた済州島の風景のことで、そのとき特攻隊の穴という説明が入っていたのを、「あれはどうしても震洋隊のものです。土地の人は怒っていましたけど、ただで使われたって、穴を掘るのに。どきっとしましたね。かなりの年配の人が、握り飯だけ貰って掘らされたって言っていましたね。震洋艇を隠しておく穴、つまり震洋の横穴ですね」と、熱っぽく語っておられました。（のちに「震洋隊幻想」として小説化されます。）小説と同題のエッセイ「震洋の横穴」（「毎日新聞」一九八〇年八月十五日夕刊、『過ぎゆく時の中で』所収）から引用しておきます。

それから三十五年が経った。私は多くのことを知ったようだ。ともかく国が戦争に傾いて行くからくりもいくらかは見えて来たと思っている。それは心に安らぎが与えられるようなものではない。（中略）終戦直後の頃の私は特攻隊のことを思い出すさえいやであった。非戦闘員の原爆や空襲、沖縄戦の体験とくらべてもまるで無疵の体験ではないか。そのことはむしろ伏せておきたい気がしていた。しかし次第に私にとってその体験が決してそれ程軽くはないことに気づきだした。歳月が経つと共に、それが何であったかを見究めたい思いがつのるようになった。

そうして、「探し求めてその穴を目の前にすると、鎮めと怯えに引きずり込まれるような戦慄を覚えるのだ」と結んでいるのです。私が軽い気持で「巡礼する、鎮魂する、という姿勢ですね」と申し上げると、島尾さんは「やはり老化現象でしょう」とはぐらかされましたが、そんな単純な言葉では表現しきれぬ心を抱えておられたのだ、と今では思うのです。そして《淵源》を訪ねるということでは、海軍予備学生のころ、訓練の一環として《沢のぼり》と称される河川溯行の体験も影響しているのでしょう。「安里川溯行」にしてもすぐれて自らの体験の淵源、深い暗い穴を探るメタファーとしての旅でもあったようです。

（二〇一四・六・一〇）

（いわやせいしょう・文芸評論家）

那覇歩き

八重瀬けい

島尾敏雄が沖縄と深い関わりを持っていたと知ってから、わたしの中の沖縄の血が騒いだ。島尾敏雄は沖縄だけでなく、さまざまな地域の紀行文を残しているが、わたしは興味を持った沖縄に関する島尾敏雄のエッセイや、関連記事等を中心に読み漁った。

奄美大島時代、自転車事故に遭いそれが原因で寒くなると頭が痛くなり、暖かい那覇で越冬したこと、鹿児島純心女子短期大学で琉球文学を教えていた事、ミホ夫人のルーツである沖縄の土地柄に強く引かれていた事、沖縄は自分にとって励ましと慰めであったが、解きほぐしたい謎はいっぱいあった事。

沖縄その中でも特に何故那覇が好きだったのかを探り出しても、様々な想いが交差していて、明確にこれだ！　というのがわからないまま、やがて島尾敏雄の歩いた那覇の町を辿りたいと思うようになった。

中でも『南風のさそい』（泰流社、昭和五十三年〈一九七八〉）の中にある「那覇日記」に懐かしい地名を見つけるとその思いはますます強くなった。

私の夢の中にしばしば現れる町もカイナンのあたりの浮きあがるような地形を背景とするようになった。

この中にある開南《かいなん》は、十八歳までのわたしの生活エリアであった。早速沖縄在住の友人に、那覇歩きを一緒にしてほしいと打診。高校時代からの友人、上里さんは事情を聴くと快諾してくれた。

さらに彼女の知り合いが、島尾敏雄と交流があったと思う、とも。思いがけない情報に心が震えた。過去の作家という意識がぶっ飛んだ瞬間でもあった。早く那覇に行きたい！

沖縄での私的な用もあり日程の調整ができたのは四月下旬。それまでに、エッセイの中から地名を拾い出しコースを決め、三日間のタイムスケジュールを作成。そこまでは、行くことに気をとられていたのだが、ふっとただ辿るだけでいいのか？　と自問自答する。

そして答えの見出せないまま那覇に到着。

ええいしょうがない、歩くしかない。


復帰前の時期にはじめて那覇を見た私は、ほとんど偶然の導くまま、開南の五叉路から神里原《かんざとばる》にかけてのあたり、そして大道から松川の辺りを、当てもなく歩いた事があった。

その折の快い迷路感覚、ビルの谷間にはさまれるのではなく、屈斜の白い道筋にかさなるように並んだ背の低い店舗は、自分の背丈で近づくことができるという或る親密な気配に支えられていた。

（『南風のさそい』より「那覇日記」）


上里さんと二人数十年ぶりに開南の商店街の入口に立った。昔のような賑わいはなく、行き交う人も少ない。しかし復帰前ここは観光地ではなく、近くに農連市場、南部方面に行くバス停、高校などがあり、まさに地元人の町であった。

その中を島尾敏雄は飄々と歩いたのか。わたし達は彼とすれ違ったのではないだろうか。不思議な感覚になる。

そう言えば背の低い店舗の中には、惣菜屋がありわたしの好物である煮豆を売っていた。上里さんはこの商店街の中に友人の家があったはずだけどと呟く。わたし達は遠い記憶を手繰り寄せ、坂になっている商店街を歩いた。

現在は「サンライズなは商店街」（正式名称、新栄通り商店街）と呼ばれているこの通りは戦後那覇の商業活動発生の地で、三〇〇メートル程の間に枝葉のごとく、次々に規模が広がり多くの通りと交差している。

平和通り、えびす通り、浮島通り、壺屋神里原通り、新天地本通り、太平通り、開南せせらぎ通り、等々。今でも観光客がこの辺りで迷子になると辿りつくのがこの坂道の商店街だという。

島尾敏雄も迷路のような通りを面白がった。復帰前の琉球列島民政府時代の事で、復帰運動が盛り上がっていた頃だと思うが、島尾敏雄の視線はそこに暮らす市井の人々の当たり前のごく普通の日常に注がれている。

さて、わたし達は互いの幼少時代関わりのあった神里原通りに出た。しかし昔の面影はなく新しい道路がわたし達の前に広がっていた。ここの記憶、上里さんは叔父さんの住まいがあり時々遊びに来ていた、わたしは祖父の営む店があり、よく泊まってそして遊んだ。住居兼用の店の隣は薬局で、時々おまけのカエルの指人形を貰ったものである。

そんな事を思い出しながら、あっという間に通りのはずれに出た。島尾敏雄が散策した時道はまだ続いていた。今はもうないその先には、小さな商店に挟まれて産婦人科医院があったのも、その入口付近のハイビスカスも、商店と商店の間の細い道も、通りゆく旅人を眺めていたことだろう。

この神里原の祖父の店とその界隈は、あの頃から五十数年たった今でもわたしの夢に出てくる大事な故郷の記憶である。

「ねっ農連市場に行ってみない」

地図を見ていた上里さんの提案で、車の行き交う道から路地を抜けた。「県民の台所」と戦後呼ばれていた市場は、各地の農家が直接野菜を持ち寄り現在でも相対売りしている。足を踏み入れると、時間が止まったままの昔と同じ風景であった。

午後三時過ぎの市場はもう閑散としていたが、わたしはインターネットで見た一枚の写真を思い出した。それは買い物籠を持った島尾敏雄とその後ろにミホ夫人。夫妻は一九七八年冬の数カ月を那覇市で過ごしている。写真の背景はどこかの市場で売り手が野菜らしきものを広げていて、わたしが勝手に農連市場じゃないか？　と思っている一枚である。

そのさりげない写真の中に、生活者としての素の島尾敏雄がいる気がした。わたしの好きなショットだ。わたし達の母親もまだ元気な頃はここに通い、いかに安く新鮮な野菜を手に入れたかが、自慢であった。夫妻も早朝農家のオバア達と、値段交渉しながら野菜や果物など購入したのかもしれない。得意げな母の顔と共に夫妻の楽しげな顔が浮かぶ。

敷地面積千坪の農連市場は二〇一五年再開発が始まりまた那覇の街から戦後が消える。

翌日は朝から島尾敏雄が数カ月住んだという大道《だいどう》界隈から、松川、金城ダムまで歩く。まずは関連随筆「那覇日記」「那覇からの便り」「安里川溯行」から当時の住まいを推測。

住んでいたのは白いコンクリート作りの家で外階段とバルコニーがある借家は、以前からすんでみたかった形の家。地図を片手にその借家を探した。大道のはずれで真嘉比《まかび》との境。ポイントは丘の中腹、ギンネム、丘全体が墓地。しかしわたし達が立っているのは、再開発により様変わりした真嘉比寄りの新しいスーパーの前。

この辺は一九八七年（昭和六十二年）五月に全面返還された米軍住宅地区の跡地で、再開発により那覇新都心となった地域や、二〇〇三年に開通した沖縄都市モノレール、おもろまち駅もこの近くにある。

現在の風景を島尾敏雄の目を通すとどう映るのだろうか。住んでいた所は再開発で消え去ってしまったのか。

わたし達は真新しい那覇中環状線を渡り、地図にあるそれらしき場所に向かった。広い新道からいきなり細い路地へ。路地の先は入り組んだ道があり、古い家々、草に覆われた廃墟、その横にアパート、この先行き止まりの表示のある路地もある。一気に懐かしい昭和の佇まいの中へ放り込まれた感があった。

地図上で推測していた所は、いくつかの路地を通り抜けた先にあった。小高い丘になっているその横には数棟のアパートや住宅があった。丘の部分は雑木、ギンネムの木、そして点在する墓地。小さな丘は全体が墓場のようだ。

結局のところ、ここがそうだという確信はないままだったが、島尾敏雄が書いた雰囲気は少し味わえた気がした。

……つまり家の裏全体が墓山であったのだ。それからというものは、ギンネムの傾斜に向かう私の気持ちにいくらかの変化が出てきはじめたことを覚えたのである。一つには見知らぬ人々のではあるが、祖霊たちの眠る丘にいつも抱きかかえられているという安らぎの思いであるが、もう一つは、それとは逆によそ者の自分が見境なくはいり込んで来ていて霊所を冒しているという恐れである。その恐れは夜中になると鮮やかさを増した。風もないのに戸をゆるがす物音は、祖霊の怒りの通過のように思えた。軒端近く耳のそばに来て鳴く名知らぬ鳥の奇声は自分の家に早く帰りなさいという警告のそれに聞こえた。

（『南風のさそい』より「那覇日記」）

わたし達はそんな見知らぬ人々の墓を横目に、今度はダムを目指した。その時路地から二～三人の子ども達が飛び出してきた。鬼ゴッコをしているのだ。歓声を上げながら別の路地へ走り去った。天真爛漫な子ども達は、那覇滞在中の島尾敏雄を何度も癒している。

さて、一九八三年二月十四日、タイムスホールで第八回「新沖縄文学賞」受賞記念講演で選考委員（第一回から）の島尾敏雄の演題は「文学偶感」その中で、安里川の沢歩きを話している。それは「安里川溯行」でも同じシーンを描いているのだが、受け取る感じが違うので、書き出してみる。

松川あたりで首里と大道に分かれますよね、最初はずっと上の方に行き金城町の下の方にダムがありますね、あそこまで登っていく、気持ち良かったですね、とても。

（講演「文学偶感」より）

川の流れはダムの端からなお山の中に溯りはいり、その果ては弁ヶ岳（琉球王国時代国王の祈願所・御獄《うたき》）に迫っているのだろうが、ここから先に行くと、暗い寂寥に襲われそうな気分になったのが、変であった。（中略）この道筋は本土のどこにでもある新開地と変わらず那覇の町のようではなかった。（中略）私はダムの所から引き返すことにしたのである。

（『透明な時の中で』潮出版社、昭和六十三年〈一九八八〉より「安里川溯行」）

講演ではリップサービスなのか気持ちが良かったと話しているが、ほんとの感情は書かれた方にあるのだと思う。それにしても、島尾敏雄が惹かれた那覇の町の姿は何だったのか。白いコンクリートの建物、赤瓦の低い軒先の家。迷路のような路地。本土と同じ顔を持つ町並は、那覇の町とは言い難かったのかもしれない。でも、聖地である弁ヶ岳に近づくと、何かを感じたのだろう。暗い寂寥に襲われる。

それは住んでいた家の外の気配と同じ感じ方で、島尾敏雄が那覇の町が好きだという一つは、建物の在り方ではなく、町の中いたるところに精霊や祖霊たちの気配を感ずることができたからなのではなかったか。

わたしはそういう感じ方は出来ないのだが、那覇にダムがあるという事は知らなかったので、この那覇歩きの際、ぜひダムを見たいというのがあった。

ダムへのアクセス。県道29号線（首里向き）から松川交差点を右折。歩いて行くと、綺麗に整備された歩道に出た。道路を挟んで右側が繁多川《はんたがわ》地区、左側は金城町で斜面に家々があり、さらにその上に首里城がある。地図を見ると安里川はダムの方から蛇行してこの谷間を通っている。

緩やかな坂道の歩道は通る人もまばらで、整然と植えられた街路樹は、この通りが計画的に整備されたことを物語っている。

しばらく家々の庭や壁際の花や植物を愛でながら行くと、川の上に小さな橋があった。道路を横切り橋の上に立つと、わたし達は声を上げた。そこには、とても町中とは思えない小さな渓流。安里川の別な顔を見た想いだった。川の両側は木が茂り、狭いけど河原があり岩の間を水が流れている。

「初めて見たねぇ」「国場川のそばで育ったから、こんな綺麗な川が那覇に存在していたって驚き！」「島尾さんも見たよね、きっと」

口ぐちに言い合いながらしばし休憩。鳥の鳴き声が心地良い。川面を渡って涼しい風がわたし達を包む。

一息ついた後、さらに歩くと金城ダムと書かれた標識。やっと到着した。先程の小さな渓流にも驚いたが、さらに周りの古都首里の趣を壊すことなく、ダムが造られているのに感動したのだ。

金城ダムはもともと、沖縄県農業試験場へ水を供給するために造られていたダムであったが、弁ヶ岳を源流に那覇の町を縦断し泊港に注ぐ安里川が大雨の度町中で氾濫するので、古いダムを撤去し、治水ダムとして生まれ変わった。そのために一九七七年から調査を開始し、一九八八年上池、一九九一年に下池が着工。二〇〇一年に竣工。島尾敏雄が安里川を遡ったのは一九八三年ごろなので、ちょうど節目の頃だ。彼は目の前のダム湖が消え新しいダムに生まれ変わろうとしているのを知っていただろうか？

ダムの事務所まで足をのばすと、至る所に（ハブ注意）の立て看板。道路から反対側のダムの斜面は墓地であった。木々があり草が茂った中、ダム側から墓地まで道があり、そこは格好のハブの生息地でもあった。ちょうど沖縄の清明祭のシーズン中で、人々が各々一族の墓に向かっていく様子が見られた。

最新のダムの横で、人々は昔から続く祭事を守り祖先の前で血の繋がりを確かめ合う、それが沖縄だと改めて思った。わたし達の那覇歩きは終った。自分の歩いた道を赤く潰していったという島尾敏雄には、全然及ばないが、故郷をゆっくり歩くという心地良さは新鮮であった。

ところで那覇歩きは終ったが、それとは別に心残りがあった。それは島尾敏雄が沖縄のグスク（城）の中でも、一番好きだと言う座喜味城跡《ざきみじょうあと》を見たいという思いだ。実の所わたしも上里さんも座喜味城跡に行ったことがない。このさい思いきって行くことにした。

翌日は朝から大雨だったが、上里さんの運転で那覇から約一時間程の沖縄県中部にある読谷村に向かった。座喜味城跡は二〇〇〇年十一月に、「琉球王国のグスク及び関連遺産群」として世界遺産（文化遺産）の一つになっているが、彼はどこに惹かれたのだろう。

読谷村に着く頃雨は小降りになり、車は城跡公園の駐車場に入った。月曜日で駐車場横の資料館は休館日、駐車場にもほとんど車がなかった。わたし達は初座喜味城跡散策に車を降りた。なだらかな階段を登ると、松の木の下や植え込みの間など至る所に白い鉄砲百合が咲いていた。そして城門のアーチをくぐり抜けると、わたし達は足を止めた。

まるで児童画の線引きのように、気ままに曲線や直線が引かれた天衣無縫な設計の上に、石垣が築かれている状態なのだ。

（『南風のさそい』より「那覇からの便り」）

野球のグラウンド程の広さであろうか、やんわりとした曲線の石積みの壁と、その天井の青空は、異次元の世界に迷い込んだ感じがある。自由自在に空間を行き来する島尾敏雄作品の舞台にピッタリの空間であり、一番好きだというのにも大いに納得した。

わたし達は城跡を歩き回り、コンパクトな造りと誰でも受け入れてくれそうな柔らかな佇まいに同じく魅了されて帰路についた。

島尾敏雄と沖縄を語る時、沖縄の伝統芸能・文化にも大いに興味を持ちまた造形も深かったという事も忘れてはいけない。

上里さんの知り合いのSさんは、島尾敏雄のそういう面を熱く語って下さった。Sさんによると、島尾先生は話題が豊富でとても穏やかな方で、散策のお伴をしていると、歩きながら自然も人の様子も、家々の佇まいもよく観察していたとの事。

またこんなエピソードも伺ったという。

「沖縄芝居を観ながら観客が笑ったシーンを、横に座っている沖縄の人に方言を訳してもらうと、意味がわかりワンテンポ遅れて一人大声で笑ったよ」

ミホ夫人も『ヤポネシアの海辺から』（弦書房、平成十五年〈二〇〇三〉）で石牟礼道子氏にこう話している場面がある。

「島尾と私は機会がございましたら、逃さずに沖縄の芝居を見ました。（中略）そして歌劇の〔泊阿嘉《とまりあーか》〕や〔辺戸名《へんとな》ハンド《はんど》小《ぐゎー》〕を、島尾も私もすっかり覚えてしまいまして、二人で歌劇の唄や念の部分を掛け合いでよくいたしました」

夫婦で存分に沖縄を満喫した事が伝わってくる。

また沖縄芝居の重鎮だった真喜志康忠《まきしこうちゅう》氏は生前「沖縄芝居を高く評価して下さったのは、島尾先生が初めてだった」と、とても尊敬していたそうだ。

同じく伝統芸能である琉球舞踊にも大きな関心があり、特に女踊りの「諸屯《しょとん》」が大好きだったとの事で、一九八六年十二月沖縄での「島尾敏雄を憶う集い」の追悼式で舞踏家の玉城秀子氏が（遺影）の前で踊っている。

沖縄での島尾敏雄は実に多くの人々と交流している。そして彼と接した人は男女を問わず、その人柄に惚れてしまう。

「新沖縄文学・71号」昭和六十二年（一九八七年）の特集は《島尾敏雄と沖縄》。目次に「エッセイ　島尾敏雄とわたし」があり、彼の第一印象、彼の語った事などが掲載されている。そのほんの一部分を抜粋。

○枕元に常にペンを置き夢を見たら書きとめてごらんなさい。きっとおもしろい夢物語が生まれますよ（玉城秀子氏）

○それにしても島尾さん初印象は、どこか遠い村役場の助役さん風であった。黒の中折帽に黒の外套、そしてコウモリ傘を手にした出で立ちは、何と言う強烈なファッションであろうか（海勢頭豊氏）

○文庫にはよく「立ち寄る」客が多かった。その一人が島尾先生である。那覇から豊見城城跡公園まで歩いたと立ち寄って下さった。歩きながら考える、これが歴史を踏むことなのだ、とも。（喜納勝代氏）

○レールモントフの「現代の英雄」を読んでごらん、きっと旅の足跡を懐かしく思い出されるよ。（吉永ます子氏）

○一貫していたのは、沖縄を愛するあまり、この地で起こることにはどんなささやかなことにも喜びをみいだしていらしたこと。（長嶺恵美子氏）

どのエッセイも島尾敏雄との関わりを、そして出会いを宝物のように綴っている。誰にとっても、自分こそが特別な存在だと感じさせる島尾敏雄は、心の中に常に熱いマグマを抱えていた。だから穏やかな中にも、それを感じとれた人は、その出逢いが宝物となったのだろう。

そしてマグマ溜まりに溜まっていたのは、死と向き合ったまま止まった時間であり、その対岸にある溢れる生への想い、宇宙から覗き見ようとする自由な眼差しなど。そのマグマが噴き出す時、溜まっていたのが何かでそれはそれぞれの作品として生まれた。

那覇の迷路のような路地で、ギンネムの茂る丘で、弁ヶ岳の御獄のそばで、島尾敏雄は精霊や祖霊を身近に感じとり、想像し、畏敬と畏怖の念を持った。混沌とした那覇の空気の中で、彼は自由で心を伸びやかに解放する事ができたに違いない。

（やえせけい・「九州文学」編集同人）

参考文献
『南風のさそい』（泰流社、一九七八年）
『島尾敏雄　島尾敏雄の会編』（鼎書房、二〇〇〇年）
『透明な時の中で』（潮出版社、一九八八年一月）
『夢屑』（講談社、二〇一〇年九月）
「新沖縄文学　七一春季号」（沖縄タイムス社、一九八七年三月）
『ヤポネシアの海辺から』（弦書房、二〇〇三年五月）

普通の人　島尾敏雄――ヤポネシアへ至る一本道――

澤田繁晴

島尾敏雄は「普通の人」である。強いて言えば、特別な文学的才能などに恵まれた人ではなかったのかも知れない。しかし、それだからこそ、特殊な才能を備えた人にできなかったようなことができたのである。僥倖と言えよう。島尾にとっては、マンガチックな死の特攻出撃命令の空しい待機さえもが僥倖であった。あるいは、誤解を恐れずに言えば、後に狂気に陥ることになる妻ミホとの運命的な出会いさえもがそうであった。

特殊な才能に恵まれた人なら、島尾が置かれたような状況をもっと適切な、気の利いた言葉で表現し得たことであろう。しかし、このようなところこそが、才能に恵まれた人の〈落とし穴〉にも成り得る。多くの芸術家が落ちた陥穽であろう。その点島尾なら安心である。このような切羽詰まった状況下においては、特に文学にそれほど縁のない、世の中の普通の人が最も必要とするのは実は島尾のような人なのである。そこに島尾がいた。偶然なのか、必然なのかは分らない。天にしかできない配剤としてである。名人、名優としてではなく、「群れ小鳥」としてである。

もちろん世の中には、想像力に人一倍恵まれていて小説家になろうとする人もいるであろうが、島尾敏雄は、そんな人ではなかったようだ。

筋道をつくり、ものがたりを構築しなければならぬ掟を小説の中にかぎつけ、その掟が、式順とからみあって、私にはよそよそしく見えた。それに近づく許可を自分がもらえることなどあるだろうか。なによりもさわりになることは、私にはどんなものがたりの筋道にも興味がわかないことだ。どれほど巧妙に、そして緻密にたてられても、つくりごとの構造は、逃げ水のように、追いかける先へ先へと移って行き、私のからだの中にひびきかえってこない、と思いたがり、そのおそれがあった。やがてそれは嫌悪に傾いて行く。どんな構築も私とは無関係で、私を動かしはしない。

（『琉球弧の視点から』講談社、1969―「どうして小説を私は書くか―私の文学―」）

島尾は小説に向かない性格をもっていただけでなく本人は文章を書くことにも向いていない、と述べている。

私は文章など書けはしないのに、お前は書けるとおしつけてくるまわりが私からいっそう確かさを奪い去ってしまったこと。（中略）気づいたときに私は小説を書くことを強いられ、みずからもそれを拒まずに月日を流していた。でも私は文章の修業をしたわけではない。私は商人の子。（中略）ただ私の性格に、あきらめの面が強いから、まずあきらめることによってどうにか筆がすべりはじめるのだ。

（『琉球弧の視点から』―「わたしの文章作法」）

詩に逃げられ、小説にも不向きであることを悟らせられた島尾は、プロの文章家ではないとはいうものの、何かを摑んだことだけは確かである。

私は詩を拒み、自分自身の旅行を記録しはじめた。小説を書くつもりで紀行文じみたものになった。私はただ通りすぎて行くものの通過するのを待つほかはない。やがて戦争にまきこまれたが、戦闘をひとつも経験しないままそれの終わったことに気づいた。廃墟のすがたを帯びた神戸の焼けあとの中で、私は書こう、と思っていたようだ。なにを、どんなふうに、思ったのだったか。そして私の書いたものが小説とみなされた。

（『琉球弧の視点から』―「どうして小説を私は書くか」）

島尾には小説を書く必要などなかったのである。小説のネタ等というもおろか、人徳にも似た「経験」があったからである。それをただ記述すればよかっただけである。中途半端な判断力とか想像力でもあったなら、それは邪魔物としてしか働かなかったであろう。

しかし、どうして自分がそれを小説であることを疑わずにいられよう。それに名づけて抵抗を感じないですませられることばがあるとすれば、それは記録もしくは記述かもしれぬ。私はただ機械のように記述していたいなどと思っていたようだった。広大できりのない全体をまるごと書きあらわすなど自分に及びもつかぬと知ったとき、私のできることは過程のささやかな記録、そしてそれをできるだけ忠実に記述することのように思えた。（中略）そしてできたものは、詩でもなく戯曲でもなく、多分小説にいちばん近いものになっているのかもしれない。いずれにしろ、あの筋やものがたりがつくりだす退屈に落ちこみたくないという考えからどうしても抜けだせないし、また抜けだしたくないのはどうしたことか。

（『琉球弧の視点から』―「どうして小説を私は書くか」）

島尾は、「ヤポネシアと琉球弧」と言う文章において――これは文庫本で十四ページくらいの分量の、それほど長いものではないが――何度も「日本から抜け出したい」と述べている。ここでその理由を明言しているわけではないが、終戦時の島尾の体験を抜きにしては考えられない。島尾は、その方法として外国旅行とか亡命といった短絡的な形のものではなく、もっと手の込んだ次のような形のものを考えた。

さて、この抜け出せない日本からどうしても抜け出そうとするなら、日本の中にいながら日本の多様性というものを見つけて行くより仕方がないんではないか。その日本の多様性というのは、ちょっと片寄った考え方かもしれません。今申し上げたようなイメージの日本とはちがった、もう一つの日本、つまりヤポネシアの発想の中で日本の多様性を見つけるということです。（『新編・琉球弧の視点から』朝日新聞社、１９９２―「ヤポネシアと琉球弧」）

島尾はここで、「もう一つの日本」といったものを考え出す。太平洋上のポリネシア、インドネシア、ミクロネシア、メラネシアといった島群と同類のヤポネシアというものである。これは単なる思い付きなんかではないであろう。いや、思い付きではある。しかしそれは、「必要は発明の母である」といった意味での思い付きである。島尾は日本列島を、「千島弧、本州弧、琉球弧という大きな三つばかりのかたち」をしたものの中で捉えようとする。これは、「日本」というものを、一つ高次の次元の概念の中に解消し、そのことにより、もうひとつの「新しい日本」像を模索することに他ならない。あるいは、これは商売上でも有効な手段であったのかも知れない。島尾は意外なことかも知れないが、知能犯でもあったのである。

「……あなたの仲間があなたのことをどう言っているのか知っていますか。とんまとかうすのろといっているのですよ。自分の小ささを知らないで、あなたのきたない生活を文学的探求のつもりがきいてあきれるじゃないの。あなたの小説などどれひとつとしてにんげんの真実を描いていないじゃない。うすよごれたことばかりに細密描写をしているだけでしょ。だからいつまでもうだつがあがらないのだわ。それであなたそのときよかったの」「よかった」「ちきしょう」そう言うと妻はがばとふとんの上に起き上がり、目をつりあげた形相で私をにらみつけた。

（『死の棘』新潮社、２０１１）

島尾が、日本を多様性の中で捉え直そうしていることは先に触れた。島尾は、その中でも東北と琉球弧、「なかんずく琉球弧に重要な手がかりがある」と見当をつける。具体的には、「奄美諸島と沖縄島を中心とした沖縄諸島、それに石垣島を主島にした八重山諸島などをひっくるめてわたしは琉球弧と言いたいのです」とある。地図上で言えば、鹿児島県から台湾に至るまでの琉球三十六島ということになるであろう。

　私の琉球弧へのかかわりは日本列島をまるごとつかみたい願望の試みだったような気がする。倭とだけぴったりとかさなり合ったような日本国は息苦しくて仕方がない。

（『新編・琉球弧の視点から』―「琉球弧の吸引的魅力」）

これは島尾が実感として感じている日本に対するイメージである。一方、琉球弧に抱くイメージは次のようである。

　私の考えている日本国は琉球弧も東北も共に処を得たそれだ。殊に琉球弧、就中沖縄は一個独自の文化をかたくなに表現しつつ、どことなく風通しがよくて外に開けた世界を予想している。そしてほどよい大きさの中でにんげんの生活のあらゆる沸騰を展開させてきた。陽気で大胆に、また時に気むずかしくはにかみ、お伽話のような歴史をはなはだ現実的な日常で織りなしつつ、おそらくそこには小国の住民に与えられた快適があったにちが

（『新編・琉球弧の視点から』―「琉球弧の吸引的魅力」）

いなかった。

島尾の「日本国は息苦しくて仕方がない」という文章を読むと、川村湊の『新編・琉球弧の視点から』に掲載されている巻末エッセイ（「〝ヤポネシア〟概要」）の「彼の南島文化論、南島紀行、そして南東に基点をおいたエッセイの数々は、小説家としての島尾敏雄の優れた小説作品とはまた別の価値を持つ文化的遺産である」などとは言えないはずである。もっとも、川村はその前段で、島尾の私小説の背景には、「時代と社会とに関する文化論的視界があった」と慎重な物言いをしてはいるが。だとすると、小説とエッセイは別個の価値をもつ、などという一般論を付け加える必要などはなかったのではなかろうか。ここで私が言いたいことは、島尾は、息苦しい日本を抜け出して、もっと広々とした〈もうひとつの日本〉に亡命したいと切実に思い、それが琉球弧、ヤポネシアの発見に〈必然的に〉至ったという一本の太い線のことである。ジャンル分けをして澄ましていられるような問題ではないのではないかということである。島尾には今次大戦に限らず、幼少の頃より付け焼刃でない「世間への不適応」があったようだ。

三、四歳のころだったろうか、にわかめくらになった私は長火鉢やちゃぶ台のかどにぶつかっては母の歎声を身のちぢまる思いできき、この先いくらも生きられない閉ざされた思いがあった。幼稚園に通っていたとき病名を正確には教えられなかった患いの中で、医師が絶望的だと親たちにはなしていることばをひとごとのように耳にし、泣き沈む母の気配から母だけがかわいそうだと感じたこともあった。そのあとなぜか持ちなおして死が猶予されたが、しばらくのあいだ足がなえて立てず、ことばを忘れて話すことができなかった。そのときの私に、青年になり一家を持ち老成するイメージなど湧きようがない。（『琉球弧の視点から』―「どうして小説を私は書くか」）

島尾の『出発は遂に訪れず』を読んだ時に今ひとつ分らなかったいくつかのことが、今回、『戦艦大和ノ最期』の著者・吉田満との対談『特攻体験と戦後』を読むことによって明確になった。もちろん『出発は遂に訪れず』にも何らかの形で触れていたのではあろうが、戦争体験を共有する同士を目前にして、躊躇なく己の姿をさらけだすことができたためであろう。

とにかく、戦争に参加する姿勢を取って、そして特攻隊でやるつもりでいたのに、周囲のいろんなことが、こうなったからといって、そのまま お前生きていていいのかという、そういう感じがありました。

（中略）

（敗戦になって―筆者注）よしッ、これで文学が思う存分にできるぞと思ったんです。（中略）だから、どんなになっていたってかまわないんだ。家族が全部死んでいたって、かえってそれをじっと見るのだというふうな、なんか、そういうたかぶった気持ちがありましたねえ。

そして帰ってきたところが、一向にその（笑）変りばえもしなかったし、力も出てこなかったんです。もう、どういうんですかね、考えても、ほんと、つまらない日々を送りましたね。やっぱり一種の虚脱……。

（中略）

その日本人の発想の中の、なんかこう、陰湿というか、暗い、そういう考え方から、ぼくはぬけだしたいという気持が強いんですけど。どうですか、やっぱりこう、武士道というのがあるでしょう。（中略）実をいうと、ぼくはその武士の考え方というのを、そのまま受け止めたくないんです。もっと自由な考え方をしたいんですけれども、何となく、引っかかりますね。

これで島尾の「日本からの脱出」は明確になったことであろう。似たような経験をもつ若いとは言え吉田満の人間一般に対する認識も無視できない。

そこまでいっても、ほんとうに死を実感するというよりは、どこかで自分をはぐらかすようなところがありましてね。人間て、弱いですから。

（中略）

二度と帰れないと知って出撃する気持は、大変だったろうとよくいわれるですけど、意外に平気なもんで。出撃ときまりましてから、みんなわりあいにつまらんことで笑うんですね、艦内で。

（以上『特攻体験と戦後』中央公論社、１９７８）

○

島尾のお通夜の時に目にした、母の国造りの神に見られるような印象を息子の島尾伸三が書いている。

お客さんがみんな帰った深夜、お母さん（ミホさん―筆者注）が棺桶の蓋を開けろというので、開けると、一人にしてくれというので、隣の台所でお茶を飲んで次の命令を待つことにしました。

（中略）

もういい、というような声がしたので、居間へ入って木箱の細長い大きな蓋を閉めようとすると、別れを惜しんで、おかあさんはもう一度、と言って、おとうさんをなで回し、顔を両手で包みました。

この二人がこうやって、私や妹が生まれたんだなあ、と、思いました。それは夫婦や家族という制度や表向きの仕草というよりはもっと動物的で、土を捏《こ》ねて肉を生みだした神様の仕業を真似ているようでもあり、肉が肉を生み出そうとする空しい快楽の真似事のようでもありました。

おかあさんは、ずっと、孤独の恐ろしい海を生きて来たんだと感じました。そして、

「伸三、ごめんね、わたしは、おまえのおとうさんを殺してしまった」

と言いました。でも、お父さんは緻密さを失っておかしくなりはじめていて、もう死んでもよいころだったので、むしろ、ありがとうと思いました。

（『小高へ　父島尾敏雄への旅』河出書房新社、２００８）

ミホは、修羅場を現出させたほどであるから、どうやら夫を人並み以上に愛していたのだということは、この一文からも分るように思う。

（さわだしげはる・近現代文学、美術研究者）

琉球弧の人々と島尾敏雄をめぐって

おおくぼ系

島尾敏雄と私は生まれにおいて三十四年の開きがある。ただ、氏が昭和五十年（一九七五）四月、鹿児島県指宿市西方一四〇八番地に転居してきて、五十二年九月に神奈川県へ転出するまでの間、また五十八年十月に鹿児島県加治木町反土札立《たんどふだたて》一九七七番地の五へ再度転入してきて鹿児島市吉野町八七四五番地へ移り、六十一年十一月十日、鹿児島市宇宿《うすき》町二五五三番地で倒れて逝去するまでの間、氏とともにサツマの地で生活していて、近い空の下で同じ空気を吸っていたことにかすかな感慨を覚えた。

その間に島尾との直接的な関わりは生じなかったのであるが、そのことは今回、氏を俯瞰《ふかん》してみて自分なりに位置づけるにはちょうど良い距離であったかと思う。著名な島尾敏雄のことをどう文字にしたら良いのか、氏と付き合いが深かったという田中成子に教示を願ったところ一冊の本と手紙をいただいた。

本は島尾の二十回忌を記念して奄美・島尾敏雄研究会が編んだ『追想　島尾敏雄』で、氏に出会い交流した人々四十三人の想いが書き込まれており、作家島尾の素顔が浮かび上がっている。

このなかで、藤井令一が二十年親しんだ奄美から飛び出ようとする氏について述べている。「島尾さんが島にいては長編『死の棘』の最終編が、どうしても書けないという、作家として最も苛酷なフラストレーションの苦悩に苛まれている気持が強く感じ取れていたのです」、このとき新しい小説「奄美世《あまんゆ》」の構想も芽生えていたという。

田中は、『死の棘』の終章が書けずに、いったい何を表現したいのかと、十二指腸潰瘍を患いながら苦しみ悩む島尾を見て、見ている方も辛かったと述べる。

また指宿の地にいて、島尾から奄美を出る相談を受けた前橋松造は、指宿は温かいので転居先としていかがですかと勧めたところ、指宿に移転してくることになったと、記している。島尾はその時五十八歳で、奄美館長を辞職して書くこと一本に絞りたいと漏らしている。前橋は南日本新聞の大島支社長のときに島尾家との付き合いが始まった。田中は、前橋は奄美から転勤した後も、島尾が上京するたびに私的に付き添ったり、転居の都度、相談にのる間柄だったと述べる。島尾は旅好き、かつ転居好きでもあり、なんらかの切り替えが必要となると、その後も転居を繰り返し、代表作『死の棘』を十七年かかって完結させて、奄美を出てから八年後に再び鹿児島の地に帰ってくる。

二十二歳でまだ柳田成子のときに、田中は奄美において四十半ばの島尾と出会い、晩年に島尾が宇宿町に転居しスーパーで買い物をしていた時に偶然再会して、倒れて他界する一週間前にも会ったと話す。初めて出会ったのは、奄美の中央通りアーケードで親が工事材料兼電気店を営んでいた時であった。一筋先にカトリックの教会があり、神父から島尾という作家が、話しのできる相手をさがしているので会ってみてくれないか、との相談を受けた。

この中央通りアーケードは、さながら文学街を形成していて、田中の大晃電気店の隣には、詩人の藤井令一のしらゆり写真館、そのすこし先にも詩人仲川文子の住むレストラン高倉があった。仲川の真向かいには、詩誌『地点』を主宰していた進一男などがいた。まさに文化の香り立つルネッサンス通りで、喫茶点フラワーに集い夜遅くまで語り合っていた。その時期に島尾が現れたのである。

田中成子は自分に話をもってこられたのは、女子美大在学中にセツモードに学び、三宅一生、白洲正子などと交友があり、さらに小林秀雄などの文士とも面識があったので、内容のある話ができると思われたのだろう、と言う。拝山《おがみやま》での語らいを始めとして募る想い出を留めておきたいと、私的資料にまとめている。

「島尾先生との語らいと体験は私にとっては人生の宝のようなものです」と言い、ミホさんは、すごいヤキモチやきであるので遠慮しながら、宇宿にいらっしゃる時は、のちに南日本文学賞を受賞した、久井稔子さんといっしょに何度もお逢いしました……田中は取りとめなく記憶を探る。

奄美で島尾と出会ってしばらく後に、ハイデルベルグというドイツ料理も出す喫茶店を始め、島尾も店に顔を出すようになった。青い顔をして胃が痛いといいながらレモネードをしきりに飲んでいたと言う。

『日の移ろい』を贈られた時の想い出を、田中は熱く語る。

ルネ・マグリットというシューリアリズムの作家の画集を贈られて、絵は分からないが一緒に鑑賞しようと言われた。ルネの画は、空飛ぶ鳩のかたちの中に雲が流れ、雲が一つのテーマでもある。

雲は見つくすことはない、同じ形の雲はひとつもありません、苦しいことがあっても雲を見たら乗り越えて行ける。それで『日の移ろい』の表紙にも雲が流れていると島尾は述べる。便箋が近くになかったから見開きに書いたのだと、贈られた本の表と裏の見開きを使って、島尾のペン字がぎっしりと詰まっていた。

日常を大切にしている、毎日日記を書いているが、同じ日は一日もありません。日記で自分の生き方を見つめ直したい。生きるとはすべてをあるがままに感受する。平凡のようであるが、作家としての想像することを断念する事で、日常を見つめ一時的に「ものを書く事」の限界を固めてしまい、狭い範で生きている今を生き抜きひとつの枠に閉じこめたという。一人になると繰る術《すべ》を知っているだろうが、二人になると妻との対話も、防ぐことの出来ない不測の嵐があるかのように……私は不幸を呼び寄せる危険をいつも持っているのですとの告白を聞いた。

成子の静かな語りから過去が生気をもって湧き出してくる。ヨーロッパ土産として香水瓶をもらった。島尾はその瓶に〝狂気と紫〟と記した。香水のビンを見つめ、成子は閉じこめていた言葉をゆっくりとひも解く。このひとときに島尾小説の情景がわきあがって、はからずも現実小説が目の前で展開されていく。このたゆたう雰囲気は島尾そのものの形であり、彼は人や事象と真摯《しんし》に向き合う、選《すぐ》れた感性の持ち主であったことが、彼女の語りから滲み出す。

向きあった情念が手繰《たぐ》りだされていき、島尾文学が出来上がって行く過程をまざまざと見せられた気になった。

田中成子は、謎めいた人生、痛々しい感受性……私が見た島尾敏雄は「現実を生きる苦悩」そのものでしたと締めくくる。

五月の連休明けに梅雨の合間をぬって、奄美大島へと一年ぶりにボンバルデイア機のタラップを上った。加計呂麻を中心にした島尾敏雄とミホの現場を見ておきたかったのである。

鹿児島県は、九州島南部の二つの半島と六百五の島々からなっており、沖縄県は、本島を含めて大小三百六十三の島々からなっている。島尾は、この奄美大島から沖縄島まで、飛び石のごとく連なる島々の位置関係を琉球弧と呼びあらわして一種独特の文化地域とみなしている。

奄美大島を舞台にした作品を書き続ける地元の作家に出水沢藍子がいる。土葬にした主人公の父親を十三年後に掘り出し、洗骨し、火葬に付して改葬する様を小説『マブリの島』に書き現し、平成十年（一九九八）、同作は新日本文学賞を受賞した。マブリとは霊魂を意味し、奄美では、彩蛾《あやはぶら》は、神ガナシのお使いで人のマブリだとされる信仰がある。このような島の情念を見事に書き出し、『銀花《ぎふあ》』など幾多の作品を発表しているが、作中、「都会」の文字にヤマトとルビをうつ凄さは、本土の人間と呼ばれる我々には存在しえない感性である。そういう奄美の情念を島尾も感じ取ったはずで、それが琉球弧につながって行くのであろうと考えている。

ボンバルデイア機のなかで、『まんでい』という一冊の雑誌を取りだした。瀬戸内町まちづくり観光課が発行した、この変形A四版の観光案内誌は二百二十四頁からなる分厚い写真雑誌である。開くと青と緑を基調とした海と山の写真がパノラマとなって飛び出してくる。雑誌の中ほどを少し過ぎたところに加計呂麻島の入り江、呑之浦の風景があり、下に元瀬戸内町立図書館長の澤佳男が「極限の愛」という題で、呑之浦での第十八震洋隊長島尾とミホの出会いをコラムとしてまとめていた。

翌朝、紹介によって、その澤と古仁屋の港で待ち合わせ、あいさつを交わした後に、しばし喫茶店で話し込んだ。澤は、大阪から大島高校へ入学して県立図書館へ通うようになり、四十代後半の作家島尾を知り、暗い表情のなかに底なし沼の深淵を覗《のぞ》くような奥深さを感じた。ミホと島尾がふたりで仲睦まじく買い物へと歩く姿を見て、またミホが毎朝、島尾の乗るバスを見送り見えなくなるまで手を振っているという話を聞くにつけ、なんなんだ、この二人はとの感を呈している。そういう澤が、後年になり瀬戸内町立図書館長兼郷土館長として島尾を顕彰することに執念を燃やすことになった。奇遇などとしか思えない出会いが人生にはあるのだろう。

澤との初対面での話は、ミホは龍家の血筋を引いていることから始まった。『島尾敏雄日記』には、「林房雄の西郷隆盛はよい。八巻も九巻も大島でのことだ。龍一族が沢山出て来る……ミホも龍一族だ。龍一族はカトリック教徒。それはいつの時代にさうなったのか?」という記述があり、ミホの奄美での出自は正統たるもので、かつ当時まれな東京の女学校をでた知識人でもあり、非常にプライドが高かったと澤は言う。

懇談の後、澤とともに海上タクシーで穏やかな湾を呑之浦へと疾走した。船の客席に座るとちょうど海が目線の高さに迫ってきて、海面を船首で切り分けながら滑るように進んでゆく。折り重なる緑の島々に囲まれた湾は、かってみた江田島の情景に似ているが、南国特有の撫でるような空気と奥深い緑をたたえている。

島尾敏雄は、昭和十五年（一九四〇）、二十三歳で九州帝国大学法文学部経済科に入学するも翌年法文学部文科に入学しなおし、東洋史を専攻している。昭和十八年十月、戦局が思わしくなく大学を繰り上げ卒業すると、海軍予備学生を志願して旅順の海軍予備学生教育部に入った。翌年、第一期魚雷艇学生となり訓練の後、第十八震洋隊の指揮官として奄美群島加計呂麻島の呑之浦基地に配属されるのである。任務は、震洋と名づけられたベニヤ製のボートに二百五十キロ爆弾を積んで敵艦に体当たりするものであったが、敵前五十メートルまで接近すると舵を固定して艇を捨て脱出していいことになっていた。しかし訓練では、ほとんどの者が、艇と共に突入する死を覚悟した特別攻撃隊であった。

海上タクシーで十五分も走ると、呑之浦の入り江にさしかかる。戦時中は、この入り江すべてが第十八震洋隊の基地であったという。入り江の中ほどに船が着いて浜に降り立った。せまりくる山の裾野を取り囲むように浜がつづいているが、満潮時にはほとんど消えて行くと言う。シュロや灌木の繁る山の裾野に分け入ると、半円形をした震洋艇の格納壕があった。コンクリートにおおわれた格納壕に四隻を縦にならべて入れていたのだという。

浜にそって入り江の入口に向かいながら、澤は当時の二人のいきさつを話してくれる。島尾隊長は満足に字の書けない部下が何名かいたので、基地近くの村の国民学校へ読み書き学習用の教科書を借用するために訪れたのである。その面倒を見てくれたのが、教員をしていた大平ミホであった、昭和十九年の十二月である。年が明けて二十年の正月、国民学校の新年式典に島尾隊長以下が招待されてミホとの付き合いが深まって行った。

加計呂麻島呑之浦の特攻艇震洋と格納壕。艇は映画ロケで複製されたもの。
（平成 26 年 5 月 14 日筆者撮影）

入り江の先には岩盤が張り出していて、ここには営門があり衛兵が立っていた。ここを抜け出して、島尾隊長は先の浜でミホとの逢瀬を重ねたのだと言う。その年の八月十三日、敵機が縦横に上空を飛び回り敗戦色の濃いなか、島尾隊長以下に出撃への待機命令が下る。知らせを受けたミホは、島尾から贈られた海軍士官の短剣を胸にかかえ入り江の前にたどり着き、島尾隊長の出撃を見届けたうえで自決するとの覚悟で砂浜に正座し続けた……このことの重みを理解せずには、後の島尾文学とミホとのことを語ることはできないと澤は強調する。

岩盤の前後は砕かれた無数の石が散らばり、大小の石の浜となっていたが、それぞれの石が色を持ち、赤紫、青緑、メノウ色など、五色に染まっている。この浜辺で起きた過去のことがらを今さらに色彩で輝かせているように思えた。――むかし、世界中が戦争をしていたころのお話なのですが――で始まって行く島尾の『島の果て』は戦争を題材にしながら、幾分メルヘンチックな装いをしているが、五色の石の絨毯の中にいると、その理由をつかんだかのような気持ちになる。この南海の地は、いいしれぬ陽気と妖気を

昭和63年12月、呑之浦の震洋隊本部跡地に建立された「島尾敏雄文学碑」。高さ2メートル強。（平成26年5月14日筆者撮影）

兼ねそなえ、訪れる人々を別世界へ導こうとしているのだろうか。

澤は、後に瀬戸内町に住むようになって島尾敏雄に深く関わりを持つことになる。昭和六十一年（一九八六）島尾が出血性脳梗塞で急死した後、この入り江の震洋隊本部跡地に文学碑を建立することに精力を注ぎ、さらに島尾ミホの死後、長男伸三から文学碑のそばに両親の骨を埋葬できないかとの問い合わせを受けて、文学碑の上の私有地を購入し、寄付金を募って「島尾敏雄・ミホ・マヤこの地に眠る」の墓碑を建てた。さらに平成六年に瀬戸内町立図書館がオープンになってからは図書館長兼郷土館長として島尾の遺作などを収集し始める。ある日、小包が届いたので開くと古ぼけた小冊子が現れた。それは、島尾が海軍予備学生に志願する前月に、記念として友人たちへ贈った七十部限定の『幼年期』であった。八十歳を超えたかつての『こをろ』の同人であった方から、息子たちは考えもなく廃棄するだろうからと、無償での寄贈であった。古本屋で購入すると優に百四十万円を超える貴重な一冊であったという。

平成十九年（二〇〇七）三月、奄美市名瀬浦上町の邸宅の

ミホの死後に澤佳男などの尽力により文学碑の上方に建てられた「島尾敏雄・ミホ・マヤこの地に眠る」の墓碑。　　　（平成26年5月14日筆者撮影）

なかで島尾ミホが死去し、二日後に発見される。鉄筋コンクリート二階建ての邸宅の書庫には島尾の膨大な遺稿が眠っていた。澤は、昭和六十三年に島尾の文学碑を建立したときから、貴重な島尾の遺品は奄美に残すべきだとの考えを固めていた。瀬戸内町立図書館にある島尾敏雄コーナーを拡大整備して、日本屈指の文学拠点を創る夢を立ち上げたのであった。

先ずは長男の伸三と何回も交渉を重ねて、遺稿など総てを購入できるメドがたった。その事業に着手した三年半後のことである、かごしま近代文学館の職員から島尾の遺稿を買い取って、昨日持ち出したと聞いた。まさかとの驚きと、やっぱりの想いが交錯した。

澤は「島尾敏雄関連資料――そのてん末」の題で、ことの経過と想いを淡々とつづり南海日日新聞に寄稿した。「われわれ奄美は、かけがえのない文化的財産を失った……ミホ夫人は、資料の分散を最もおそれていた。『出すと決めたら一カ所に、すべての資料を提供したい』と話していた……ミホ夫人の思いに応えることができなかったことを、私は悔いている……」

奄美市名瀬小俣町の旧居にある碑文、「病める葦も折らず、けぶる燈心も消さない」。
(平成 26 年 5 月 15 日筆者撮影)

かごしま近代文学館アドバイザーの石田忠彦・文学博士をたずねて、島尾敏雄の文学資料、千三百十一式を鹿児島市が買い取った経緯《いきさつ》を話してもらった。もともと石田は福岡在住の時から島尾とは付き合いがあったのだと言い、私が疑問としていた、島尾が神奈川から再転居してきた先が、なぜ加治木町であったかにもヒントを与えてくれた。私は加治木に住んでいた児童文学者・椋鳩十《むくはとじゅう》の勧めがあったのではないかと考えていたのである。島尾は昭和三十五年に椋の同人誌『作品』に参加し交流を始めており、加治木にある椋鳩十文学記念館には、椋と島尾たちが並んでいる写真がかかっている。

石田は、始良ニュータウンに土地を購入して家を建て、そこで文学談議の部屋をもうけると島尾から聞いたことから、その近くの加治木に住んだのではと言う。しかし、その建築計画は実現せずに、さらに吉野町へ転居するもミホが落ち着かないと言い宇宿町へとたどる。

島尾が倒れて後、石田がミホに島尾の文学資料はどうなさいますかとたずねたことがあったが、ミホは、私が生きているうちは離さないと明言したという。夫人へ邸宅を利用して記念館を設置したらとの提案もしたが断られた。名瀬浦上町の邸宅でミホがなくなってから、長男の伸三と膨大な資料について保存の話を始めたが、伸三は、行政関係者や文学館へは渡さないとの強い意向を述べた。石田は、島尾の資料は一個人のものではなく広く県民が共有すべき性質のものであると考えていて、そのことを奄美の関係者へ述べ理解を求めた。遺稿や資料については、高温多湿を排した収蔵庫に、整理して保存する必要があることも語った。伸三とたびたび交渉するも断わりつづけられ、二年ほど経った頃に澤の話が浮きあがってきたのだが、澤と会って話し合いを持つことはなかった。伸三の了解を取り付けるまでにはさらに一年を要したが、資料を鹿児島市が購入する運びとなった。移管後、要望があれば貸し出しもする、との利用面についても十分に配慮した。

平成二十三年（二〇一一）三月、かごしま近代文学館は展示などのリニューアルを行った。学芸員が島尾資料の整理・分析を行いつつあるので、これから成果を公表できるだろうと石田は言う。

　奄美に島尾敏雄を訪ねてみて、私の中に島尾敏雄とミホについての想いが結実してきた。澤が述べるように、ふたりの関係は呑之浦なしには理解できない、青空のもと五色の浜辺に立ってはじめてそのことが分かった。西洋に男女の永遠の愛を伝えているトリスタン・イーズ物語があるが、島尾とミホは日本のトリスタンとイーズであったのだ。愛の媚薬なるものは呑之浦であり、波瀾万丈、紆余曲折、支離滅裂はあろうとも現実と小説をないまぜにして二人だけの世界にかたまり、人生を共有して織りなし、果てには一つのマブリとなって、あやはぶら（採蛾）と化して舞い上がり、飛び続けていった。

　さらに戦後から昭和の末にかけては、一人の作家が琉球弧という文花を起こし地域を牽引して、文士との気概のもとに開花させることができた時代でもあった。名瀬浦上町のミホの邸宅には奄美と沖縄に関する膨大な資料がいまだ残されており、生み出された琉球弧が再び動き出すのか、このまま眠りにつくのか、時の経過を静かに待っている。

（文中敬称略）

（おおくぼけい・姶良市在住作家）

参考文献

『追想島尾敏雄　奄美—沖縄—鹿児島』奄美・島尾敏雄研究会編（南方新社、二〇〇五年）
『島尾敏雄』吉本隆明（筑摩書房、一九九〇年）
『まんでい』鹿児島県瀬戸内町役場まちづくり観光課（トライ社、二〇一一年）
『奄美への手紙』南東叢書36（海風社、一九八七年）
『ちくま日本文学全集　島尾敏雄』（筑摩書房、一九九二年）
『死の棘』島尾敏雄（新潮社、平成十五年）
『魚雷艇学生』島尾敏雄（新潮社、平成十七年）
『「死の棘」日記』島尾敏雄（新潮社、平成二十年）
『マブリの島』出水沢藍子（高城書房、平成十年）
「琉球弧で日本人を考える」司馬遼太郎（潮、一九七四年六月号）

島尾敏雄と鹿児島

吉村弥依子

島尾敏雄と鹿児島との深い関わりは、昭和十九年（一九四四）十一月、第十八震洋隊の指揮官として奄美群島加計呂麻島呑之浦に赴任したことから始まる。終戦後、復員した島尾が島の娘、大平ミホと結婚し、いわゆる「死の棘」の時期を経て、再び奄美大島へ移住したのが昭和三十年（一九五五）十月である。それから約二十年を奄美で暮した。昭和五十年（一九七五）四月には指宿に移り、昭和五十二年（一九七七）九月に神奈川県茅ケ崎に移り住むまでの二年半を過した。そして、再び昭和五十八年（一九八三）十月、鹿児島の地へ戻り、加治木・吉野・宇宿と転々としながらも、亡くなる昭和六十一年（一九八六）十一月までの約三年間を過したのである。つまり、あわせて二十五年あまりの月日を鹿児島で送ったことになる。このように、人生のおよそ三分の一を鹿児島で過した島尾だったが、実はその縁は、彼が第十八震洋隊の指揮官として加計呂麻島に渡る以前に遡る。

一、昭和九年

島尾にとって最初の鹿児島訪問は、昭和九年（一九三四）八月、兵庫県立第一神戸商業学校五年生（十七歳）の八月一日から二十日にかけて、同級生の池田高之と共に九州を旅行したときである。昭和十三年（一九三八）十月五日付の旅の記録メモ（写真①）には、この時の行程が「長崎―湯江―多良岳―雲仙岳―島原―三角―熊本―有佐―五家荘―原町―人吉―本房山―霧島山―鹿児島」と記されている。

日記魔の島尾のこと、旅の記録が事細かに記されているだろうと日記をめくってみたものの、残念ながら、ちょうどこの期間の日記は白紙であった。恐らく、別の携帯用の手帳かノートに綴ったのだろう。ただ、旅に出る前の日記に、次のような記述が見られた。

六月二日（土）
池田と芦塚が来てヨタ話と眞剣な話との間に九州旅行の計画をやる。
七月三日（火）
池田、芦塚、古林の連中と九州旅行の話をして喜ぶ。
七月十四日（土）
九州行について池田と一寸話す。
七月十五日（日）
兄貴と元ブラ（筆者注：神戸元町をぶらぶら歩いたり、買い物したりすること）、川瀬で「九州山と谷」を注文して連れて帰る。（中略）五箇荘に行かうか。
七月二十日（金）
夕方池田高之来る。九州旅行計画。

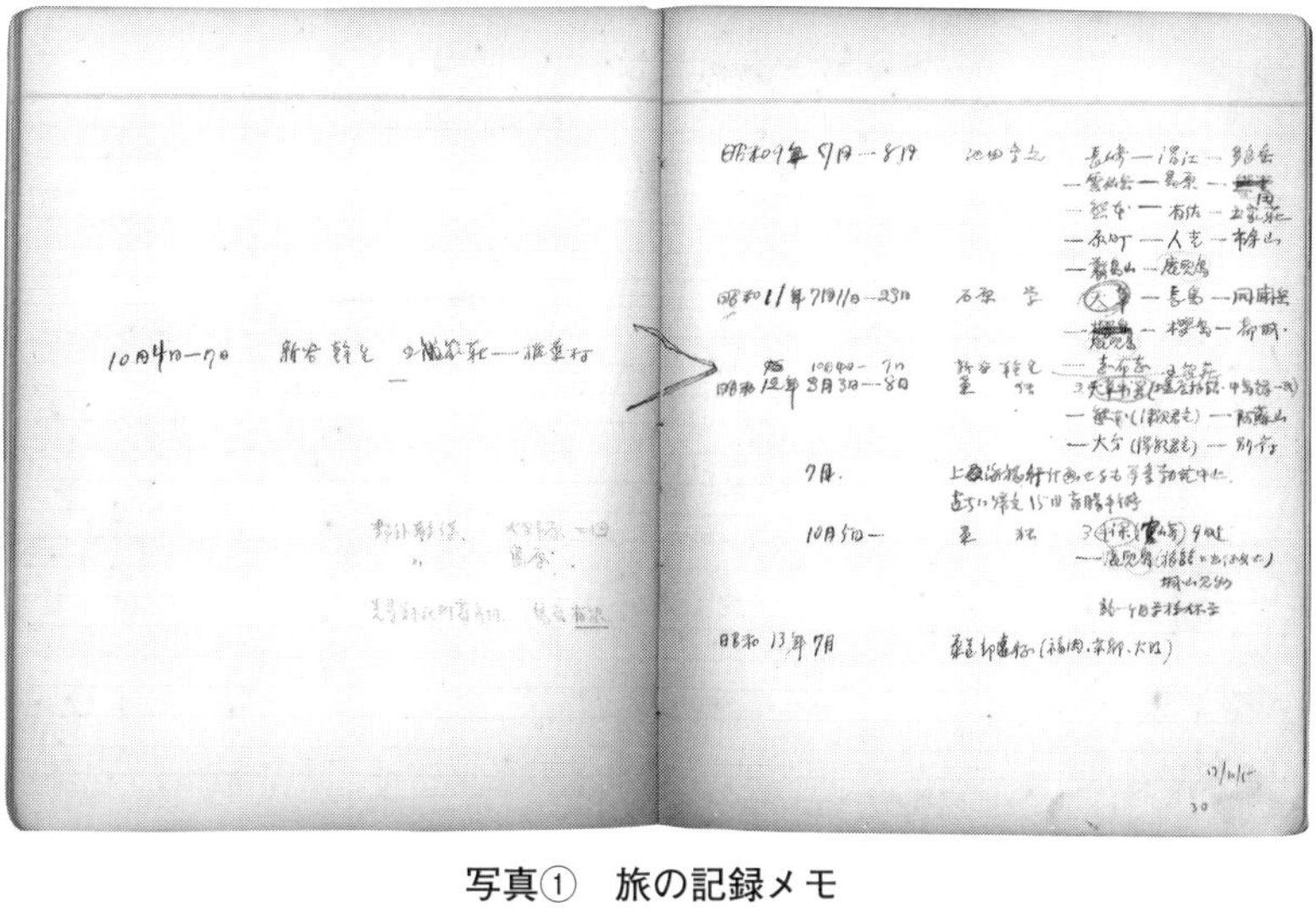

写真①　旅の記録メモ

写真③「南九州遊記」ノートの後半、30頁から32頁目までは、昭和9年（1934）から24年（1949）にかけての旅の記録がメモされている。

七月二十一日（土）
池田の家で九州旅行計画。（中略）九州の山案外、恐ろし。
七月二十二日（日）
夜池田来る。九州旅行計画具体的計画進む。
七月二十三日（月）
夕方から池田君宅。九州旅行計画。
七月二十五日（水）
九州旅行計画ほゞ終了。
七月三十一日（火）
出すべき所へはちやんと手紙を出して、九州旅行コース表を作つてゐたら池田がやつて来る。二人で持参品をきめて別れる。リユツクにつめ始める。

この翌日、二人は二十日間の旅に出る。そして、帰宅後の八月二十六日の日記には、「南国旅情記」の原稿六枚を書いたことが記されている。これは島尾十四郎の筆名で「浦上天主堂印象—九州漂浪記其ノ一—」として「第二次峠」第四号・通算第十四号（写真②）に発表されている。
さらに、この九州旅行の思い出を綴った「九州の山」が、昭和十年（一九三五）一月、「山寮」第二号（第一神戸商業高等学校山岳部発行）に掲載された。「山寮」は原資料を確認できていないが、『幼年記』（弓立社、一九七三年）に収録さ

写真②　「第二次峠」第四号　通算十四号
昭和九年九月神戸峠同人社発行
縦 22.5 ㎝ ×15.5 ㎝　全 20 頁
19、20頁に島尾十四郎「浦上天主堂印象—九州漂浪記其ノ一—」掲載
なお、かごしま近代文学館所蔵の「峠」は合冊（全刷揃い）。

れている。本作によってこの九州旅行の全容を摑むことができる。

「九州の山」によると、島尾らは八月一日、神戸港から長崎丸で出航、翌日には長崎に到着、諏訪神社、崇福寺、浦上天主堂を見学している。遺品の中に昭和九年発行の「長崎市案内地図」が残っており、諏訪神社、崇福寺、浦上天主堂には赤鉛筆で丸印が付けられていた。同日、列車で湯江（諫早）に移動し、八月七日まで滞在。宿泊先は帰省中の同級生宅であった。この間、多良岳登山、轟の滝で遊んでいる。七日、列車で雲仙温泉へ、外国人観光客の多さに驚く。翌日は普賢岳に登るも、頂上に着いたときはあいにくの天候で辺りはまるで霧の海だったという。ここから島原へ下山する。途中、道に迷ったり、猛烈な雨に降られたりしたが、なんとか島原へ到着できた。島尾は、「敗軍の将の様にとぼ〳〵引摺つて島原に下つたあの夜の思ひ出は忘れる事が出来ないかも分らぬ」と記している。九日、船で三角港へ渡り、列車で熊本県八代市有佐へ移動、河原にてキャンプ。翌十日、乗合自動車で五家荘《ごかのしょう》に入る。五家荘は、現在の熊本県八代の山間に点在する久連子・椎原・仁田尾・葉木・樅木の五集落の総称で、古くから平家落人伝説が残る秘境と言われてきた。島尾らは十三日まで五家荘を歩いて廻り、夜は民家に泊めてもらった。「平家残党の気分濃厚」「山村にかくまわれた落人の様な気分を味はつた」などの感想を記している。十四日から三日間は九州脊梁山脈の縦走を予定していたが、最初に目指した国見岳で道に迷い、途中で引き返し、熊本の町を通って人吉へ。脊梁山脈縦走に失敗した二人は十六日、市房山へ登る。そしてこの日、鹿児島に入り、牧園に宿をとる。十七・十八日、霧島群山縦走に挑戦し、大浪池・韓国岳・獅子戸岳・新燃岳・中岳・高千穂峰に登った。このときの感想を島尾は、「実に愉快な明朗な縦走路だ。自分はこんなに明るい縦走をした事がない。」と記している。高千穂頂上で雷に驚いて下山し、雷雨の中、霧島神宮で雨宿りをした後、汽車で鹿児島市に入る。しかし、鹿児島市に入った翌日、「之からと言ふのに、又折角鹿児島迄来て桜島を眼前に見ながらも友人が体をこわしてしまつた為、一切をあきらめて帰らねばならなくなつた。十一時の夜行で鹿児島を後に発つ」ことになった。

これが島尾の鹿児島初体験である。「九州の山」を読むと、旅の主たる目的が登山だったことが分かる。神戸商業時代、山岳部に在籍し、週末の度に六甲の山々を歩いていた島尾だから当然といえば当然のことである。しかし、合間に「五家荘」を訪ね、その地誌を書き写しているところなどは、幼少の頃から記録するという行為に執着し、のちに九州帝国大学で東洋史を専攻、史学で身を立てようとした島尾らしい。だが、今回の旅の目的が山にあるならば、おそらく桜島や開聞岳など、鹿児島でも登山の計画を立てていたに違いない。果して島尾はこの二年後、再び鹿児島を訪れ、このときの無念を晴らすのである。

二、昭和十一年

島尾の遺品の中に、「旅の記録　南九州遊記　昭和十一年七月」と表紙に書かれたノートがある。（写真③）これが、鹿児島再訪の旅の記録である。昭和十一年（一九三六）四月、島尾は一年の浪人生活を経て、長崎高等商業学校に入学、十九歳になっていた。長崎の学校を選んだのは、二年前の旅行での体験も少なからず影響したかもしれない。さて、今回の旅の同伴者は、佐世保出身のルームメイト、石原学。この年の日記を見てみると、四

写真③
縦 20.3 ㎝ × 横 16 ㎝　布貼り表紙、
紐とじのノート　横書き
1 頁から 26 頁までは昭和 11 年 7 月の九州南遊旅行についての記録（費用、行程、食事、宿泊先のメモなど）。
27 頁から 29 頁までは昭和 11 年 10 月の五箇庄・椎葉村旅行についての記録。
30 頁から 32 頁までは昭和 9 年から昭和 24 年にかけての旅の記録メモ（写真①）。

月二十二日、島尾が石原に二年前の旅の話を披露し、再び旅への欲求を深めていたことが分かる。そして六月十三日には「天草旅行計画立てる」とある。前述の「南九州遊記」ノートには、「福岡日日新聞」連載の「天草カメラ行脚」という写真入りの記事がスクラップされており、今回の主たる旅の目的は天草だったようである。その後、長島経由で鹿児島入りするのである。以降、「南九州遊記」ノートをもとに旅程を概略記す。

七月十一日
バスで長崎・茂木港へ。ここから、熊本県天草半島の富岡港へ渡る。頼山陽の「泊天草洋」の詩碑を見て、この日は下津深江尋常高等小学校に宿泊。ノートには富岡の記念スタンプが押されている。

七月十二日
豪雨の中、バスで本渡を経由して三角港へ。山本旅館に宿泊。

七月十三日
大矢野島へ渡り、大矢野城址で昼食をとる。ノートには、昭和八年（一九三三）に建立された元寇の乱で活躍した大矢野三兄弟の顕彰碑の碑文（熊本出身の政治家・小橋一太による）がメモされている。隣りの維和島、別名を千束蔵々島《せんぞくぞうぞうじま》へ渡り、島内を一周。この日はキャンプをする。

七月十四日
大矢野島へ戻り、柳から汽船で天草上島の合津へ渡る。小鳥越を通って姫浦着、木賃宿に泊まる。この日、パートナーの石原が財布を落としている。また、ノミに悩まされ、十二時頃まで寝られなかったことが記されている。

七月十五日
船に乗りそこない、一日海で遊び、夕方の便で牛深へ。塩屋旅館泊。

七月十六日
牛深滞在。ノートには、次のようなメモが記されている。

川内
　鹿児島縣第二の都会
　秀吉薩摩入りの史蹟地
　・新田神社の背後―可愛山陵
　　瓊々杵尊
加世田
　・泰平寺　島津義久と秀吉
　・武田神社（島津日新公）
指宿
　指宿植物試験場
枚聞神社
　琉球王の額面
　長崎鼻
頴娃村
　頴娃高等公民学校
苗代川

福昌寺
心岳寺
妙園寺—伊集院　苗代川
　　　　　　　　薩摩焼の部落
集成館

これから入る鹿児島について予習しているのか、または行きたいところのメモであろうか。

七月十七日
午後一時の出発予定だったが、船の故障で七時に出航、鹿児島県長島へ上陸。この日は乗合客の家に泊めてもらう。

七月十八日
船で阿久根へ渡り、折口浜で遊ぶ。おばあさんにアイスケーキをもらい、「母を想起す」と記している。島尾の母・トシは昭和九年（一九三四）十一月、帝王切開の術後悪化のため亡くなっている。午後七時頃、枕崎着。バスで開聞十町へ移動し、この日は商人宿に泊る。

七月十九日
島尾はこのノートに、旅先から友人や弟妹に宛てた手紙の下書きを控えている。その中には旅の感想を率直に述べたものもある。友人の住吉邦郎（仙台の同人誌「駑馬」主宰）へ宛てた手紙の写しには、「今は薩南開聞岳の麓の宿に居ります。優美な山容を眼前に、征服す可く虎視耽々です。薩摩言葉は了解しにくいし、風俗も何となく変つてゐる様に思はれます。」と記している。また、一年前に共に旅をした池田高之宛ての手紙には、「あの時計画して行き得なかつた開聞岳の麓にゐる。そゞろ回想を廻らすと感慨無量なるものがあるね。二、三日後鹿児島に出る。どんな気持で入魔出来る事やら。」と、その感興を綴っている。二年前果せなかった鹿児島再訪の旅に並々ならぬ思いを持って臨んでいることが分かる。

池田と登ることができなかった開聞岳に登った島尾は、鹿児島市へ入る。夜は有園旅館に宿をとっている。ノートには鹿児島市電の路線図（写真④）が貼付されている。現在は廃止になっている路線もあり、興味深い。

七月二十日

桜島へ渡り、桜島御岳に登る。上りに四時間、下りに一時間を要した。ノートには「櫻島の娘、林芙美子　きつがんしたろなー」のメモが記されている。芙美子が「登山きつかったでしょうね」と言っているように島尾に聞えたのだろうか。林芙美子の本籍地は鹿児島郡東桜島村古里。あまり知られていないが、島尾は林芙美子の本をよく読んでいる。昭和九年（一九三四）七月十七日の日記には、「林芙美の放浪記の書き方に似せる心算が心の心の一隅にあるやらんも計り知れず」の一文もある。桜島登山で疲れた二人は、鹿児島の繁華街・天文館で、かき氷や西瓜を食べている。その後汽車で宮崎の都城へ移動、さつまや旅館に宿泊する。

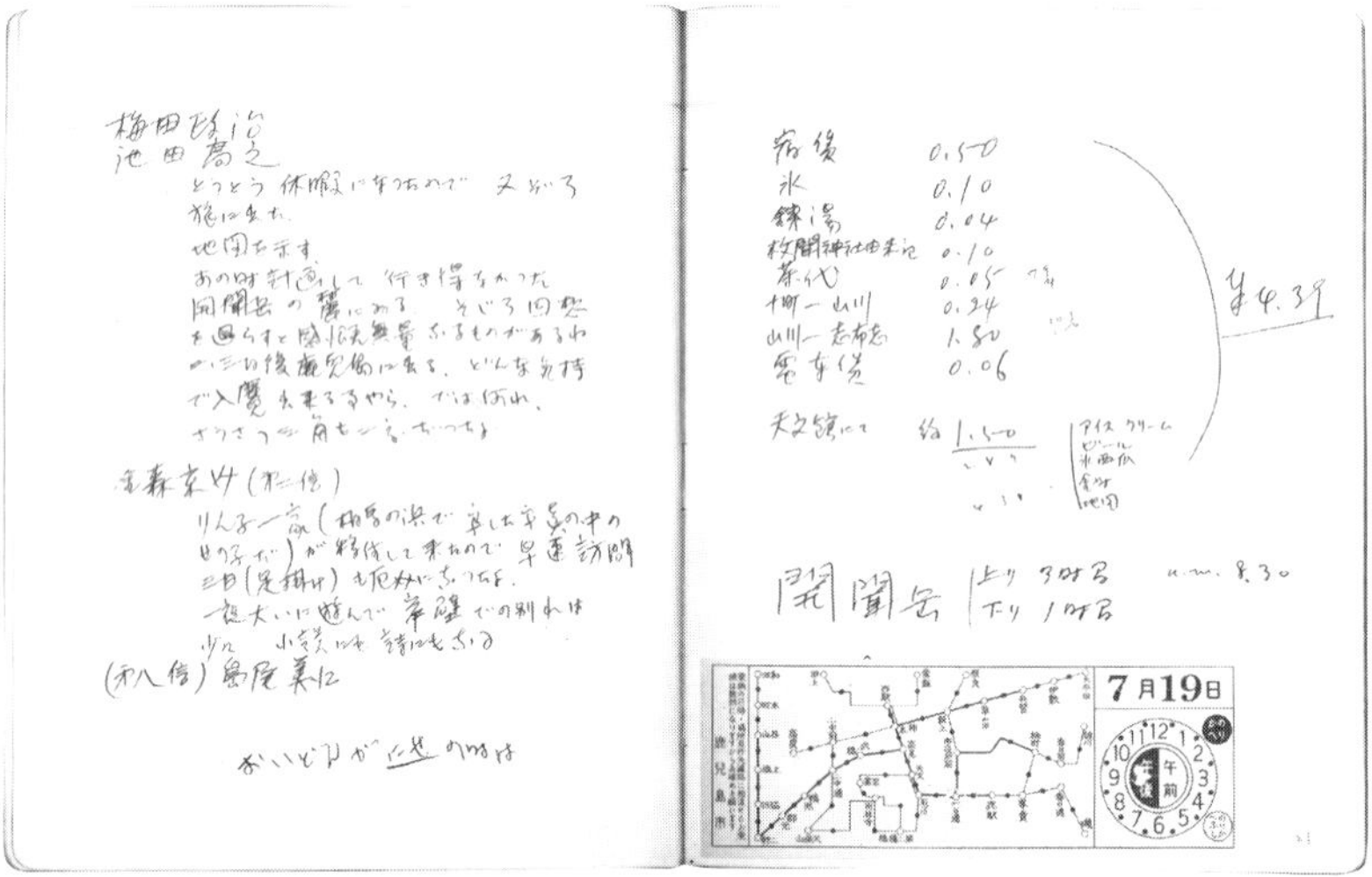

写真④　「南九州遊記」
21頁に貼付された鹿児島市電の路線図

七月二十一日
長崎高商の同級生で志布志出身の竹田辰太郎を訪ね、一泊する。この日から雨が降り始め、川で子どもが溺死したと騒ぎになる。
七月二十二日
この日も嵐。昨日、溺死したと思われていた子どもが助かったという。
七月二十三日
列車で長崎への帰途に就く。

以上が、昭和十一年の「南九州遊記」の概略である。その後、島尾は翌年十月にも単独で鹿児島を訪れているようだが（写真①のメモ）、この年の日記や手帳は見つかっておらず、その詳細は確認できていない。しかし、学生時代に三度も鹿児島を訪れていたことは何かしらの縁を感じずにはいられない。二回目の鹿児島訪問の道中、島尾は、神戸商業学校時代からの友人・片山英一に宛てた手紙に「其れからいよいよ薩摩入りをやる。この国に入るとどうしても気分が違ふ」と記している。何かしら島尾を惹きつけるものが鹿児島にはもともとあったのかもしれない。

このような旅人としての鹿児島体験を経て、まるで吸い寄せられるように鹿児島へ舞い戻った島尾は、今度は住人として、人生の多くをこの地で過し、最期の時を迎えた。そして、亡くなってから二十五年目の平成二十三年（二〇一一）八月、島尾敏雄の原稿、日記、その他遺品の一切を鹿児島市のかごしま近代文学館で収蔵管理することになった。多くのゆかりの地があるにも関わらず、紆余曲折を経ながらもここ、鹿児島にやって来たわけだが、これも何か運命のようなものが働いたのかもしれない、と思うのは考え過ぎであろうか。

（よしむらみいこ・かごしま近代文学館学芸員）

島尾敏雄と鹿児島純心女子短期大学——昭和四十五年三月の講義ノート——

安達原達晴

はじめに

鹿児島県立図書館奄美分館長だった島尾敏雄が、鹿児島純心女子短期大学（以下、純心女子短大）で非常勤講師として集中講義を担当し始めるのは昭和四十五年（一九七〇）三月（年度は四十四年度）からである。島尾と純心女子短大との接点は彼の「文学仲間」であり、当時、同短大の講師も兼任していた鹿児島大学助教授の田中仁彦の紹介により講演を行ったことにまで遡る。（注1）その後、長女マヤが純心中学・高校で年月を過ごすという縁も加わり、島尾はそこでの授業を引き受けることになった。さらに昭和五十年の指宿への転居に伴う教授兼図書館長への就任以降、同五十二年に茅ヶ崎、同五十八年に再び鹿児島と居を移しながらも、授業形態に変化はあったにせよ晩年まで純心女子短大での講義を継続している。（注2）

稿者はかごしま近代文学館所蔵の、島尾が集中講義の初年度で使用したと考えられる講義ノートを閲覧する機会を偶然得た。島尾がどのような授業を行っていたのかについては、彼自身の文章「琉球文学事始め」「私の授業覚え」（注3）などでも触れられているが、これらの文章とも照らし合わせつつノートの一部をみていくことで、島尾の試みようとした講義の内容をいま少し明らかにしてみたい。

一、「戦後文学」を語る島尾

最初の講義の様子について、島尾は「琉球文学事始め」で次のように語っている。

最初何を話していいかわからなかった。苦しまぎれに自分がその中でいくらかかかわりを持ってきたはずの日本の戦後文学の周辺のことをしゃべることにした。単純に自分の経験を話せばよかろうと思ったのだった。あれは四階か五階かの細長い教室で、学生は二百人ばかりだったのではなかろうか。学年末に近い三月の集中講義であった。

ところが雑談とちがうのだから、しっかりした研究準備のない限り、まとまった授業のできるはずがない。学生諸君には申しわけないことだったが、この最初の集中講義は失敗に終わったのだった。（三二八頁）

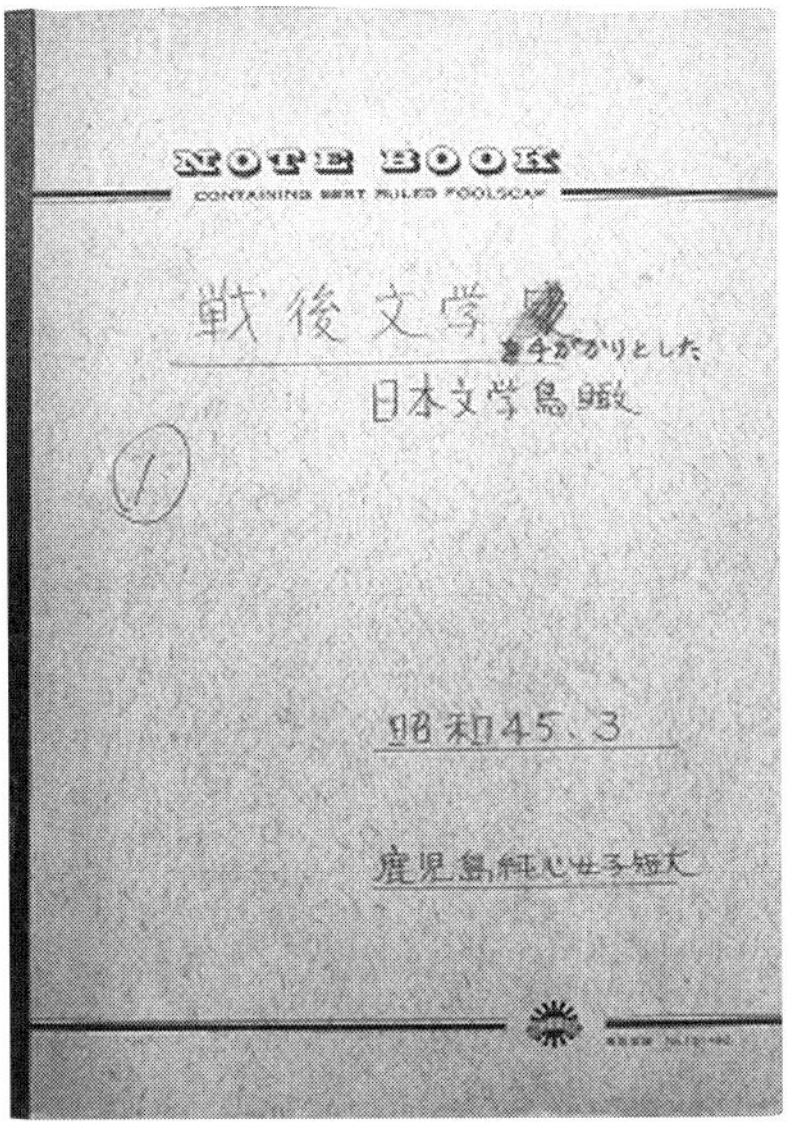

写真①：講義ノート、表紙

「自分がその中でいくらかかかわりを持ってきたはずの日本の戦後文学の周辺のこと」とある。八年後に書かれた「私の授業覚え」にも「第一回は昭和四十五年三月で、（中略）手始めに「体験的戦後文学史」について話し、（以下略）」（八九頁）と述べられている。一方、ノートはA五判、その表紙には「①」「昭和45・3」「鹿児島純心女子短大」とあり、「戦後文学史」の「史」を消して「を手がかりとした日本文学鳥瞰」と題されている（写真①参照）。ノートの最初の方に「体験的戦後文学史」に関する具体的な記述がある。[注4]

体験的戦後文学史／1．敗戦直後の混沌の中へ復員し

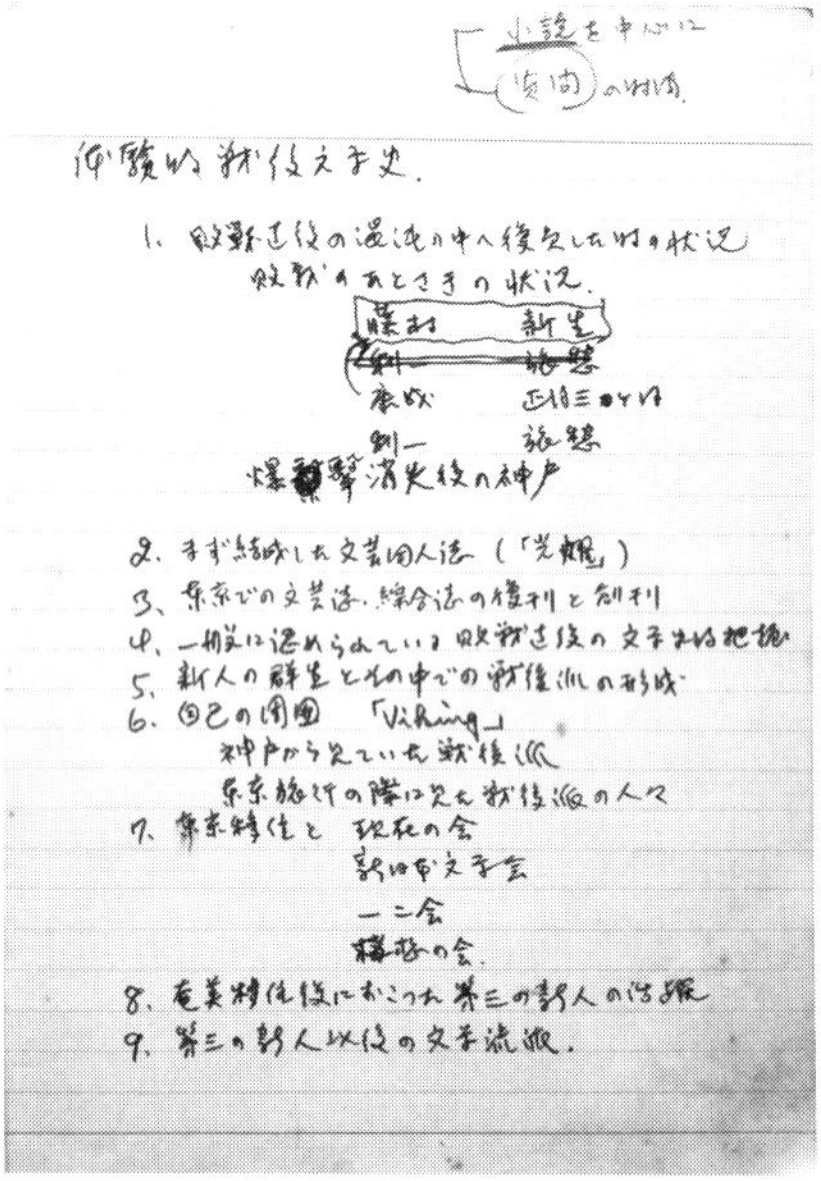
体験的戦後文学史.

1. 敗戦直後の混沌の中へ復員した時の状況
敗戦のあとさきの状況.
爆撃消失後の神戸

2. まず結成した文芸同人誌（「光耀」）
3. 東京での文芸誌、綜合誌の復刊と創刊
4. 一般に認められている敗戦直後の文学史的把握
5. 新人の群生とその中での戦後派の形成
6. 自己の周囲 「Viking」
神戸から見ていた戦後派
東京旅行の際に見た戦後派の人々
7. 東京移住と 現在の会
新日本文学会
一二会
構想の会.
8. 奄美移住後におこった第三の新人の活躍
9. 第三の新人以後の文学流派.

写真②：講義ノート、「体験的戦後文学史」

た時の状況／敗戦のあとさきの状況〔中略〕／爆撃消失後の神戸／2．まず結成した文芸同人誌（「光耀」）／3．東京での文芸誌、総合誌の復刊と創刊／4．一般に認められている敗戦直後の文学史的把握／5．新人の群生とその中での戦後派の形成／6．自己の周囲「Viking」／神戸から見ていた戦後派／東京旅行の際に見た戦後派の人々／7．東京移住と現在の会／新日本文学会／一二会／構想の会／8．奄美移住後におこった第三の新人の活躍／9．第三の新人以後の文学流派〔中略部分は写真②参照〕

復員を果たしてからの神戸での同人活動、東京移住後の文学同人との関わり、奄美移住後の文学動向と、島尾が歩んだ戦後作家としての軌跡と戦後の文学状況の変遷を併せてまさに文字通り「体験的」に語っただろうさまが、この九項目からだけでも窺える。ちなみに、ノート中には項目があるのみで、さらにこれらを細分化して話題を具体的に解説したような記述はみえない。項目だけを手掛かりに「単純に自分の経験を話せばよかろうと思った」結果、島尾自身にとっては「しっかりした研究準備のない限り、まとまった授業のできるはずがない。」「この最初の集中講義は失敗に終わった」と反省の弁を漏らす出来になったのかもしれない。

さて、ノートには十五頁分の一続きとみなされるまとまった記述が登場する。これらが一連のまとまりであるといえるのは、次の理由による。その最後の十五頁目に枠で囲われた、前掲「体験的戦後文学史」におけるような進行表がある。

3月9日授業スケジュール／1．琉球文学中の組踊、歌劇／2．日本文学の全体図を考える／韻文、散文の分け方から／3．近代小説の文学史的とらえ方／時代区分のし方／4．時代区分のし方――基底にある構想理念（「〈文学史構想〉の各説」とあるのを一重線で抹消）／平野謙／伊藤整／吉本隆明／饗庭孝男／5．戦後文学の経緯概観／6．戦後派文学の流派群／7．個々の作家と作品

十五頁分の記述を詳しく辿ってみると、右記の各項目の具体的な内容にほぼなっているのが分かるのである。[注5] 図表形式が多用されたこれらをごく簡単にみていきたい。

「1」については後述する。「2」では、まず「古代」（前期〈上古〉と後期〈中古〉とに分かれる）「中世」「近世」「近代」の歴史区分ごとに、「漢詩・漢文」「和歌」「歌謡」「物語」「日記」「随筆」「俳諧」「川柳」「小説」（「仮名草子」「浮世草子」など）といった各ジャンルの代表的な作家名・作品名を列挙している（「近代」はジャンル名のみ）。さらに、これらとは別に、韻文（「和歌」「詩」など）と散文（「神話・伝説・説話」「日記・随筆・評論」「戯曲」など）による分類を掲げている。

「3」からは近代以降の文学史となる。明治・大正・昭和（戦後を含む）に亘る主義・流派（例えば「自然主義」「新感覚派」など）が記された後の「5」、戦後の文学状況についてはさらに詳細な記述がみられる。「昭和20　敗戦」、「昭25　朝鮮戦争」、「昭和35　60年安保闘争」、「昭45　70年安保（延長）」と見出しを立て、それぞれにほぼ対応するように「①混迷と胎動の時期」「敗戦直後の大家復活と新戯作派の活躍現象」「第一次戦後派の抬頭」、「②動揺と変貌の時期」「民主主義文学運動の分裂」「第一次戦後派の流派解体」「第三の新人の流行」、「③挫折と低迷の時期」「石原、大江、開高、倉橋由美子の出現」（「後戦後派」と加える）、「新しい胎動」と、文学の動向を並記している。それらとともに「4」に該当する部分もある。饗庭、吉本、伊藤、平野の順に、各人の文学史の捉え方（構想）の骨子を要約している。

ここまでの文学史的な整理についてはむろん、現在でも教科書・専門書などにおいて同様の、あるいはより詳細な

分類・系統図を目にすることができるに違いない。ノートの最終頁には図書のリストがあり[注6]、基本的には島尾はこうした文献の情報を取捨選択してノートを作成したといえるだろう。

次に「6」「7」である。まず「戦後派文学の流派群」として、作家名が挙げられている（〔　〕内の○はその名が丸囲みされていることをあらわす）。

第一次戦後派　野間〔○〕、椎名〔○〕、梅崎、中村／第二次　武田〔○〕、大岡〔○〕、三島〔○〕、安部〔○〕、（島尾）、堀田／第三の新人　安岡〔○〕、吉行、小島〔○〕、庄野〔○〕、遠藤／三浦、曽根、阿川、（島尾、長谷川）

〔以下略〕

次頁より「個々の作家と作品」ということなのだろう、作家たちの略歴、代表作品名、作風などについての記述がみられる。そのうち、特に野間宏と大江健三郎には作品の引用を中心として多くの頁が割かれている。野間宏については、代表作「暗い絵」（昭和二一年）からの引用とその文体などをめぐるメモ書きがあり、その一部は次の通りである（作品本文の引用符を〃〃から「　」に改めた。本文の引用は原資料のまま。後出の大江、安岡の作品についても同じ）。

野間宏／暗い絵／重苦しい文体、ローラー車で大地を展して行くようなゆっくりたたみ〔「たたみ」の下に「次々と」〕かけてくる語りくち／模索の文体、接写で省略なしにはいずり廻る／小川国夫の文体との対比／前の時代の重圧（一種のにごりが、表現の中に流れている）／〔一行空白〕／「苦しげな表情」主人公深見進介／「彼自身の苦しみ……」／「彼の全力を集中して、じっと彼の暗い頭の中を覗き込んでいた。」／「その眼の中にも暗い不断の苦しみがもれ出ているようである。」／「くぼみの深い眼窩に溢れる涙でしばしば洗われる……」／「彼はまともに小泉清の眼の中を覗き込もうとするようにじっと自分の眼をその眼に注いでいた」／「この由起のあの肉体が住まう家、あの眼があの手があるあの家に……」／食費を借りている食堂の親爺との食費支払についての会話を、主人公は愚かな恥ずべき交渉と感じるその表現の仕方……ドストエフスキイ／〔一行空白〕／「青年の心

理の闘争」／背後に理論があるような小説、理論に基いて描写をつみかさねているような小説

大江健三郎の方は、「死者の奢り」（昭和三二年）に関する引用、メモ書きであり、やはり一部を示す。

死者の奢り（大江の出発点を示す作品）／「死者たちは、厚ぼったく重い声で囁きつづけ、それらの数かづの声は交りあって聞きとりにくい。」／「死者たちは一様に褐色をしてい、硬く内側へ引きしまる感じを持っていた。皮膚は全ゆる艶をなくしてい、吸収性の濃密さがそれを厚ぼったくしていた。」／「完全な《物》の緊密さ」／「指の皮膚が空気を順調に呼吸している、と僕は思った。」／過去の禁忌をはねのけている／戦後派文学の総合的体現者の感じ／㊣　第一次　強さ〔「強さ」の上に「骨太さ」〕／(反)　第三　ひ弱さ〔「ひ弱さ」の下に「自在さ」〕／強さ〔「強さ」の上に「骨太さ」〕をひそめた柔軟(合)

他にも安岡章太郎の「悪い仲間」（昭和二八年）で、「軽み／特長（欠点）を拡大してみせる才能、一種の自在さ」として「ナプキンをヨダレ掛け式に結ぶべきか、膝にたらすべきかの問題で、はやくも僕の魂は宙に浮いてしまふのであった」と引用した後、「人間の卑小な面へのユーモラスな関心」と評言を加えている。先ほどの概説的な文学史の整理に対して、こうした各作家・作品への視線、表現の切り取り方には島尾固有の資質が滲み出ているようで、たいへん興味深い。

二、「琉球文学」への視線

「琉球文学事始め」には「この最初の集中講義は失敗に終わった」とした後、「そこで次の年から私は方針を変え、琉球文学に取り組んでみることにした。」（三三八頁）とある。一方、「私の授業覚え」では前引の箇所も含めて次のように述べている。

第一回は昭和四十五年三月で、（中略）手始めに「体験的戦後文学史」について話し、二回目からは日本文学概論

とでも名づくべき授業になって行った。二回目の講義の中に試みに琉球文学を取り入れたあとは、次第にそちらへの傾斜を深め、既に三回目で本土文学と琉球文学の両立的構成になっていた。（八九頁）

「二回目の講義の中に試みに琉球文学を取り入れた」とある「二回目の講義」が、本稿で紹介した「3月9日授業スケジュール」七項目の内容に相当すると考えるのは可能だろう。ただし、「二回目」は、「琉球文学事始め」に「そこで次の年から私は（中略）琉球文学に取り組んで」とあることから、昭和四十六年の講義を指すといえそうだが、同四十五年三月に行われた一連の授業の「二回目」である可能性も皆無ではない。本稿の主要な目的から逸れるため、詳しい考察は避けるが（注7）、いずれにせよ、島尾は講義において早い段階で「琉球文学」を導入していた。前述「3」の項目に相当する、近代文学史の流れを概観した箇所には、「文豪ラレツ（「ラレツ」の三文字は挿入）主義」「いかにすれば文学史は可能か」「基本的な再検證」とある。また、「46．3」「46．3．8」の日付が入り（注8）、講義ノート表紙のタイトルと同様「日本文学鳥瞰」と題された頁にも、「従来の日本文学史の固さ」とあるところから二股の棒線で分かれ、上段に「ラレツ式」、下段に「取扱う範囲の狭さ」、さらに赤で強調されたこれらの下に「琉球文学をとり入れた文学史」と記されている。既に「琉球弧」「ヤポネシア」関連の言説を複数発表していた島尾は、当時の一般的な所謂〈日本文学〉あるいは〈日本文学史〉に対しても批判的な眼差しを注いでいた。例えば、純心女子短大での講義が開始された昭和四十五年に発表された「ヤポネシアと琉球弧」（『海』第二巻七号、一九七〇年七月）（注9）では、「最近ある出版社が企画した日本の思想全集の中に、「おもろさうし」が入っているのをみて、目の覚める思いをし」た、「日本の全般的な思想を究明しようとする」叢書中に「おもろさうし」を挙げざるを得ない時代になったという感慨を述べた後、次のように語る。

　文学の上でも、琉球方言文学は、いわゆる日本文学の分野では、今までとり扱われていなかったと思います。しかし、そういうことの考えられなくなる時代がやがてやって来るんではないか。（二四二頁）

また、「おもろさうし」が「日本語の表現の可能性そのものだと思う」(同)としたのに続けて、

そういう可能性をもった文学を日本文学の中で処理できないということは、考えることができません。大げさに言えば、文学者、国文学者の怠慢以外の何ものでもないという気がいたします。(同)

とも述べている。当時の「琉球文学」「琉球方言文学」が置かれていた場所についてもあらためて考えていくべきだろうが、ここでは島尾が既成の〈日本文学(史)〉の枠組に満足していなかったという点を確認するにとどめておく。むろん、島尾のこうした文学(史)を捉え直し、組み替えていく原動力に据えた「琉球(方言)文学」への思い入れを語ることばと、長期的に継続される純心女子短大での講義で提示されていく具体的な追究の実践とは結びついていた。

その実践の端緒と考えられる前出「3月9日授業スケジュール」中の「1．琉球文学中の組踊、歌劇」について、やはり簡単に触れておく。まず、見開き二頁で「琉球文学」の全体像についてまとめられている。ノート末尾の図書リストの一番目にもある嘉味田宗栄『琉球文学序説』(注10)の名が記されており、これと対照すると、ノートの内容は嘉味田の著作の摘要であることが分かる。ここでの「琉球文学」が「琉球方言文学」であること(『琉球文学序説』には「(前略)現代沖縄でおこなわれる地方文学をさすのではない。」〈一頁〉と明確に述べられている)、地域は「沖縄/宮古/八重山/奄美」などに亘ること、また形態による「誦詠/古謡/おもろ/あやご/琉球歌謡/組踊/その他」(これも嘉味田著の目次にほぼ倣う)の分類、その分類ごとの細目、解説などが記されている。

形態による分類中、「おもろ」と「組踊」は丸囲みの上にさらに赤丸で囲われ、「組踊」には小文字で「次頁」と続けてある。その通り、次頁では「組踊」について詳述されている(写真③参照)。同じく前掲の嘉味田著に基づいたようである内容を少し紹介しておく。「組踊」は「舞台劇」であり、「脚本、演技、音楽の綜合芸能」である。創始者は「琉球の国文学者」である「玉城朝薫(1684-1734)」。その特徴・意義として次の七つが挙げられている。

1．本式の能・謡よりも浄瑠璃・歌舞伎に似ている/2．大衆性の獲得/3．平面的叙景、心理をあらわにのべ

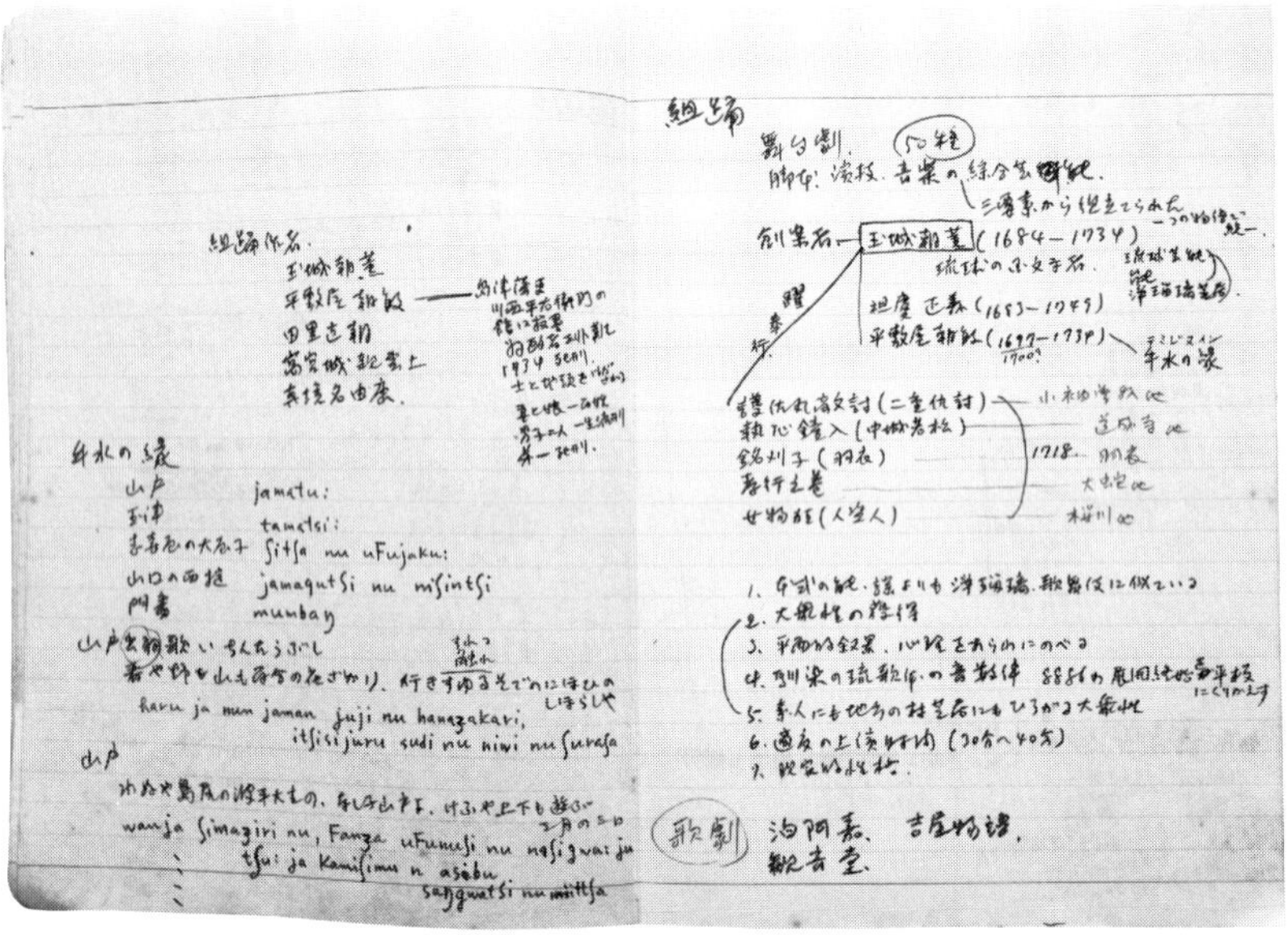

写真③：講義ノート、「組踊」についての記述

る／4．馴染の琉歌体の音数律8886の展開終始を平板にくりかえす／5．素人にも地方の村芝居にもひろがる大衆性／6．適度の上演時間（30分〜40分）／7．現実的性格

「私の授業覚え」には、

講義の内容は凡そ概説的な説明の多いものであったが、年を重ねるにつれ、それぞれの作品の具体的な鑑賞に重点を置くように心掛けてきたつもりで、（昭和―稿者）六十年度の授業には、特に「組踊」に多くの時間を割いてみた。（九〇頁）

とあり、島尾がこの「組踊」に対して一貫した関心を持ち続けていたことを推測させる。

おわりに

島尾は「琉球文学事始め」でこの時点までの授業を振り返り、「研究状況を言えば、やっと琉球文学の総体の輪郭がつかめたばかりのところだ。」（三三九頁）としつつ、「それでも純心の授業をもとにして五十一年の暮れには多摩美術大学の集中講義でも琉球文学を話すところまでは来たけれど。」（同）と、「琉球文学」への取り組みに一定の前進を認めることばを述べている。純心女子短大・多摩美術大学での講義ノートを基に『琉球文学私考』の刊行も予定されていたという。[注11]

昭和三十年（一九五五）の奄美移住以降、島尾は同三十六年「ヤポネシアの根っこ」の発表や同三十九年・四十一年の沖縄旅行などを経ながら、「琉球弧」あるいは「ヤポネシア」にまつわる言動を重ねていく。そのような過程において「琉球文学」を理解し、彼の文学理念を新たに深化させる起点――まさに文章のタイトル「事始め」が示唆するように――となる場所であり、時間が純心女子短大での講義であったといえる。島尾が「琉球文学」に接近することで硬直した〈日本文学（史）〉をどのように解きほぐし、再構築しようと試みたのか、その実態の把握は複数残されている[注12]「琉球文学」関連ノートの調査・解読にかかっているだろう。

本稿で一部を紹介した講義ノートは、島尾の純心女子短大における初年度集中講義の内容を収めていた。「体験的戦後文学史」に始まり、戦後作家である島尾敏雄が同時代となる〈戦後〉の文学状況について自ら記している。特に野間宏や大江健三郎らの作品引用などからは、彼の作家としての個性が垣間見える。また、島尾が「琉球文学事始め」「私の授業覚え」などで語っている、当初「戦後文学史」として構想された授業の出発点での「琉球文学」への傾斜、その痕跡が鮮やかに刻まれているといえるだろう。

（あだちばらたつはる・東海大学他非常勤講師）

注1　島尾敏雄「純心学園の思い出」。初出は島尾敏雄『南風のさそい』（泰流社、一九七八年一二月）。引用・参照は『島尾敏雄全集』第一五巻（晶文社、一九八二年九月）四四二頁による。

2　同右および島尾ミホ・志村有弘・編『島尾敏雄事典』（勉誠出版、二〇〇〇年七月）「純心」の項目（執筆者・三島盛武）による。島尾と純心女子短大との関わりや授業の様子については、上記の他に本文中に引用した島尾の文章を参照。また、日記体の小説作品ではあるが、『日の移ろい』（中央公論社、一九七六年一一月、初出は『海』一九七二年六月号〜一九七六年九月号）二八八〜三二四頁（「三月五日」〜「三月十日」）には、昭和四十八年（一九七三）に行われた集中講義期間の出来事に基づいた記述がある。
3　「琉球文学事始め」の初出は『ゆかり』第二号（純心女子短大ゆかり会、一九七七年一〇月）、本文中の引用は『島尾敏雄全集』第一七巻（晶文社、一九八三年一月）による。「私の授業覚え」は全集未収録で初出が同じく『ゆかり』第七号（一九八五年一〇月）、引用は『透明な時の中で』（潮出版社、一九八八年一月）による。
4　資料の引用に際して本稿では紙面の制約上、ノートが原則的に横書きであったのをすべて縦書きに改めた。また同様の理由で、棒（傍）線・矢印・囲みなどについては示せる範囲にとどめた。他にも文字の大小や後に書き加えられたと推測される部分など、細部のニュアンスをほぼ省略することになった。本稿の目的が資料の再現（翻刻）ではなく、あくまで一部内容の紹介であることをあらかじめご了解いただきたい。なお、資料の引用中、「／」は改行を、〔　〕は稿者による注記をあらわす。
5　正確には、「5．戦後文学の経緯概観」までで十五頁分が終わり、白紙の頁を置いて「6．戦後派文学の流派群」「7．個々の作家と作品」と続く。
6　最終頁のリストは以下の通りである（うち、平山・小田切『日本文学史』、成瀬・中村『近代日本文学史』、明治書院『講座日本文学の争点⑥現代編』には〇印が付されている）。「嘉味田宗栄　琉球文学序説／森岡健二　沖縄の文学／〔一行空白〕／久松潜一監修　概説現代日本文学史（昭24）／成瀬正勝編　近代日本文学史（昭32）／平山城児、小田切進共著　日本文学史（昭42）／角川書店　日本文学の歴史⑫現代の旗手たち（昭43）／高崎正秀、土屋尚共著　国文学史の整理法（昭43）／谷山茂編　要説日本文学史（昭44）／中村光夫　日本の現代小説（昭43）／成瀬正勝、中村光夫他　近代日本文学史（昭41）／成瀬正勝編　昭和文学十四講（昭41）／明治書院　講座日本文学の争点⑥現代編（昭44）／国文学・解釈と鑑賞（45、1月号）：文学における戦後／国文学（44、2月号）：文学　戦後の軌跡／小久保実編　戦後文学・展望と課題」
7　島尾の昭和四十五年、同四十六年の日記（かごしま近代文学館所蔵）により、明らかになる可能性がある。ちなみに授業形態について、「私の授業覚え」には「当初は（中略）年に一、二回集中講義のかたちをと」ったとある。ノートに挟み込まれていた純心女子短大からの依頼状（日付は昭和四十六年一月二十二日）によると、昭和四十六年の集中講義は「3月8日（月）より3月13日（土）まで」、「15時間」の予定であった。また、前出『日の移ろい』では、「三月五日」（昭和四十八年の三月五日は月曜日）から「三月九日」まで「一日三時間ずつ五日十五時間」の日程で実施されている（引用は前出単行本による）。

8　したがって、本稿で紹介したノートは昭和四十五年以外の年に行われた講義内容をも含む可能性がある。

9　参照・引用は前出『島尾敏雄全集』第一七巻、二四一〜二四二頁による。

10　初版は一九六六年七月（沖縄教育図書）。稿者は一九七九年七月刊行の至言社版を参照・引用した。

11　前出『島尾敏雄事典』「沖縄」の項目（執筆者・新川明）による。

12　かごしま近代文学館に所蔵が確認できる。

〔付記〕

※島尾および嘉味田の著書からの引用に際しては頁数を付した。

※本稿を執筆するにあたり、学芸員の吉村弥依子氏をはじめ、かごしま近代文学館の職員の方々から多大なるご助力を頂いた。この場を借りて深く感謝申し上げる。

文学と昔ばなし

島尾敏雄の「長崎」

高橋広満

1、旅人

マレビトという言葉を、島尾論の中でいくつか見かけた。大平ミホの前に現れた若い島尾隊長を表すのに、たしかにふさわしい気がする。彫りの深い優しい来訪者は、南島の村人から守護神とみなされるほど心寄せられていたのだから。

島尾はそこで「みんなみのある島かげにウジレハマとニジヌラと呼ぶ二つの部落がありました。」と始まるメルヘンを書いた。戦後「はまべのうた」として雑誌掲載されるが、海軍罫紙に書かれた原本は、昭和二十年五月、直接ミホに渡されたという。島にやってきた眼の大きな隊長さんと、もっと南の島から移り住んでいた家のケコちゃんという少女、そして小学校のミエ先生が織りなす物語。ミエがミホの言い換えだとはすぐにわかる。ケコちゃんが元の島に帰ったあと隊長さんもいなくなる展開を知れば、まもなく訪れる別れの悲しみを形にしたものだともわかる。隊長としての命の覚悟は、渡されたミホをも死に促した。だが特攻は行われず、二人は翌年、神戸で結婚生活に入った。それはマレビトという詩的なものが、常住の散文的存在となるということだが、夫は依然としてふわふわと旅人を続けた。

二人の子供を得た神戸での生活を六年で切り上げ、昭和二十七年、家族四人は上京した。活動範囲を変えたこの動きは、結果としてミホの神経を危険区域に追い詰めた。女性の事で島尾への尋問が始まった。絡み続ける妻にも、終りの見えない時間に立たされた夫にも地獄であった。島尾は都立高校定時制の勤務をやめ、家も売った。

妻は夫の不実を責めたが、それは本質的には過ぎ去った時間そのものに向けられていたのではないか。『死の棘』冒頭近くの「あたしはあなたに不必要なんでしょ。だってそうじゃないの。十年ものあいだ、そのように扱ってきたんじゃないの。」という言葉は、物語の真の序章が冒頭以前の長い時間にあることを示している。

二十九年秋からの入退院、再入退院を経て、三十年六月、医師の勧めで島尾も附き添い入院した。世間から隔絶した生活は、後からみれば再建への一歩だった。二人は、人に預けた自分たちの子供よりも小さな、双子の胎児の姿勢をとるから生き始めたことになる。発作の波は弱まり、数カ月後にはなんとかミホの故郷に移れるところまできた。

回復には、傍に夫が居続けること、今風に言えば親和的承認を与え続けることがあずかったと見られるが、それだけではなかった。日常を取り戻すという意味での治療は次段階にある。昭和三十三年一月の「毎日新聞」鹿児島版に載せた「夫から」で、「このところ三年ばかりのあいだ、私はじぶんの作品のなかで妻のことばかり書いてきた。これらの短篇で妻のこころとすがたをとらえようとし、またほかに「妻の願いに添う日」とか「妻への祈り」とか「妻のふるさと」だのという文章を書いてきた」と述べた。その「妻への祈り」（昭和31）については、「妻への祈り・補遺」（昭和33）の中でこう記した。「発表することをうべなわせたものは、妻のこころを喜ばすということであった。少くともそれは動機の大きな部分を占めていたと言えると思う。これも不思議なことだが、妻は大へんそれを喜んだ」。十年間自分をネグレクトした夫の才能をすべて自分を描くことに向けさせたとも言える事態だ。

とはいえ、島尾の筆力が貧弱なものだったら、妻は書かせも公表させもしなかったであろう。それが、第二の治療薬となりえたのは、「われ深きふちより」以下の、まがまがしいほど濃い質感の世界が、他の誰もが描かれなかった存在の深みに自分があったことの証明書となったからだ。キャンバスに盛られた色で初めてモデルが自身の皮膚の陰影を知ることがあるように、描かれることで初めてミホも「自分」を見たはずだ。

2、ロシヤの少女

十年もの間、放っておかれたというミホの感じ方は、結婚後の島尾の姿勢を真正直に映している。ミホの初めての妊娠がわかったのは昭和二十一年九月。十月に流産手術をした。その床をあげてわずか二週間後、島尾は九州旅行に出た。以後二十日間家をあけた。

『島尾敏雄日記―『死の棘』までの日々』（平成22、新潮社）を参照すると、「単独旅行者」（昭和22・10）のモデルとなった旅は、その旅行中の昭和二十一年十一月二十二日から数日のことと見られる。長崎高商時代に住んだ南山手を訪れた二十二日の日記に「オバサン、アノネエ、アソコン所ニ、ロシヤ人ガ住ンドツタデセウ、ドコニ行ツタカ知ランデスカ。」というメモが残っている。それは「単独旅行者」の「僕」が、「あの、ねえ」「この辺にロシヤ人がいたでしょう。ほら、彼処の家に住んでいた……」と訊く場面そのままだ。日記と小説の間には、その後の経路なども含めて多くの重なりがある。

旅先では、宮崎でも久留米でも文学上の知人と会っているのに、長崎では「ロシヤ人一家」や、支那料理屋のおかみさんを訪ねている。「単独旅行者」も同じで、学生時代に住んだN市を、戦後神戸にいる「僕」が訪れるところから始まる。この小説の「僕」には島尾の履歴が張り付いている。町名や八月九日の話題から、「N」は容易に長崎と読み替えられる。「僕」は買いにくい切符を手に入れ、「西の涯の市街」にいったい何をしに来たのか。

石畳を上り、「僕」は荒廃した共同住宅の一室にトルガノフ一家を訪ねた。目当ての娘はヴレンチナ。以前ほんの子供だった彼女は、戦中も「心象風景の一箇の触媒」として働いた。「十六歳の処女のタイプを、自分で育てて手中にしてみたかった」「僕」は、勝手な空想をして訪れたが、現実の少女は「背丈ばかり棒のようにのびて」「意地悪に見え」た。とはいえ単純な失望ではない。「ヴレンチナはまだ堅い。今度来る時には、もっと何とかなっているだろう。悪い評判でも立てられるようになっていたら面白いのに」という妄想の裏に、粘着的な視線が張り付いている。「ロシヤ」の少女たちがいなければ、「此の町の味わいもまるで駄目だ」という感覚は、戦前の小説「南山手町」の延長にある。それはロシア文学への憧れとか、亡命ロシア人の流離への共振といったものだけでは片付かない、もっと密度の濃い性的なものだ。

ヴレンチナの妹リュウバの笑顔に「鼓舞」された「僕」は、もっといたいと思いながらも、父ニコライの存在が壁となってそこを辞する。その後は、天草への連絡船に乗ろうとM浦にきた。市街からのバスで一緒だった女も泊った。寒漁村に不似合いなホテルのただ二人の客として。二人は長い駆け引きの後、一夜の男女になった。宿帳に書いた女の名前は「鵜倉イナ」。既婚者であった。

「異人臭い」女の眼もと、「あいの子染みた笑顔」は、「僕」を「鼓舞」させる小道具だった。ヴレンチナには、小さい時に眉の上に作った傷痕がある。「鵜倉イナの額に子供の時に怪我をした傷痕が薄く残っていて、僕は右手の薬指で何回もまさぐっていたこと。丁度トルガノフのヴレンチナと同じような場所の同じような傷痕がその瞬間に僕をどれ程鼓舞したことか」。小説前半の「ロシヤ」の少女への欲望の不燃焼が、わだかまり迂回して、一夜のこちらは女性と言うほかない年齢の女（ウクライナ）の性にかぶさっていくのである。

「単独旅行者」の「僕」には妻はいない。昭和二十一年の島尾は結婚している。この「僕」は島尾の履歴を張り付けられながらも、ここだけ独身者とされるのだ。妻のいる男を「単独旅行者」としてしまうような力は、物語の必然以前に、「ロシヤの小娘」のいる「長崎」という場所にあるかもしれない。

3、NANGASAKU

島尾にとっての「島」といえばもちろん奄美だが、島尾にとっての長崎ということを考えていると、そこもまた彼の「島」ではなかったかと思わされる。その場合の島とは、水で囲まれた陸地という以外の意味、勝手に踏み込ませたくない区域、ここは俺のシマだという時の意味を含んだものだ。そのイメージは、「単独旅行者」や「贋学生」「断崖館」などから得たものだが、「摩天楼」というシュールな小説も一役買っている。

「摩天楼」（昭和22・8）の舞台は、夢でつきはぎされて作られたもので、賑やかな所も、野原も川も、山岳都市のような所もある。脱獄犯に追われたり、処刑されたりしながら、「私」は何処にでも降り立ち、会いたいと思う人には偶然のつながりで会えた。置き去りにされても、きっと或る一つの場所にまぎれ出る。そこは「丘陵市街で町なかを走って来た電車もそこで行きどまり、螺旋のような石だたみの坂道がぎっしりつまった建物を斜面にみせて、港の海ばたを肩越しに後ろを臨みみる恰好に、うねっていた」。島尾が描く長崎市南山手のような場所。「私」はその市街を「NANGASAKU」と名付けていた。

そのあと、雲につきささる摩天楼を見つけた「私」は、飛行の神通力を使わずに無数の階層を歩きで昇っていく。雑誌販売所、お化け屋敷、賭博場、淫売窟、支那料理屋……「具象化されないどろどろした思想の化物も沢山見た」。この摩天楼、じつはNANGASAKUのミニチュア市街を、強迫意識とともに昇るうちに、無人の階に足を踏み入れてしまった。孤独恐怖に襲われ、苦い体験を思い出して階段を降り出すと、以前関係を持った女を横抱きにした魔物とすれ違った。女を救いたくても力がない。引きずられるように一階まで下降し、夜が明けると摩天楼はみえなくなっていた。そこはNANGASAKUの市街の果てであった。

NANGASAKU。この夢中市街の呼び名について田中真人はこう解いた。「島尾が戦争中に棲んでいた島の部落はよくGUSUKU（城）という地名を多く見ることができるし、〝NAGASAKI（長崎）〟と、当時の彼の情念を漂白して考えれば「一体戦後に、何が咲く――NANGASAKU？」――というそれであったろう。」（「島尾敏雄《摩天楼》」饗庭孝男編『島尾敏雄研究』昭和51、冬樹社）。つまり「長崎」と「グスク」（奄美）という島尾に重要な二地点と、戦後の虚無的な気分（何が咲く?）がアナグラム的に表象されているということだ。この説は二十五年後に出た『島尾敏雄事典』の作品解説でも取られている。

　だが島尾にとっての長崎を考えて行くと、その見方には無理が感じられる。結論的に言えば、NANGASAKUには「グスク」など入りようがない。「ナンガサキ」は島尾が愛したゴンチャロフの言葉である。「長崎のロシヤ人」（昭和34）の中に「ゴンチャロフが洒落て呼んだように言えば「ナンガサキ」と「ン」を一字よけいにくっつけて言ってみたいような長崎の町」という箇所がある。ゴンチャロフのその言は『フレガート「パルラダ」号』の「日本渡航記」にあるものだ。島尾はやはり「長崎のロシヤ人」の中で、「長崎に居るときにどうしても読んで置きたかった「フレガート『パルラダ』号」も文庫で出た」と記している。昭和十六年四月刊のその岩波文庫（井上満訳）には、「だがナガサキは何處だらう?　町はまだ見えもしない。あ、!　これぞナガサキだ。では何故ナンガサキではないかといふと、本當の名前はナガサキなのであつて、「ン」といふ字は洒落に加へたのである」とある。今引用した「だがナガサキは～洒落に加へたのである。」の箇所は、「摩天楼」の翌年発表された「月下の渦潮」でも、ほとんどそのまま写されている。

　だがそれらは「ナンガサキ」で、「摩天楼」のはNANGASAKUだ。「ナンガサク」と読める表記は『ガリヴァー旅行記』のものだ。「小人国」「巨人国」に続く「空飛ぶ島」に「Nangasac」と出て来る。ラピュタ島での体験後、江戸を経て長崎から帰国する場面である。『フレガート「パルラダ」号』と同年刊行の岩波文庫『ガリヴァの航海』（野上豊一郎訳）でも、「ナンガサク（長崎）」と表記されている。中道嘉彦「『ガリヴァー旅行記』にみられる日本語地名」（「麗澤レヴュー」6、平成22）によれば、「日葡辞書」「日本大文典」の扉下部に「Nangasaqui」の綴りが見られるとのことだが、島尾の頭にあったのはガリヴァーだったろう。というのは、「摩天楼」には「空飛ぶ島」の影が微妙にあるから。それについて詳しく述べる紙幅がないので、今は二点だけメモしておきたい。一つはNANGASAKU

にありながらNANGASAKUを見下ろす形に建っている摩天楼が、下界の国とラピュタ島の関係の応用であること。もう一つは、ラピュタ島が小人国・巨人国と同様、現実世界を風刺した国だということと、摩天楼を含めたNANGASAKU全体が長崎という現実の街の変形だということとの関係である。島尾は風刺の代わりに夢でアレンジした。そのNANGASAKUにグスクの入る余地はない。

4、エロスの迷路

「贋学生」（昭和25）は、福岡の学生三人が雲仙・長崎を旅するところから始まる。案内役は以前長崎の学校に通っていた「私」。途中「私」は「天草で最初の放蕩を行おうと」した時のことを思い出す。田舎娘や女学生にも気をとられつつ行く放蕩への旅は、戦前の「呂宋紀行」にも取られていた。港は違うが「単独旅行者」も天草への性の旅である。

「私」は案内役なのに「一通り、それも表通りだけ長崎を見せて置こう」などと思う。昔住んでいた南山手に差し掛かった時には、「私はこの地帯に住んでみたことがあった。もとはホテルだったという宏壮な邸宅に、亡命のロシヤ人が日本の貧しい家族と雑居していたその一室を借りて住んだ。そんなこともうっかりいい気になって同行者にもらしてはいけない」とシマ意識をのぞかせる。「長崎は私の避難所。ここは逃げて来てかくれる所だ」ともある。

とはいえ島尾の「長崎」は、内部の人間のシマ意識だけでできてはいない。個人的体験を超える長崎が取り込まれているのだ。「単独旅行者」の「僕」は、トルガノフの家から外国船が入って来るのが見えると、「フレガレート「パルラダ」に乗っていた人の眼を」「ききとったような気分にな」った。「月下の渦潮」にもゴンチャロフやロチの視線を語る場面がある。のみならず、「ロシヤ人」と話していると、自分自身が「少し混血児がかったイワン何とかノフみたいな気にな」（「単独旅行者」）ることも。

原爆投下時、南島にいた島尾には被爆は直接体験ではないが、「摩天楼」のNANGASAKUには「崩れ落ちた所もあり」とか「どのような天変地異が起り、どんなに醜悪な悪徳が行われても」などとあるように、「私」の記憶の層に入りこんでいる。「単独旅行者」の「女」には被爆翌日に結婚したと語らせた。「勾配のあるラビリンス」（昭和24）には被爆者の傷に触れる「私」がいる。大都会の真ん中に突き出た公園をめぐる石畳の迷路がその小説の空間だ。若い男たちを恐れて逃げ込んだ所で、「私」は若い娘の肉体に惹きつけられたり、あくどい色彩の路地に放り出されたりしながら、淫蕩な夏の宵に誘われて一人の女と関係を持つ。長崎出身のその女の「八月九日の日の傷」を「あちこち探して」触るのである。

島尾の「長崎」は、夢の層や時間の層が複雑につなぎ合わされてできている。地図に書けない街である。分身たちは、歩いても歩いてもなお辿りつけない旅をする。「単独旅行者」というタイトルは、一小説を超えて島尾的だ。突き動かすエロスの根源に「長崎」があるようにも、長崎的なものがエロスの迷路になっているようにもみえる。島尾はそんな「単独旅行」を続けて来た。おそらく妻の精神の崩れ落ちる音を聞くまでは。

昭和二十九年のミホの発病は突然の事とも思えない。はるか以前からちろちろ火は燃えている。二十七年の上京直前に書かれた「夜の匂い」を見てみよう。この作品について上宇都ゆりほは、事典の解説でこう指摘している。「「はまべのうた」と作品の構図が類似しているが」「「夜の匂い」は力点がエロスの描出に移行している。」「エロスを「理恵」よりもむしろ「桂子」に傾斜させている」と。「理恵」はミホがモデルで、「はまべのうた」の「ミエ」にあたる。「ケコちゃん」にあたる「桂子」は小学二年生だが、主人公は「一人前の女のように思われて気おくれのような気分を消しきれない」。おんぶした身体の重みを感じ、「桂子のお尻を受けて押えている両手の指の先が、やわらかい部分に当っていた」などとも描かれた。

よく見れば「はまべのうた」のケコちゃんとのこともそう無邪気に描かれていない。それでもそれは死を前提としたメルヘンと言えようが、「夜の匂い」は、少女の魔物性も少女へのまなざしの魔物性もはっきりしている。この主人公は、だが向かい合う女性としては「理恵」を選んでいる。辛うじて健全性が維持されるこの迂回は、「単独旅行者」の場合と似ている。「ロシヤ少女」から「鵜倉イナ」へという流れと。

再度ヴレンチナについて「単独旅行者」を引くと、「彼女の名前は兵隊にとられて戦場にいた時も一種のカンフルの役目さえ果して呉れた」とある。「カンフル」とは性的鼓舞ということだ。「戦場にいた時も」というのも気にかかる。虚実の境をわきまえずに島尾に当てはめてみると、奄美の女性に「ヴレンチナ」の影は重ねられたということか。小学生の少女に重ねられたのかもしれない。仮に後者だとすれば、「夜の匂い」の時点で「桂子」にエロスの中心を譲った「はまべのうた」の女性は、二重にネグレクトされたことになりかねない。

だがそうではない。肝心なのは、「ロシヤの少女」からして幻像だということだ。「彼女は僕のたよりない夢の中にまでしのび込んで来て奇妙になまのままの実感を僕に与え続けた。そうして僕はもう別個のヴレンチナを作りあげていて、実在のヴレンチナ・トルガノワとは全然別個の少女になっていたけれども、然し色々な連想のより所として実在の彼女を忘れることが出来なかった。」（「単独旅行者」）というのだ。リューバとヴレンチナは作品によって名前さえ交換される。モデルはいても、うごめくものは「別個の少女」である。「リューバの右のひたい際に、何かの切り疵のあとが残っているのをみた。」（「断崖館」昭和28）とあるような妄想の根だけが大切なのだ。精神のではなく肉体としての被爆の傷に触れ続けるように、エロスに聖痕を求める島尾的存在。長崎から紡ぎだされたNANGASAKUのように、紡ぎ出された「別個の少女」たちには、もともとの「ロシヤの小娘」さえ敵わないのだ。

ミホの島尾への責苦が、ほら穴にでも向かってなされたように思われるのはそこだ。ほら穴は、南山手を中心とする「長崎」という時空間に端を発し、未解決なまま持続させられたエロスの迷宮である。それは島尾本人にも不確かな、虚しい幻想領域に根ざしたものだが、ふわふわと彼を歩かせる力を持った。そのふわふわ歩きのくたびれの果てに関わった女性たちとの関係をいくら責めたとて、確かな何かが返って来るものでもない。
どうあれミホと一心同体となる島尾の覚悟は、比喩的な意味での「単独旅行」をやめることであった。「われ深きふちより」の時間から二十五年後の「亡命人」の中に、「私の生活にいくらか余裕が出た十年程前から長崎にも度々出かけて行く機会が生じ」たとある。その数年前のエッセイ「長崎の心象」（昭和51）にも、その年の長崎の旅が書かれているが、そこでもNANGASAKUの中心をなした濃密な南山手は語られず、代わりに長崎高商に近い櫻馬場地区の下宿跡を歩く話などが書かれている。ミホと向かい合う生活は、あの官能に満ちた街をいつのまにか抜けださせたようである。

（たかはしひろみつ・相模女子大学教授）

「ちっぽけなアヴァンチュール」の位相

波佐間義之

「ＶＩＫＮＧ」（昭和二十二年（一九四七）十月）に掲載された島尾敏雄の中篇「単独旅行者」が野間宏の目にとまり、「近代文学」系の雑誌「芸術」へ転載され、島尾が文壇にデビューすることになったのは昭和二十三年（一九四八）五月である。島尾三十一歳の時だ。

「近代文学」は小田切秀雄・荒正人・佐々木基一・埴谷雄高・平野謙・本多秋五・山室静によって昭和二十年（一九四五）十二月創刊されている。野間宏は「近代文学」との関わりは深く、すでにその頃から戦後派の作家として刮目されていたし、敗戦直後の昭和二十年（一九四五）に創立された「新日本文学」会にも所属していた関係から島尾もそれとなく野間に引き寄せられる格好で近寄って行ったのではなかったかと思われる。

島尾敏雄の「ちっぽけなアヴァンチュール」は昭和二十五年（一九五〇）の「新日本文学」五月号に発表された。

「新日本文学会」といえば当時は日本共産党の党員作家が多く、政治色の強い文学団体として名を馳せていた。そこへまったく政治色を持たない島尾の小説が掲載されたことに違和感を持った人は多かったと思われる。さらに同年七月号には井上光晴の「書かれざる一章」が追い打ちをかける格好となり「新日本文学会」は大揺れに揺れ、会の内部対立が深刻化した。いわゆる五〇年問題だ。これらを掲載した編集部への非難は「文学問題をよそおいながらその実態は手段を選ばぬ攻撃」だったと『新日本文学の60年』（七つ森書館、二〇〇五年）は述懐している。当時の「新日本文学」の編集長は久保田正文（文芸評論家）であった。久保田は前述の『新日本文学60年』で当時のことをこう述べている。

「島尾敏雄の『ちっぽけなアヴァンチュール』を五月号に発表し、七月号に『書かれざる一章』を出した。ここでしかし、特に言っておきたいことは、両作品とも編集委員会に提出して承認を得ているということである。もっとも、事前に作品をよんでいたのは私だけで、内容は大ざっぱに説明した。島尾敏雄については、名前も知らない委員が多かっただろう。私としても多少のこころがかりはあったが、五月号が出てみると「アカハタ」からの猛烈な抗議が始まった。私としてもある程度の応戦はしたが、けっきょくのしめくくりの始末をしてくれたのは中野（重治）さんであった。井上光晴の名は、島尾敏雄よりもさらに知られていなかった。原稿は病臥中の小田切秀雄さんから私のところへ送られてきた。編集委員会へ持って行って、小田切さんと私がねっしんに推薦しますと言って原稿を提出した。宮本さん（百合子）が、そんなにねっしんに推すひとが二人いればいいわよ、とわらいながら言った。私は、さっと原稿をひきあげた。しかし、島尾作品のときほど、井上作品に対しては日本共産党からの攻撃は、ほとんどなかったように私は記憶している。略……」

つまり「新日本文学」五〇年問題の端緒になったのが島尾敏雄の「ちっぽけなアヴァンチュール」だったのである。この五〇問題は単に新日本文学会のみにかかわらない、戦後文学史上、看過することのできない文学的・思想的事件だったと言っても過言ではない。

久保田は当時を述懐した文章のこの中で、「島尾敏雄については、名前も知らない委員が多かっただろう」と書いているが、島尾は同じ年の二月に「出孤島記」で第一回戦後文学賞を受賞している。だから当時としてもまったくの無名の作家ではないし、知らないという意味は作家としての島尾敏雄に関心がなかったという意味のようにも思える。

では、なぜこの島尾の「ちっぽけなアヴァンチュール」がこれほどまでの問題になったのか。もちろん、島尾本人にしてみればそういうことを意図して書いたわけでもあるまいし、まったくもって心外だったにちがいない。このことに関しての本人のコメントはどこにもない。それはそうだろう。島尾の責任ではない。戦後になって書くことも読むことも自由が保証される時代になったのだから当然だ。

ここで「ちっぽけなアヴァンチュール」がどんな内容の小説であったのか、少し長引くが触れておきたい。

作中の「私」は教師をしている。その日は一週間のうち一日だけ「山の手にある女子の学校に出向く日」であった。その学校に行くには街中を通ることになり、「私」はその日が楽しみであった。家族は妻と一人の子供があり、妻は二人目を妊娠中とある。「私」の月給だけでは家族の生活費を十分満たすことはできないが「私」には翻訳の内職があり、それで補いをつけている。いたって平凡なサラリーマン生活だと言えるだろう。「私」はその日の学校帰りにある酒場に寄ってみようと思う。「妻の如何にものんびりした、そして現在の所そういう私の心の動きに対して全く疑いのなさそうな、顔を見ていて、それに安らいながら、ある酒場のその女の所に寄って」みる気持ちになったと理由を述べている。その酒場というのは二人の姉妹が経営している小さな店で、Qという独身の同僚から、姉妹の妹の方はかなりルーズな性格であるから、「強引に泊り込んでごらん、面白いよ」と暗示を吹き込まれていた。で、「私」はその後一人でその店に行って彼女に興味を持ったことも「私」の行動に拍車をかけることになった。彼女に対して自分の想像で交渉を進めるだけで「みぞおちの辺に、(自分が)一種の冒険者であることをそそのかす暗い情熱のようなかたまりがぴょこっと勃起するのを感ずる」のであった。そして学校が退けて予定通りにその酒場に寄って飲んでいるうち姉の方が用足しに行った隙に、店が終ってその妹に行動を一緒にしたいと口説くのだが、彼女は「今夜お店に泊まりますわ」と言い、「私」は勘定をすませる時に彼女からそれとなく髪に挿されていたピンを一本渡される。渡されたピンが何を意味するのか、「私」は何かの暗示を与えられたように意気揚々と店を出て閉店までの時間つぶしをするわけだ。やがて閉店の時間になるとその酒場にもどって扉を叩けば「私」のそぞろ心をそそる「みずみずしい身体の堅さが感じられ」るその女と「然るべく場面が展開」される筈であった。「私」は途中の薬屋でゴム製品（避妊具）を買い、例の酒場にやって来て胸のときめきを覚えながら扉を叩く。しかし、内側からの応答はない。何度か試みるがやはり応答はない。そこで「私」は（Qか女に）からかわれたのではないかと気付き、帰ろうとするがもう終電も出た後であり、歩いて帰る他はない。「私は」軍歌を口ずさみながら軍隊の夜間行軍のような歩き方で進んでいると、その途中で二人の親子と思しき女と出会う。彼女らと一緒に歩いて行くうち「私」は年増の女の方に興味を持ち、強引に誘おうとするのだがこれも断られる。そのかわり彼女からこんなことを聞かされる。H電のJで降りたふっこう（復興）市場の中にせっつ屋というおまんじゅう屋があるから、そこを訪ねて来るように、と。「私は」翌日、学校を午前中だけで欠席して彼女に教わった通りにふっこう市場のせっつ屋というおまんじゅう屋に行くと、その店先にぼんやりと腰かけている二十七、八歳の年配の女を認めて踵を返して帰る。

これだけの内容である。そこには作者のポリシーも思想性もまったく感じられない。

島尾は終戦間際の八月十三日から十五日の玉音放送までの極限状態におかれた自分の心理を描いた「出孤島記」で第一回の「戦後文学賞」を受賞していることは前述したが、同じ作家の作品とは思えぬほど緊張感を欠いた作品であることがご理解いただけると思う。この作品が政治性や社会性の強いと言われた「新日本文学」に掲載されたということに驚き、疑問を感じる者が多かったであろうことは否めない気がする。誰が読んでも商業誌に掲載されている中間小説の類の域を脱しているとは思えないのだから。

「単独旅行者」が認められ、「近代文学」の同人になってから島尾は「月下の渦潮」「アスファルトと蜘蛛の子ら」「宿定め」「田舎ぶり」「亀甲の裂け目」「月暈」「肝の小さいままに」などの作品を発表している。島尾伸三・志村有弘編『検証　島尾敏雄の世界』（勉誠社、二〇一〇年）の中で山田篤朗は「物語戦後文学史」に書かれた「近代文学」創刊者の一人である本多秋五の言葉として島尾敏雄の文学を次のように書いている。「まったく孤独な、自己の特異な感受性に密着した道を歩いたから、少数の支持者はずっと持ちつづけながらも、片隅の存在以上には出ず、十年ちかくもたってから、いわゆる『カテイの事情』（死の棘）によってはじめて一般読者との間に通路がひらけた」

本多秋五の島尾敏雄を評する言葉として用いられた「まったく孤独な、自己の特異な感受性に密着して歩いた」は「ちっぽけなアヴァンチュール」を評する上で看過できないことになるのではないか。

島尾はご承知のように九州帝国大学（現、九州大学）を経て海軍予備学生を志願し、海軍防衛最前線基地の加計呂麻島の呑之浦震洋部隊特攻隊長として任務し、昭和二十年（一九四五）八月十三日の夕方特攻発動の命令が下されたにもかかわらず出撃命令は下されず、待機しているうちに終戦となり死を免れた。死を免れたという表現は必ずしも適切ではないかもしれない。島尾は特攻隊を志願して入隊したのである。特攻隊に志願するということはどういうことなのか。戦争体験のない筆者にも想像するだけで背筋が凍るほどの恐怖を感じてしまうが、あのまま待機することもなく出撃していたらその後の島尾敏雄はいないわけで、島尾がその方を望んでいたとすれば「死の美学」にとりつかれていたのではなかったか。自分の命を犠牲にして多くの国民が救われるなら特攻死は決して犬死ではなく、きわめて意義ある死だとして特攻を志願した自身を賛美していたことは頷ける。島尾と同じように特攻隊の生き残りである俳優・鶴田浩二（本名・小野榮一）の歌にあるように「お父さん、お母さん、よく死んでくれたと言って下さい」というように死という行為が祀り上げられた当時の世相に魂まで酔わされていたきらいがあったように思えて仕方がない。そして特攻という死の約束、もしくは死の強要から解放され、島尾は特攻待機という極限の状態からいきなり一般社会に投げ出されたことを思えば、そこには理解の限界を超えたある種の衝撃が支離滅裂に島尾の胸を引き裂き、思考する能力すら奪われ、ひたすら魂の彷徨に身を委ねていたと考えても不思議なことではない。終戦という急激な社会の変化に対応するすべもなく何をしていいのか分からない、といった気持ちが正直な島尾の気持ちだったのに違いない。

「ちっぽけなアヴァンチュール」の前に発表された「単独旅行者」や「宿定め」などの作品にも島尾のアヴァンチュール的な要素を窺い知ることができる。つまり「ちっぽけなアヴァンチュール」は「単独旅行者」や「宿定め」の延長線上に書かれたものであることは否めない。アヴァンチュールを旅と置き換えると、島尾は旅という言葉をよく用いている。福岡県を中心に発行されている「西日本新聞」の昭和四十年（一九六五）一月十九日号には「旅路はいつ終わる」というエッセイが記載されている。一部引用してみる。

「私は旅に出ていることになるのか。もともと家をはなれて旅まくらの日々を送ることはきらいではなかった。ものを書くときも旅を切っ掛けにしなければ構想がわいてこないこともあった。いまも旅先の不安と解放に私はいざなわれていることを否定できそうもない。自分の書いた小説に『単独旅行者』などと名づけたこともあった。できるならば、いつも見知らぬ場所を移動し歩いていたい願望さえ、心の底に持っている。（略）私はこれから先も旅路の不安からのがれるわけにはいかない。もどらなければならぬ妻と子のねじろを移動根拠地として、この世では終わることのない旅路に身をさらしていたいと思うだけだ」

つまり島尾のギグシャグした心のアンバランスは漂泊―旅―アヴァンチュールによって均衡が保たれることになるのではないかと考えられる。

昭和二十二年（一九四七）に発表された「単独旅行者」では「私」がかつて下宿したことがあるN市（長崎市）を訪ねて知り合い（ロシア人一家）を捜して歩くのだが捜し出せず、「私」は天草に行くことを思い立ち、船着場までバスに乗る。しかし天草行きの連絡船は翌朝しか出ないのでホテルに行くと、偶然にもバスに乗り合わせた女の人と一緒になり、同じ宿で行ずりの一夜を共にすることになる。次の日は女の人と一緒に連絡船に乗船して天草へ渡り、そのまま女の人と別れ、「わたし」は旅を続ける。大体こういう筋書きの小説であったように思う。今ではこういう関係も珍しいことではなくなったかもしれないが、当時はまだフリーセックスという言葉さえなかった時代であったと思う。これが島尾の体験から出たものであるかどうかは問題ではない。体験であったかもしれないし、旅の途中で妄想したのであるのかもしれない。あるいは女の人を目にしてそうなったらいいなという単なる願望であったのかもしれない。要するに島尾の求める心の均衡を求めるアヴァンチュールだと言えるだろう。冒頭で述べたように野間宏の目にとまったという「単独旅行者」の魅力がどんなものであったのか詳しく知るよしもないが、そういう時代における社会的人間としての常識を逸脱して性欲に翻弄される島尾の描く世界に何か引っかかるものがあったのではないだろうか。

「宿定め」においても旅に出て（この時はSという友人と同行）ちょっとした経緯から同行の友人と気まずくなり、一人で酒場に飲みに出ては予てから好意を寄せていた店のおかみに関係を持ちたいと迫る。けれども失敗に終り、店を出て宿を探しているうちに朝鮮人の若い売春婦と出会い、袖を曳かれて泊まることになるのだが、その女は「不快なにおいをわきたたせ」、尚且つ「体に瘡をこしらえているような気がして気持ち悪く思っている」のに「僕はその女に関心があるように振舞おうとして欲情をかきたてようとする。一方女の方はそれに呼応するように「わざと体をくねらせ」たり「せつなそうな声をたて」擬態くらべをしているうちに「僕」の欲望は興ざめてしまい（異人種からいう意味からではない）、「僕」はそこから逃げ出そうという気持ちになりながらここでも一夜を明かす。電燈のついたままの部屋で「僕」は目を覚ました時、南海の孤島で言う「フリチ」が柱にへばりついている光景を目にし、「その時に襲いかかって来た恐怖に身体が収縮」し、「僕はそのフリチの迷信の呪縛から逃れようと思った」（フリチ＝沖縄の方言で、手で振りまいたような血の跡。家の中や敷石などにも原因不明の血の跡が見られ、こういう時は不幸の前兆として忌み嫌われる）。

「僕は自分でも気がつかないあやまちをどこかで犯していたに違いない。僕は自分の肉体の要素が分解し、どんな注射を打っても蘇生しないもどかしを分裂身に感じ、魂だけが行く所を失い彷徨しなければならない運命を宣告されようとしているように思った。諾《うべな》ってはいけない。否定しろ、否定しろ。先程の嘔吐を止めたように、否定し続けて、この夜を経過しなければならない。然し何という胸の悪いにがさであることか。中毒症状が眼の縁にまで現れて来て、而も何故生存に執着しなければならないのかふと考えに及んで来て、僕は又ぶつつと涙がふき出して来たのであった」

ここではかなり深刻に自己を凝視している。自ら「分裂身」と表現しているように心と体がバラバラに分離したさまが窺えよう。「何故生存に執着しなければならないのか」に至ってはかつて特攻死を目前に控えていた島尾の心からふっと滲み出た言葉だろうが、読者にはより重みを持って心に響いて来る。一度死に損ねた人間だ、という自虐的な気持ちも心のどこかに隠されているのだろうか。目的意識が不意に奪われて、島尾にとって生きることも死ぬことも同義語として考えられていたのではなかったか。うがった見方をすればあるいは有島武郎や太宰治のように情死の相手を捜して彷徨していたのではなかったかという考えも浮かんでくる。だからこそ「フリチ」の恐怖をも感じずにはいられず、その呪縛から逃れようと思ったのかもしれない。

このように読み進むと、「単独旅行者」「宿定め」「ちっぽけなアヴァンチュール」がほとんど一本の糸で繋がっており、特攻として死に損ねた島尾の「生」もしくは「性」、または「死」を求めて彷徨う気の小さな「私」や「僕」の内面の動きがきめ細かく表現されているように思えてならない。

（はざまよしゆき・「九州文学」編集発行人）

『硝子障子のシルエット』の光と影

阿賀佐圭子

島尾敏雄は明るい光の中で、いつも暗い影に怯えていた。『硝子障子のシルエット』（創樹社、昭和四十七年二月。講談社文芸文庫、平成元年十月）は、明るい光を背景に事物が黒く塗り潰されて見える光景、そんな暗いシルエット（影絵）を浮かび上がらせた葉篇小説集（第二十六回毎日出版文化賞）である。

全三十篇の内の十七篇は昭和二十七年から二十九年の約三年間に島尾の九州大学時代の友人庄野潤三がプロデューサーをしていた大阪のＡＢＣ放送の為に書かれた台本である。島尾はこの本の「あとがき」で「三区分に配置したのは、Ⅰに夢と現のさだかでないもの、Ⅱに幼少年時や戦中戦後に素材を求めたもの、そしてⅢになかんずく東京都江戸川区小岩町での三年間の生活にだぶらせてその渦中に書いたものをそれぞれ区別したかったからだ」と述べており、「葉篇小説」という呼称は島尾が知人の李昇潤の手紙の中で発見したという。

奄美大島加計呂麻島の旧家出身の大平ミホは空襲の恐怖に明け暮れていた昭和十九年十月に第十八震洋特攻隊指揮官として一八一名の部隊を率いて島に赴任してきた島尾隊長とめぐり逢い恋に落ちた。特攻艇隊長だった島尾の死は約束されており明日をも知れぬ命の激しい燃焼の中でミホは燃え尽きてもいいと思っていたが、その前に出撃命令が出て島尾が死の淵に追いやられることを怖れていた。しかし戦争は終わった。島尾は部隊とともに島を去り米国軍政下の奄美大島に残されたミホはかつて島尾が出撃で乗るはずだった特攻艇で嵐の夜に、母の亡くなったあとの老父を島にたったひとり残して家を出て、南の島伝いに台風と餓えに脅かされながら北上し、ようやく本土に上陸して島尾の実家のある神戸で昭和二十一年三月に結婚した。気候や土地の様子や言葉や風習が大きく違う本土に来たミホは島尾の家族たちの白い眼に怯え、女中たちにさえ遠慮しながら、島尾の影に小さく縮こまって針のむしろのような生活を送っていた。島尾は「単独旅行者」（「VIKING」創刊号、昭和二十二年）がきっかけとなって色々な雑誌から注文が来るようになり、「出孤島記」（「文芸」昭和二十四年十一月号）で第一回戦後文学賞を受賞すると、ミホと二人の子供を連れて一家四人、文筆で生計を立てる為に東京へ昭和二十七年三月に移住した。

区分Ⅲのトップの表題作「硝子障子のシルエット」（ABC放送、昭和二十七年三月）は上京して初めて一家水入らずに暮らした小岩町での日常を描いた十枚の掌編小説である。夜になって島尾の部屋の中に電燈が灯ると、小さな家が外の闇から守られているように感じられ、窓のすり硝子越しに、そこにひっかけて置いた島尾のオーバーの影絵が、人の恰好にくっきり浮き出ているのを見て、島尾は思わずぎょっとして立ち止まる。

「それは何と癖のある自分の背恰好に、似過ぎていたことだろう。無造作にかけたので、肩をさげてかたむいたま ま、硝子障子にぴったりとはりついていた。魂の抜け出たぬけがらのように、それは平べたく、ひからびて見えたのに、そこにもう一人いきの通った別の自分がまぎれなく住んでいるような気がして来た。子供のいたずらを叱りつける妻の声が家の中から路地裏に、まるで遠い舞台からのつくり声のようにかそけく聞えて来た。月が出て、その光は路地にもさし込み、真新しい表札をほの白く浮かび上がらせているのを見ると、何故か又頬を赤らめて、人気のないあたりを見回したのだ。」

一家四人での暮らしや将来への不安や心細さや自信の無さが影絵に表れており、白い表札には新家庭で独立して一家の大黒柱となった喜びと面映ゆさが感じられる。一見幸せそうなシルエットだが、その暗い影は島尾の深い悲しみや苦悩を映し出していた。

区分Ⅲの「鶏飼い」（「週刊サンケイ」昭和二十七年）は五枚の掌編で島尾家の貧しい暮らしぶりがわかる。ミホであろう「ナス」が生活の為に鶏を飼い二度も猫や野犬に食べられ三度目に六羽買ってくると島尾であろう「伸吉」が作った小屋に入れるが一匹外に逃げてしまう。諦めていたら隣の青年が捕まえて届けてくれてナスは子供のように喜び伸吉はほっとして、「鶏一羽飼うことさえ、神は人間を験そうとばかりする。」と嘆き憂鬱になる。

区分Ⅲは他に鶏や猫の日常のささやかな生活を描いた「鶏の死」（ABC放送、昭和二十八年七月十三日）、「金魚」（ABC放送、昭和二十九年六月十一日）、「ニャンコ」（ABC放送、昭和二十九年四月八日）、「居座り猫」（ABC放送、昭和二十八年）、「玉の死」（ABC放送、九月十日）、「ある猫の死のあとさき」（ABC放送、昭和二十九年九月二十七日）、「拾った猫」（「中央評論」昭和二十九年十一月）や、二人の子供の成長を描いた「子供」（ABC放送、昭和二十九年五月十八日）、「突つき順」（ABC放送、昭和二十九年十月二十二日）、「マヤ」（ABC放送、昭和二十九年）、「つゆのはれ間」（昭和二十九年九月二十七日）、「運動会」（ABC放送、昭和二十九年六月二十一日）、「兄といもうと」（「カンナ」昭和四十七年五月）、「遠足」（「カンナ」昭和四十七年八月）や、他に「おちび」（ABC放送、昭和二十九年二月一日）、「きよみちゃんの事」（ABC放送、昭和二十八年）、「二軒の古本屋」（ABC放送、昭和二十九年八月三十一日）等の八枚程の日常を描いた作品が掲載されている。

東京へ移住した島尾は人が変わり、殆んど作品らしい作品は書かず生活は荒み身体も不健康な状態に落ちて行く。ミホは島尾の為に巣鴨の栄養大学に入学し、上の男の子の手を引き、下の女の子をおぶって遠い道のりを毎日通った。島尾は向丘高校定時制の週二回の非常勤講師をしていたが収入は不定期だった。ミホは故郷を出る時に父と二人で養殖した真珠をたくさん袋に詰めて持って来ていたが、やがて珠も無くなり衣服など殆んど物を売り尽くし生活は逼迫して行く。現実がどんなに厳しくてもミホは夫への愛を信じ献身することに酔っていた。夫に最上の状態で立派な作品を書いて貰うことが唯一のミホの願いだったが栄養食も島尾を太らせるどころか益々痩せこけさせて眼ばかりぎょろぎょろと臆病に光りいらいらして落ち着かず子供やミホを叱り飛ばし家に居つかず、いつも行方知れずにひょっこり帰宅したかと思うと口もきかずに自分の部屋に閉じ籠り苦しげに唸っていた。

区分Ⅰの「街なかは荒野！」（「読売ウィークリー」昭和二十六年六月）は、たった三枚の犬が登場する掌篇小説で、戦後、上京する以前に神戸で発表された作品である。

「その忠実そうな生真面目な涙をたたえた眼で私を見ながら、犬は私の肉を噛み取ったのだ。」犬に喩えて幻想的に非日常を描いており、街は荒野と化し原始人の如くひとりぼっちになった島尾の日常の苦悩や怒りや絶望や恐怖や寂寥や孤独が間接的に表現されている。

区分Ⅰの「影」（「舞踏」昭和二十七年）も、同様にむく犬が登場する六枚の掌編である。

「ぼくは、むく犬の眼を見た。彼は涙をたたえていた。彼はぼくの渇きをうさん臭いものに思い、襲撃して来たのであったが、運命的な瞬間の闘いの間に、ぼくがこんなにも悪意がないということを感得したのであった。―略―ぼくは孤独を感じた。ぼくはむく犬の眼を避けた。と同時に、ぼくの尻は、むく犬の歯で、がっきと食われていた。」

島尾は自分の渇きを認識したむく犬に尻をがっきと食われるが、それを許し絶望する。島尾は幻想的な非日常を描くことによって現実の渇きや恐怖や孤独や苦悩を表現している。

区分Ⅰの「夢にて」（昭和二十七年）は島尾の夢日記のような六枚の掌編小説である。

「頭を防御的に包み体格や身のこなしで白人とわかる人々が物体の扉を押しひろげ、細長い筒状のものをかかえ二人ずつ組になって道に出てきた。―略―どこからともなく彼らが致命的な薬品を散布しているというわさはすでに町じゅうに広がっていて、―略―どこへ逃げても行くあてもなく先の見当もつかないから、こうして一家四人で何かが通り過ぎるのを待つより仕方ないと思っていた。」小岩町での夢の中の非現実な出来事を描くことで、島尾が現実に戦争で負った深い心の傷や恐怖心や不安や絶望や苦悩の暗い影が伝わって来る。

区分Ⅰの「体験」（昭和二十七年）は五枚の掌編小説で、幻想的で非現実な夢の世界を描いている。玄関前に小川が流れ、底に沈んでいる、角のとれた丸石が毎日三つずつ取り除かれ、それを合図に小川をまたいだとこにある幼稚園の子供が三人溶かされてしまう。

「どうしてこう世のなかが寂しい。なぜじぶんだけがやましいきもちになってしまう。」特攻艇で隊長として一番に死ぬはずだった島尾が終戦によって奇跡的に生き延びたが、戦後七年経っても苦悩している島尾の暗い現実が、夢と幻想と非日常の手法で描かれている。

この本の区分Ⅰの他に、同時期に、「兆」（「新日本文学」昭和二十七年七月号）や「大鋏」（「新日本文学」昭和二十八年一月号）や「鬼剥げ」（「現代評論」一号昭和二十九年六月）などのように、夢の形式を用いて現実の中に隠れた本質を超現実的な手法で描いた作品が生まれている。

区分Ⅱの「松田君の場合」（「日本経済新聞」昭和二十八年十二月）は、五枚の掌編で、島尾と思われる裕福な級長の松田君が希望した「独唱」や「花咲爺の主役」を、両方とも貧乏な根津君が選ばれ妬ましく思うのだが、根津君が練習している音楽教室から、彼の申し分ない声量豊かな堂々とした歌声がそよ風にのって松田君の教室に聞こえて来ると、依怙地になっていた松田君の心をもみほぐし、うっとりさせたという小学校時代の思い出を描いている。その幼少期の挫折体験に、自分に自信が持てない島尾の苦悩の影が窺える。

区分Ⅱの「笛の音」（ABC放送、昭和二十七年八月七日）は島尾の奄美大島での戦争体験を書いた九枚の掌篇である。夕方疲れて深い眠りに落ちていた島尾の耳に笛の音が聞こえた。W少尉の対岸の小隊の兵舎から聞こえると思って部屋から外に出てみるとぴたりと止む。島尾の胸にむくむくと湧き上がってくる抑制しきれない黒い暗い塊が出来、通船に乗って対岸に着いたが、みんなぐっすり寝込んでいた。追いつめられた島尾は、もったいぶった小言を言ってから彼らをひとりずつ殴った。

「その夜の事を思い出す度に、あの嫋々と又はあざ笑うように耳にまつわりついてきた音が実際には対岸の隊員たちが笛を吹いていたのかどうかという疑問に、はたとつき当たってしまい、今以って分からずにいるのです。そして闇の中で整列した隊員の列伍から、にじみ出てくる無言の奇妙な圧迫に今も尚新たに肝をひやされる思いがするというのはどういうことなのでしょう。」笛の音は幻聴だったのか。戦時下の恐怖と極限状況に置かれた島尾隊長の狂気や暗い心の闇を通して戦争の恐ろしさがひしひしと伝わって来る作品である。

区分Ⅱの「草珊瑚」（「北海道新聞」昭和二十八年三月）は、四枚の掌篇である。専門学校の歴史の時間講師時代に女学生の香気にとまどい、逆に講義は堅く几帳面に厳しくなる。どうしても区別のつかない女学生二人がいたが、試験のやり方が厳しすぎたということで、全生徒に授業のボイコットを受けた日、区別のつかない女学生のうちの一人が草珊瑚の花を握って教室に戻ってくると、その日から女学生の区別ができるようになり、いつの間にか、講義の調子が平易になって行く。島尾の対人関係に対する不安や苦悩が描かれている。

ミホは苦悶している島尾を理解したいと、恩人の若杉慧先生に夫婦で頼みに行き奥様の経営する銀座のバー「ルビコン」の女給として真紅のイブニングドレスとハイヒールで働き始める。ミホは終電車で泣きたいほど切なく夫が想われ、帰宅し飛び込むようにして夫の名を呼ぶと、寒々とした部屋には小さな頭を寄せ合った兄妹ふたりが眠っているだけでまたしても夫はいない。夫は芸術に憑かれていて、その夫と共に芸術に殉ずるのが妻の務めで誇りとさえミホは思っていた。夜の銀座にミホは困惑し羞恥に襲われ早々にバーを辞め、夫が家に居る時は居心地の良い部屋とご馳走を準備し、不在の時は夫に知られないように指先に血を滲ませて内職の造花作りをして、夫の帰りを待った。

区分Ⅲの「終電車」（ＡＢＣ放送、昭和二十七年十月二十三日）は、そんな暮らしを描いた八枚の掌編である。夫が乗っているはずの終電車を妻は駅まで迎えに行く。最終の一つ前の下り電車から降りたみすぼらしい男は乗り過ごしたらしいが、上りの最終は出たばかりでお金もなく困った様子だ。その男に夫の姿をダブらせた妻はつい声をかける。「今度の電車で夫が帰ってきますから」と。しかし、夫は帰って来なかった。妻は仕方なく家にその男を連れて帰り泊め一晩中まんじりともせず夜が明けるのを待った。うす暗い朝の空気の中を始発の電車が動き出す頃、男はくどく礼を言って出て行く。夫は程なく始発の電車で帰ってきて、まぶたをはらして眼を赤くして、「すまんすまん。ついのみすぎちゃってね。ほらK君とだよ。」いつにない夫のおしゃべりを他人事のように遠い気持ちで聞いていたミホであった。真っ暗な夜の駅へ終電の夫を迎えに行く妻を妻の視点で描いた掌編である。

区分Ⅲの「妻の職業」（ABC放送、昭和二十八年）は八枚の掌篇小説で、Ⅲの「終電車」と妻と夫の立場が逆になっている。「私は教師に嫌気がさし事情があり既に辞めていて胸をやられてぶらぶらしていたところ、「家内」がつとめに出たいと言い出してバーの女給勤めを始める。妻の帰りは終電車で一時過ぎでないと帰って来ない。「終電車で帰って来る家内の足音を待っているのです。こんなことでは益々体を悪くしてしまうと思いながら、夜が更けて次第に間遠になる電車の轟音を落着かぬ気持ちで、きいているのです。」深夜一時過ぎに真っ暗な中を一人で歩いて帰宅する「家内」の姿を薄暗い電灯の下で待つ「私」は、区分Ⅲの「終電車」同様に寂しくやるせなく、二人の苦悩や暗い生活の影が描かれている。

区分Ⅱの「三つの記憶」（昭和三十四年六月「現代批評」）は十二枚の掌編で、山の温泉場の家族風呂に射し込む白昼の陽の光の中で、自分たち家族の白さは貧しく弱々しくて、ブリキの赤い金魚に怯え、自分を含め周囲の一切のものに、三歳の島尾は不信の感情を植え付けられた気がした。次の記憶では、ここもどこかの温泉場に保養で来ていて、島尾の眼は視力を失い何も見えず、長火鉢のかどや、ちゃぶ台や炭かごに、ぶつかってばかり。母だけが自分を守り導いてくれる、ただひとりの絶対者だと考えられたにもかかわらず、その時の母は島尾にとって意地の悪い、複雑な一つの人間的な意志であった。やがて島尾は幼稚園に通う年頃になり、あの盲目の状態は、一時的なもので、そのような日があったことさえ忘れていた。ある日、熱にうかされ、やっとのことで島尾は家にたどり着く。家の中に一つの危険が近づいているのではないかという感受があり、自分のからだの犠牲において、家庭の均衡が支えられているようなめくらめきがあった。もう、ぼくではもちこたえられない！　と感じると同時に島尾は倒れていた。島尾の頭の中は甘い母親の乳のにおいを渇望していた。島尾は母の無言の包容が待っていることを疑わなかったが、母は叱咤した。甘えてはいけないと言った。脳も足もやられてしまったんだ、と島尾はぼんやりした気持ちで思っていただけだった。島尾は犠牲が必要だとずっと考えていたのだろうか。

そして犠牲は訪れた。島尾ミホのエッセイ「錯乱の魂から蘇えって」（「婦人公論」昭和三十四年二月）によると、昭和二十九年の夫の誕生日、ミホは心を込めて誕生祝の尾頭つき四人前の鯛を準備し、たった一枚残しておいた晴れ着を装い、子供たちの手をひいて、今夜こそは帰るだろうと、夕方駅へひと月近くも帰らない夫を迎えに行った。長男伸三は寒さに震え、長女摩耶は腕の中で寝込んでしまったので一旦家へ帰り子供たちを寝かせて、再び駅に行った。終電車が通り過ぎ、やがて一番鶏が鳴くと、ここ数年こうしたことは夜毎に続けられていたのだったが、その日は、亡き父母がしきりに呼んでいるように感じ、線路に横たわる。「ミホ」と呼ぶ夫の悲しげな声が聞こえハッと線路から身をひるがえした。始発の電車がホームに滑り込んだ時、ミホは体中の力が抜け頭に大きな鉄のお釜をかぶせられたようになり、眼が眩み匐うようにして家に帰り着くと淋しさのあまり夫の部屋に入った。「夫の部屋へは掃除以外に入ったことがなく、掃除をするのさえ神聖な場所を侵すようなうしろめたさに襲われ、机の上の物など手もふれなかったのに、ついコタツの上に開かれたままになっていた日記に書きなぐられた数行の文字に目がすいよせられました。何気なくそれを読んだ瞬間、何か強い力の一撃が体を貫いたのを感じました。それは灼熱の衝動でした。しかしそのすぐあと一転して体中がガタガタふるえて立っていられないほどの冷寒に襲われると、私はいきなり四つんばいになって『ウオー、ウオー』とライオンがほえるようなおそろしい声を出し、部屋中をかけ廻りました。人間はその極みにおいては動物のようになるのでしょうか。そのとき私の人間としての智慧と意識は失われ、錯乱に落ちて行ったのです。」妻の心が自分から離れようとしていることを知った島尾は狼狽し完全に自分を失ってミホにしがみつきミホの心を取り戻そうとし、ミホも自分の心を夫につなごうとし島尾への愛着と疑惑が底知れず湧き上がって来て、片時も二人は離れていることに堪えられずどこにでも親子四人で連れ立って行くようになる。この島尾ミホの「錯乱の魂から蘇えって」は、次に紹介する区分Ⅲ「地蔵のぬくみ」に呼応している作品である。

区分Ⅲ「地蔵のぬくみ」（「共同通信」昭和三十年三月）は、「私たち夫婦の間から平常心がふっとんでしまった」という四枚の掌編小説である。

「私の妻の精神は長い間忍従の緊張をつづけた果てに、それがぷつんと切れてしまった。―略―そして、とあるいなか道の道ばたで一個の石地蔵を見たのだ。―略―日かげで、地蔵は声をおさえてくつくつ笑っているように見えた。私は病んでいる妻のはだのぬくもりを思った。そして切実に平常心を回復したい願いにかられたのだ。妻も私も。」

その狂気の日々の後、ミホは千葉県市川市国府台の精神病院に入院する。二人の子供はミホの従妹に預けられ奄美大島へ行き、夫は妻と鉄格子の隔離病棟で起居をともにした。退院したミホと島尾は一家四人で、日本に復帰した奄美大島名瀬市住吉町（昭和二十八年十二月二十五日復帰）へ昭和三十年十月に移住する。そこで島尾は「われ深きふちより」（「文學界」昭和三十年十月号）、「或る精神病者」（「新日本文学」昭和三十年十一月号）、「のがれ行くこころ」（「知性」昭和三十年十二月号）、「治療」（「群像」昭和三十二年一月号）、「ねむりなき睡眠」（「群像」昭和三十二年十月号）、「家の中」（「文學界」昭和三十四年十一月号）、「家の外で」（「新日本文学」昭和三十四年十二月号）、「離脱」（「群像」昭和三十五年九月号）、そして「死の棘」（「群像」昭和三十五年九月号芸術選奨受賞、昭和三十六年）などの一連の病妻小説を次々に発表して行った。

『硝子障子のシルエット』葉篇小説集は作家としてやっていこうとし芸術にとり憑かれた島尾と芸術に殉じたミホの光と影と愛のキセキ（軌跡・奇跡）の物語であると言える。

（あがさけいこ・「九州文学」編集同人）

島尾敏雄と昔ばなし

宮本瑞夫

島尾敏雄に『東北と奄美の昔ばなし』という著書がある。今、手元にある昭和四十八年四月刊行の創樹社版によると、この本は、昭和四十五年刊行の詩稿社版の普及版として造られたものだという。東北の昔ばなし六話と奄美の昔ばなし十一話が収められている。

奄美の昔ばなしは、奥さんの島尾ミホが、幼い頃、その母から聞いたものを、まとめているのに対して、東北の昔ばなしは、島尾自身が、幼い頃、福島県の磐城で、母方の祖母から直接聞いたものを拠り所に、彼なりに手を加えて、まとめたものだという。まえがきに、

今から十五年ほどもまえ東京に住んでいた時分に、ラジオ放送の仕事として書いたものが、この東北昔ばなしのいくつかになったが、そのとき、当時の生活の反映もあって、祖母からきいたままではなく、あちらこちらに勝手に手を加えたところもある。ことにものやひとの名まえなど思い出せぬものが多くて適当なはめこみをした。

とあり、創作といわないまでも、かなり島尾色の強い昔ばなしといえよう。

例えば、第四話に「ほととぎす」という話がある。これは、太郎と次郎という仲のよい兄弟の話である。ある時、兄の太郎は、外に働きに出るようになり、弟の次郎が、兄に替って、母親代りの仕事を受け持つようになった。兄は

外で疲れる仕事をして帰ってくるので、次第に不機嫌になり、太郎は、自分の留守の間、次郎は昼寝ばかりして、楽をし、一人うまいものを食べているのではないかと疑うようになった。事実は、次郎は、太郎以上に気を遣い、働き詰めで、疲れていたのだが……。ある日、食べ物で口論となり、兄は弟を殺して腹を割いてみると、芋のへたばかりだったので、はっと眼がさめ、兄は後悔し、悲しみのあまり鳥になって、

弟《オトト》　恋しや、ぼっとぶっつぁいた（間違って割いてしまった）
弟　恋しや、ぼっとぶっつぁいた

と鳴いて、ほとどぎすになってしまった。

東北では、その鳥のことをほとどぎすと呼んでいるそうです。ざっと昔はおしまい。

と、この話を結んでいる。

これは、「小鳥前生譚」と呼ばれる昔ばなしの一つで、「時鳥と兄弟」という表題で全国に知られている。島尾の「ほとどぎす」は、話の骨格は、この昔ばなしの「時鳥と兄弟」によっているのは勿論だが、読み比べてみると、やはり、細部に島尾らしい配慮が施されている点に気が付かされる。

例えば、兄弟の仲の良さについて、

太郎はまるで次郎の母親ででもあるかのように可愛がりましたし、次郎は又次郎で兄の言うことは、父親の言い

つけのようによくきき、そしてなつきました。

と言葉を尽くして記し、その兄が、外に働きに出ることにより、これまでの生活が一変して、「前は、兄の太郎がこしらえていた三度の食事も、今度は弟の次郎が、それをしなければ」ならない様子を描いていく。

昔ばなしには、こうした二人の生活の成長・変化というものは、全く描れることはない。

働きに出た太郎は、次第に外から疲れて帰って来るようになり、今まで見せたことのない、いやな顔を弟に見せるようになり、やがて、弟に疑いを持つようになる。

このような兄の変化に対して、弟は、変わることなく、一途に兄を思い、一生懸命、家事をこなし、少しでも兄の満足する食事を作ろうと努力する様子が描かれる。そして、兄の、

「おまえは、おいものまんなかのおいしいところばかり食べているだろう」

という疑いに対し、弟は、

「それでは、兄さん、私のおなかの中を見て下さい」

といい、悲しい結果を招くことになる。昔ばなしでは、腹ではなく、喉を裂くという話もあるが、それはともかく、昔ばなしが、「小鳥前生譚」と分類されるように、「ほととぎす」になることに話の中心が置かれているのに対して、島尾の昔ばなしでは、兄弟の生活環境の変化と心の乗離を描いているように思われる。そこには、人間の不安や孤独

が引き起こした一つの葛藤のドラマが生まれているといえる。

島尾は、「昔ばなしの世界」（『日本の民話2』角川書店、昭和四十八年八月刊）という文章の中で、

都会生まれの私は、幼いときから折りにつけ両親のそばを離れその相馬のいなかの祖母のもとで過ごすことが多かった。

と回想している。そして、多くの孫たちといっしょに、

バッパサン、ハナシ、カタレ、

と、その祖母に昔ばなしをせびり、語らせたという。そして、

なるべくならおそろしげなはなしのほうがいいと孫たちは思い、気味の悪いはなし、こわいはなしなどを祖母の目録の中から引っぱり出すのが上手であった。

という。

そういえば、ここに収められた東北の昔ばなしの六話とも、それぞれ、「死」や「化物」をテーマにした、恐ろしい話ばかりである。

第一話の「地蔵の耳」は、小泉八雲の『怪談』（明治三十七年四月刊）に収められた「耳無し芳一」と同話で、「耳切

り団一」などとも呼ばれる化物話である。

第二話の「正直正兵衛」は、村の鍛冶屋に弟子入りした正兵衛が、二度までも盗賊に金を奪われ、三度目には、親切な盗賊の女房の死を知って、病みほうけて一人寝ている盗賊に、苦心してためたお金を、又々そっくり投げ置いて帰るという話。

第三話の「縁結びの神様」は、縁遠い源左衛門という若者が、出雲の縁結びの神様により、やっとの思いで得た相手の娘が、団子を喉に詰めて、いったんは死んだが、源左衛門の必死の思いが通じて生きかえるという話。六話中、この話だけが、「死」を扱っているとはいえ、ユーモラスで、ハッピーエンドの結末になっている。

第五話の「笛市」は、笛の名手が蛇の娘と結ばれる「笛吹き聟」の変型で、ここでは、蛇娘との約束を破って、町の異変を役所に知らせた笛市が、大蛇に八つ裂きにされ、そのお蔭で行方郷《ナメカタゴウ》が救われたという話。

第六話の「壺の宝」は、賢助・権太・平吉という三人の若者がきもだめしをする話で、最後に残った平吉が、幽霊から受け取った生首は、実は、古びた壺で、その中には大判小判がぎっしり詰まっていたという話。これも、どちらかといえば、めでたしめでたしという話であるが、いずれにしても、子供が聞いた話としては、どれも気味の悪い、怖い話の部類であるといえる。

やはり、そこには、島尾の文学に共通する「死の影」や「おびえ」「不安」「孤独」といったものを感じさせられる。

島尾自身、先の「昔ばなしの世界」の中で、

要するに祖母の昔ばなしは、そのときはありふれたことと聞き流して過ぎたのに、思わぬ深いところまで根をおろしていて、それをぬきとることができないことを知らないわけにはいかぬ。もしかしたら私の小説はそれを下敷きにしているのではないか。しかしそれらが私の心の中に息づいているのは、祖母のかたりくちを通してで

あった。書物で読んだ知識としてではなく、くりかえし耳からきいたものとして、祖母のなまりと声音と共に私の体内にしみこんでいて、体臭のように、時としてふっとにおいをたててくるようなものだ。

と述べている。

島尾の東北昔ばなし六話は、このように島尾文学の原点ともいうべき世界といえよう。

（みやもとみずお・立教女学院短期大学名誉教授）

島尾敏雄・ミホの周辺

作家活動と図書館運営——奄美大島における島尾敏雄の場合——

早野喜久江

一、はじめに

初代鹿児島県立奄美分館長として島尾敏雄は、昭和三十三年（一九五八）四月一日に就任した。この地域のサービス範囲は奄美大島、喜界島、徳之島、沖永良部島、与論島の五島、十四市町村という国内でも特殊な守備範囲であった。そこでは、地域の読書活動のセンターとしての認識に立って保存・参考・貸出図書館として運営されていた。島尾は奄美地域の文化向上に大きな足跡を残し、奄美の歴史と文化を奄美に住む人々に対してだけでなく、本土の人々にも作品を通して、奄美を強烈に印象づけた。旺盛な創作活動を続けながら、如何に南の島々に文化耕作の鍬入れを図書館運営を通して行なったのかを考察すると共に、それはちょうど、戦後処理から本土復帰に至る政治的な激動を経た時期に重なっている。時代背景を考証しながら、作家・島尾敏雄が担った意義を考えてみる。

二、島尾敏雄が目指した図書館

島尾が九州・奄美群島名瀬市に移り住むようになったのは、三十八歳の時、昭和三十年（一九五五）十月、奄美諸島が日本に復帰して間もない時のことである。奄美大島は、沖縄本島、佐渡に次ぐ大きな島であり妻・ミホの故郷（加計呂麻島）に近い場所でもある。千葉県・国府台病院を退院したミホの治療のためでもあった。島尾一家は転居を繰り返したが、奄美大島は夫婦の葛藤を経て、夫婦の再生を願って移り住んだ土地であった。
創作活動をしながら翌年には島尾は、大島高等学校、大島実業高等学校定時制の非常勤講師となり日本史・国語を担当している。昭和三十二年（一九五七）、鹿児島県職員となり「奄美日米文化会館」勤務となり、翌年、奄美日米文化会館（名瀬市井根町八）の建物を使用して発足、鹿児島県立図書館奄美分館長に就任することになる。分館長就任への経緯について、

公務員でも何でもなかった、奄美大島へやって来て人脈もなかったはずの、無職だったぼくのおとうさんが、そこへ勤務できるようになったのは、多分、新聞記者や小説の好きな人たちの、強い推薦が功を奏したのかもしれません。

と伸三は「文化会館時代のぼくのおとうさん」の中で回想[注1]している。
島尾は、高等学校の講師を退職。奄美分館長に就任すると早速、分館内に「奄美郷土研究会」の事務局を設置し世話役として運営を引き受けている。奄美郷土研究会は隔月の例会、年に一度の会報発行。島尾は会報の原稿集め、編集割付け、校正、印刷交渉のすべてを担当している。

現実に奄美での島嶼生活が自分のものとなってからは、この地域の過去と現在を具体的に知りたいという思いは一層熾列になりました。（中略）
島内のまばらな研究家たちの孤絶したばらばらの研究を、総体相関の中で相補いつつ、研究をすすめる場が設けられた。私はそれと平行して奄美分館の書庫に奄美関係資料を蓄積させる仕事を自分のつとめとしました。

と奄美郷土研究会に寄せる思いを語っている。[注2]
同年・夏季になると、熊本商科大学において図書館司書の講習[注3]を熊本商科大学において受講するなど図書館の仕事に精力的に携わろうとしている姿が見られる。図書館に職を得た歓びとこれからの生活への心の安らぎは大きかったと

推察される。

島尾の図書館業務の様子は、日々の出来事をまとめた「日の移ろい」[注4]に見られる。この作品は、「四月一日」から始まり、「三月三十一日」で終わっている。昭和四十二年（一九七二）六月から連載が始まっているので、昭和四十七年（一九七二）四月一日から昭和四十八年（一九七三）三月三十日までの出来事が記述されいる、はずだ。だが連載が終わったのは昭和五十一年（一九七六）九月号である。一年間の出来事を四年の時間をかけて書いていることになる。日記形式をとっているが、そこに創作性がみられるという。谷崎潤一郎賞を受賞しているのは、この故だと思われる。

この作品の中で綴られている図書館業務の様子をみると、資料整理の様子、新聞の切り抜き、新着図書のチェック、購入図書リストの照合等作業において、
それぞれの書物の内容に目を走らせることができる。興味を覚えればあらためて一字一字を追う。いろいろな分野の書物がそのようにして一度は私の手を通って行く。それはたのしい仕事だ。

と語り、「多くの人に喜ばれる書物を数多くえらぶことのほかに、たったひとりのためにしかならないような書物をも買いこんで置きたいというい ざないをむげにしりぞけるにはしのびない気持ちだ。」と言い、この一連の作業は「身もこころも若やぎ、可能性の多い出発点に立ち直って、広い行末を視野の中いっぱいかかえもった気持ちになってくる」が「その図書館蔵書の中から、何かをつかみとろうとして図書目録を攻撃してくる若い個性の存在を感ずることは、もうひとつの手ごたえあるたのしみだ」と、大いに創作上にも有効な作業であると感じている。「作業のあいだに自分の考えを浸透させることは可能であった」と言っているが、使用した資料は「新聞紙上の出版広告、書評、週刊書評紙、出版社直送のパンフレット、利用者による投書、利用統計など」と図書館員としての任務をしていることが伺える。

そのような作業の中で、図書館の役割について述べている箇所[注5]がある。

ひとりのひとの人生に、どの書物が大切な役割をもつかを、はっきり知ることはむずかしい。ひとつの図書館の書物の中に、その蔵書構想と体系からはみでたような孤独な書物を見つけて、ふしぎな興奮を味わったことのある人は、少なくないだろうと思う。世間や人々に知られた著者と出版社によって刊行された衆知多売の書物ではなく、それが刊行されたこと自身信じられないかくれた状態の下で、しかも印刷され、若干の複数の書物を、図書館の目録カードの中に見つけ、借りだして手にとってみたときの、おどろきは、そのひとにとっては創造に似たよろこびをもたらすことになるだろう。たとえそれがただひとりの利用者だけとの精神的交通であろうと、そのときその図書館の中で（それがどんなに大きな図書館であろうとまたどれほど小さなそれであろうと）、ひとつの成果が生まれたことを意味するので、その利用者にとってその図書館は生涯忘れ得ないものとなるだろう。

と経験上から学んだことなのか、或いは作家としての願望を語っている。

「日の移ろい」には、「出張の旅」と称する様子がまとめられている。島嶼ならではの実態調査である。出張の旅とは、「町村の図書部が固有に所蔵している書物の実情、それに分館から配本する図書の利用状況などについて担当の社会教育主事や公民館長そして実務担当の係員と話し合うこと。」とある。車を利用し数日かけて廻っている様子であるが、人付き合いが苦手でもあり否定的な気持ちで行っている様子が伺える。

また、図書館と隣接する製糸工場・繭検定所のことにも触れている。奄美大島の誇る伝統的産地産業「大島紬」のことである。伝統的手法を堅く守って織られる東の結城に対して西の大島は紬の最高銘柄としての価値を現在も保持している。紬という織物は古くから始められたことが伝えられているが、養蚕の行われていた所では、ある程度自然発生的生じたものに違いない。その繭検定所に乾繭場をつくることになり、その機関室の向きが図書館の閲覧室と向き合ってしまい環境的に好ましくない。図書館内は静謐な状態を保つ必要があり、島尾は館長として、大島支庁長に図書館側の希望を述べに出向いている場面が描かれている。乾繭場の件は、機関室は図書館の閲覧室には近づけないことになった。図書館に機関室の騒音は禁物であり、島尾は図書館長としての面目を保ったのである。

三、鹿児島県立奄美図書館の歴史

鹿児島県立奄美図書館の歴史を振り返ると、そこには本土では理解できない大きな問題が山積していたことを知る。図書館本来の業務をする以前に島尾にはするべき事があった。まず島尾が就任した「奄美日米文化会館」に関してであるが、敗戦から及んだ米国支配が色濃く残っていた事実である。当時「奄美琉米文化会館」と呼ばれて復帰後も、アメリカの支配下にあったということである。象徴的なのは建物の入り口には、英語と漢字が併記されていたという。島尾は英語の文字を消したいとアメリカ国務省の担当役人と交渉をしていたが、なかなか思うように運ばなかった。また「図書館」を独立させたいとの望みも「奄美分館」と名が示すように鹿児島県との関係にも何か大きな問題が存在していたようである。当時、名瀬市には、アメリカ政府と鹿児島県という二つの大きな力が働いていたことになる。

ここで、「奄美日米文化会館」を検証しておきたい。

鹿児島県立図書館史(注6)によると

昭和二十九年（一九五五）五月十一日、鹿児島県知事と福岡アメリカ領事館文化交換課長との間に「奄美日米文化センターに関する協定」が結ばれ、「奄美日米文化会館」と改称する。

とあり、「奄美琉米文化会館」と呼ばれていた施設が引き継がれている。琉米とは琉球とアメリカを意味し、沖縄・奄美に六ケ所に置かれていた。

井谷泰彦(注7)によると、

復帰前の奄美の図書館には、系譜の異なる二通りの系列が存在したという。特に一九五一年から一九五三年にかけてのおよそ三年の間には、極めて規模の小さなだが性格の異なる、奄美博物館図書室を起源とする奄美図書館と米軍政府の命令で設けられたInformation Centerである琉米文化会館図書室という二つの図書館が並立していた。
琉米文化会館がその設立の当初から、図書館を主軸として組織されてきたことが特に注目される所である。この「琉米文化会館」に関しては別の歴史記録があるので紹介[注8]したい。

昭和二十五（一九五〇）年インフォメーション設置命令により、ガリオア資金（約一二〇万円）によって会館建設。翌二十六年四月「大島文化情報館」発足。二十七年十二月「奄美群島に関する日米協定条約」による日本復帰に伴い、大島支庁総務課に所属し「奄美文化会館」となった。二十九年五月鹿児島県知事と福岡アメリカ領事館文化交換課長との間に「奄美日米文化センターに関する協定」が結ばれ「奄美日米文化会館」と呼ぶようになった。六月大島教育事務局所属の元奄美図書館および奄美博物館の備品を奄美日米文化会館に保管転換する。三十年三月大島支庁長に廨庁として独立を要望、同年五月、県庁に県立図書館分館として発足したい旨の要望書を提出、している。昭和三十二年十二月には、に島尾敏雄館長が発令された。三十三年二月文化会館の安定した構想について県および県教育委員会の意向を打診した結果、県立図書館の分館として発足させる計画であることがわかる。同年四月「県立図書館設置条例」の一部が改正され、県教育委員会の所管に移り「鹿児島県立図書館奄美分館」となる。但し、アメリカ合衆国との協定による「奄美日米文化会館」は、そのまま併設ということになった。

占領下の沖縄・奄美では、琉球政府立の図書館活動と、米軍政府が中心となって展開した活動があった。
「琉米文化会館」の具体的目的は、
①米国に関する情報センター。
②米国の政策・方針の住民への広報。
③USCAR（US Civil Administration of the Ryukyu Islands）資料の効果的な普及。

④米国の相互理解政策の支持者の獲得。

このように、琉米文化会館は米軍政府の沖縄占領政策に直結する組織であったことである。そこには「琉米文化の交流と沖縄住民の教養を高め、調査研究やレクレーションの場として設立されたもので、図書や雑誌及び視聴覚資料を備え、また各種の行事も催す」ものとうたわれている。復帰まで、公共図書館の中心は琉米文化会館ということができる。

前述の仲三の回想の中にもこの「琉米文化会館」の様子を知ることができる。

洋風の木造二階建てで青いペンキを塗った、瓦屋根だったはずで、小さなエントランスのある正面玄関を入った正面には断面が五角形のガラスケースが四台ぐらいだったと思うのですが、その中に化石や陶器の破片の並べられていて、訪れる人がまるで少ない博物室、その後ろには書庫と宿泊室。右側には職員の働く机が並んだ事務室、その奥には館長室。左へ行くと二階へ上る広い階段があって、二階では高校生が勉強をしていたりする読書室でした。その建物の後ろに、舞台のあるホールが建てられてました。（中略）文化会館は、図書館業務だけでなくアメリカ合衆国の文化宣伝も行っていました。兵隊向けの映画が市民向けに、時々ホールで無料で上映されていました。

と、当時の「奄美琉米文化会館」の建物の様子と利用状況が記されている。

この「文化会館が祖国復帰までの公共図書館界をリードしてきた」とも評価されている所以である。モダンな施設、資料の種類の目新しさ、様々な催し物はいずれも住民がかつて経験したことのないものばかりで、日本の行政では考えられないことであった。

このような状況を伊藤松彦(注9)は、

戦争による極限までの破壊に加えて、アメリカによる長期の占領と文化的支配は、戦後沖縄の存立を根本的に制約したが、反面、いくつかの局面では自主的に本土ではありえなかったようなユニークな展開を実現してきた。と、語っている。

先の図書館を独立させたいという強い願望は、伸三の回想記、(注10)「鹿児島県立図書館奄美分館とおとうさん」の中でも綴られている。島尾が独立した「奄美図書館」という名称にこだわっていたという事実を知ることができる。

図書館の名称にも時間をかけたやり取りの中で押し付けられそうになった「名瀬出張所というような屈辱的な立場を回避し、粘りに粘った結果、予算の増加などと引き換えに「奄美分館」という名称を呑まされたようです。「鹿児島県立奄美図書館」という案はまるで相手にされなかったらしいです。この名称が生かされるのは約五十年後の二〇〇九年になってからです。

このような状況下で、島尾が考えたことは、「奄美郷土研究会」を置いたことである。多様にして豊かな郷土文化の伝統と歴史に対する強い誇りを図書館事業の充実によって、独自性のある地域文化を形成しようとする積極的な姿勢が読みとられ、五つの離島をもつ奄美大島の「精神面の復興」を成し得るための活動と考えられる。島尾には奄美、南西諸島を主題・内容とする論考も数多くある。奄美を「本土」に対する周辺としての地理的、歴史的、文化的に捉えつつ戦中体験の地でもあり妻・ミホの郷土でもある奄美への関心の深さを知ることができる。これらは島尾の南島論に結実する。

島尾が奄美分館長として活動した時期は日本が近代社会としての体裁を整える時代であった。その活動は常に激することなく、むしろ穏やかに対応している。そこには「本土」と「奄美」を知る自分がいるからこそである。島でしか生きるしかない人との決定的な違いがそこにはあり、島尾には客観的に見る目を持ち合わせていたと考えられる。

四、おわりに

日本の近代図書館史を考えてみると、戦後は占領軍の指導に始まる公共図書館の時代であった。戦争が終わり、世の中が新しい復興をめざし動き始めた頃、図書館界も近代図書館活動の幕開けの時を迎えていたと言える。鹿児島県立図書館奄美分館の発足時の所有資料は、左記の通りである。

図書　蔵書五九八〇冊、

視聴覚関係資料　映写機三、映画フィルム・レコード六三〇枚、レコードプレーヤ二、オルガン一

博物資料　奄美内出土の土器・石器、奄美産出の貝類及びハブ・アマミクロウサギの標本、歴史的記念物品、奄美製陶器、地方玩具

七名の職員に恵まれ、管内市町村へ貸出文庫、読書週間には読書会、巡回文庫、文芸懇談会等の行事を展開している。新しい時代の要求に応えられる図書館になるために、

図書館は書庫に書物をしまいこんで閲覧者のやってくるのを待ってばかりいないで、町や村のすみずみにまで、船やジープや自転車で書物を持ち込んで、それぞれの家庭に配って歩くところまで行かなければならないとさえ考えられています。（中略）

図書に関する参考御質問は、口頭、文書、電話の何れをとわず、御申越し下されば出来る限りの調査と検索を以て図書利用法について御答えをしたいと考えております。

と目標を定め、(注11)昭和三十八年九月には、県議会において奄美分館庁舎新築予算が可決された。十二月には新館建設が着工され、翌年八月、名瀬市小俣町二〇の一に新館・鉄筋コンクリート一部二階が落成。建坪は二百坪、離島の図書館としては立派である。九月には新館へ移転。昭和四十三年四月には奄美分館発足十周年記念図書購入予算による図

書購入が開始され蔵書も二万冊を超える。

では、奄美の人は島尾の活動をどう見ていたのか、
島尾敏雄は、奄美分館の創設に立ち会い、その基礎づくりから今日の発展に挺身した。一方、作家としての著作活動を通じ奄美分館は言うに及ばず奄美の名を全国民が認識する誘いの役を果した。これらの事跡は奄美の人々にとって決して忘れることはできない。十七年間も奄美分館長としてまた作家として、奄美の地に文化の種を蒔いてきた島尾敏雄の軌跡をなぞることにより、今後の奄美における文化的雰囲気に一層の濃密さを加えることを祈念して目録を編んだのである。

これは「島尾敏雄関係図書目録[注12]」刊行の際に寄せられた文章である。

島尾一家が十七年間生活した官舎と奄美分館は同じ敷地内にあり、閉館後も必要に応じて出かけられる場所であった。またそこは、家庭からの避難所的な役割をしていたようでもあり、創作活動をする上でも重要な空間であった筈である。館長時代に著した作品は数多くあるが、芸術選奨を受賞した『死の棘』(昭和三十五年)、『出発は遂に訪れず』(昭和三十九年)、『日のちぢまり』(昭和四十年)、西日本文化賞を受賞した『島にて』(昭和四十一年)、『私の文学遍歴』(昭和四十一年)、『幼年記』(昭和四十二年)、『日を繋けて』(昭和四十三年)、『琉球弧の視点から』(昭和四十四年)、毎日出版文化賞・南海文化賞を受賞した『硝子障子のシルエット』(昭和四十七年)と、次々に発表している。永住のつもりで奄美へ移住した島尾ではあったが、昭和五十年四月、鹿児島県立奄美分館長を辞し、島尾は指宿市に転居している。昭和四十五年から非常勤講師(年一回・集中講義)をしていた鹿児島純真女子短大教授となり、同学園図書館長兼務となり昭和六十一年十一月の最期までこの職に就いていた。ちなみに長女マヤ(平成十四年死去)も同学園の図書館勤務をしている。親子二代にわたる図書館司書ということになる。

島尾が奄美分館を退任してから三十四年後(二〇〇九年四月二十三日)、鉄筋コンクリート造　五階建ての名実共に

念願の「鹿児島県立奄美図書館」がオープンした。平成二十四年（二〇一二）四月には、入館者が五十万人を達成し、平成二十五年（二〇一三）十月から翌年の三月まで奄美群島日本復帰六〇周年記念「復帰関係資料巡回展」が開催された。

島尾の足跡は、現在、昭和六十三年（一九八八）十二月、奄美群島加計呂麻島呑之浦・旧海軍特別攻撃隊第十八震洋隊島尾部隊の隊長室跡に「島尾敏雄文学碑」が建立され、特攻基地跡は「文学碑記念公園」になっている。また、奄美市名瀬の県立図書館奄美図書館一階フロアには「島尾敏雄記念室」が設けられ島尾文学に触れる場所となっている。図書館入口左手には、平成五年（一九九三）十一月十二日に建立された島尾敏雄文学碑案内が立ち、そこには島尾敏雄と奄美大島との関係、著書、業績が紹介され建碑の由来が記してある。また、十七年間過ごした官舎に隣接して、島尾敏雄文学碑が建てられ、石碑には『旧約聖書』イザヤ書からの引用という言葉「病める葦も折らず　けぶる燈心も消さない　島尾敏雄」の文字が刻まれている。平成六年（一九九四）瀬戸内町古仁屋にある瀬戸内町立図書館には「島尾文学コーナー」が設置され、平成十年（一九九六）「かごしま近代文学館」が開館、一階に「島尾敏雄コーナー」が常設されている。平成十二年（二〇〇〇）五月福島県相馬市小高区本町に「埴谷島尾記念文学資料館」が開館（東日本大震災のため休館中）されている。

最新の鹿児島県立奄美図書館発行の「要覧」（注13）に掲載されている運営方針には、郷土コーナーや島尾敏雄記念室の充実に努めることが挙げられ、毎年秋には島尾敏雄記念室の企画展が開催されている。もちろん島尾が心血を注いで収集した郷土資料や「奄美郷土研究会」もしっかりと継続されている。

島尾は、奄美分館長として強い信念をもって図書館運営を果たした。奄美文化の支援者であり、県外へ向けての発信者であり続け、かたや文学に身をささげながら図書館人としての任務をこなしたと考えられる。まさに「精神面の復興」を成し得たと言える。

（はやのきくえ・二松学舎大学）

注

1 『島尾紀―島尾敏雄文学の一背景―』（和泉書院、二〇〇七年）

2 『「奄美の文化」総合的研究』（法政大学出版局、一九七六年）

3 島尾は、昭和三十三年に「図書館専門職員養成講習」を受講。昭和三十三年九月一日に証明書を当時野口洪基熊本商科大学長が発行している。（熊本学園大学総務課にて当時の資料を確認した。）

4 『島尾敏雄全集　第一〇巻』（晶文社、一九八一年）「日の移ろい」は昭和五十二年（一九七七）第十三回谷崎潤一郎賞受賞

5 『島尾敏雄全集　第十四巻』（晶文社、一九八二年）「図書館の秘儀」

6 『鹿児島県立図書館史』（鹿児島県立図書館編、一九九〇年）

7 「政治学研究論集第二十五号」（明治大学大学院、二〇〇七年）

8 『近代日本図書館の歩み　地方篇』（日本図書館協会、一九九二年）

9 『沖縄の図書館　戦後五十五年の軌跡』「［序］知の自立へ」（教育史料出版会、二〇〇〇年）

10 『検証　島尾敏雄の世界』（勉誠出版、二〇一〇年）

11 『島尾敏雄全集　第十六巻』（晶文社、一九八二年）「最近の図書館の動向」

12 『島尾敏雄関係図書目録』（鹿児島県立図書館奄美分館編、一九八二年）

13 平成二十六年度（二〇一四）要覧

ヤポネシアと図書館長――南島における島尾敏雄の一断面――

井谷泰彦

一

米国統治下にあった琉球三十六島の北部を占める奄美群島が、日本に返還された二年後の昭和三十年（一九五五）十月、島尾敏雄は奄美大島名瀬市に移住した。精神を患った妻ミホの治療を考えての決断であった。ミホは、奄美大島の南に隣接する加計呂麻島の出身であり、治療には心から安らげる故郷の風土が必要であった。移住当初、島尾は大島実業高校の非常勤講師を勤めて糊口をしのいでいたが、昭和三十二年（一九五七）には「奄美日米文化会館」の館長として就任し、その翌年に組織の改組によって「鹿児島県立図書館奄美分館」の館長（正確には分館長）となった。そして、昭和五十年（一九七五）に鹿児島純心女子短大の教授として鹿児島県指宿へと移住するまでの十八年間を、図書館長として過ごした。ここでは、その二十年近い奄美での体験のうち、島尾自身が書き記すことの少なかった図書館長としての生活に焦点を当てて、島尾が表現した世界全体のなかで位置づけてみたい。

島尾は、私小説家的な作家と見られることが多かったし、その側面を島尾自身も自認している。そして、日本の風土で生まれた、固有の表現の形としての私小説が必ずしも世界的普遍性を持たない訳ではないことを語っている。しかし、だからといって、島尾は体験や見聞を〈素材〉として用いて作品世界を構築するような作家ではない。島尾は次のように述べている。

「いろんなことを自分の小説の肥料にしたいと思ってはいますが、取材したり調べたりしたものを小説に組み入れるという考えはないんですよ。まあ、ぼくの書けることはわずかなことしかない、と思っていますから。それは自分の体験の中から、時の経過をくぐって自然に発酵してくるようなものしか書けないということです」「二十年住みましたが、奄美はぼくの土着ではないと思っているし、そこでの体験は自分の仕事のなかに、すぐには持ち込めないんだ、かかわりがあるとしても、意識的にそうするんじゃなくて、書いているうちに自然に出てくるようにしたい、と考えているんです[注1]」。

島尾は、通俗作家とは対極に位置する作家である。素材や主題に過剰な意味を持たせるような文学観とは無縁である。島尾によれば、自分の作家としての根っこは幼少時に決まってしまっている。あらゆる〈体験〉は、この作家の内部で自己内対話を繰り返しながら、発酵して想像力の粘糸が紡ぎ出されるのを待つことになる。逆に言えば、島尾文学の背後には、膨大な「書かれなかったこと」が想像力の貯水池のように存在しており、その場所こそが島尾敏雄の世界を胚胎する場所であったと言えるのではないだろうか。代表作である「死の棘」にしても、凄まじく描かれている家庭生活の修羅場の描写もまた、「これ以上書いてしまったら、もたなくなる」という臨界点の瀬戸際で書かれている表現世界であり、私たちはそれが島尾の現実生活そのものからは自立した世界であることを忘れるべきではない。そして、その「書かれなかったこと」の中で、最も大きかった体験のひとつに、図書館長生活を軸にした奄美での生活体験が横たわっている。代表作の「死の棘」にしても、東京での生活体験を基にしたものであるが、執筆されたのは奄美である。「ヤポネシア」という魅力的な概念の創出も、奄美での二十年間に生み出されたものである。

ひとつひとつの作品に、直接何を書き記したかが問題なのではない、と島尾は言う。また、小説とかエッセイという区分もどうでもいい。「書き残したもの全体で何かをあらわしている、そういうものを考えている」「そして、活字の奥に引っ込めておく領域も射程に入れています[注2]」と述べている。即ち、活字の間の〈沈黙〉をも含めて島尾の表現世界が構築されていると考えたほうがいい。

「作品の裏側には奄美での体験が染み込んでいるんで、直接には書いていませんが、ぼくの小説から奄美を抜いてしまうと、ぼくの小説自体が無くなってしまうことになる」

その意味では、奄美での島尾の生活を俎上に載せることは、島尾の表現を奥行きをもった世界として鳥瞰することに繋がるはずである。

二

島尾の「南島」への熱い視線について、吉本隆明は次のように語っている。「島尾敏雄が折にふれて書いてきたエッセイから、仮にわが南島についてかかれた文章だけをながめてみると、それだけが特異な熱気をもっていることがわかる。自信のなさそうにしてみせるくせ、まがりくねった独特の心的な回路、中腰の姿勢、できれば逃亡しようといったような常同性は、ここでは、ふだんとすこしちがっている。そのかわりに、いくらかの啓蒙癖をまじえた少数民に対する愛執と擁護のようなものが前面におしだされてくる。そしてこの姿勢は、おそらく現地での地味な社会的な活動に裏打ちされているにちがいないと思われる（注3）」。そして吉本は、歴史学徒として、西域の少数民族に傾倒していた九州帝国大学在学中の島尾の視線と関係づけている。

吉本が指摘したように、島尾の南島への偏愛は、「現地での地味な社会的な活動」に裏打ちされたものであることは疑えない。島尾敏雄が初代の分館長を引き受けた「奄美分館」は、北は喜界島から南は与論島に至る奄美群島の、当初は唯一の公共図書館であった。「道の島」とも呼ばれる、全長二五〇㎞にも及ぶ奉仕区域を島尾は本を担ぐようにして巡回した。「ぼくのところのような図書館は奉仕区域が非常に複雑で広いんですよ。喜界島だとか、徳之島、永良部、与論といったいろいろな島に本を担いで行くわけです。なんと言いますか、かつぎ屋みたいな性格があるので、ほかの図書館とちょっとまた違います」(注4)。

二五〇キロといえば、高速道路上で計測すると、東京から愛知県東端までの距離に相当する。わが国に、これだけ広大な奉仕区域を有する公共図書館は他に無かった。島尾は否が応でも、サービス対象として奄美列島全域を視野に収めなければならなかった。そのことが、〈ヤポネシア〉という概念の創出に無関係であったとは到底思えない。

わが国の公共図書館史を紐解くと、図書館業務とは本来あまり縁のない文学者などを館長とする、「文人図書館長」の系譜が存在する。その中には、名誉職として図書館長業務を引き受けたものの、図書館業務には殆ど手をつけなかったような人も多い。しかし、島尾敏雄はそうではなかった。昭和三十三年(一九五八)に日米文化会館図書館が鹿児島県立図書館奄美分館に改組されるとすぐ、司書資格を取得するために熊本に講習会に赴いている。戦前の沖縄で、伊波普猷が図書館長を務めた「県立図書館」が「沖縄学の拠点」であったことは知られているが、その意味では戦後の島尾の作り上げた県立図書館奄美分館もまた「奄美学の拠点」であったことは書き記しておきたい。その姿は、日常的な図書館でのサービス活動に支えられ裏づけられたものであった。その姿を瞥見してみたい。

島尾が図書館長を勤める奄美分館は、図書館として特異なあり方を強いられていた。公共図書館の世界では、一九六三年に「中小レポート」(『中小都市における公共図書館の運営』)という文章が発表され、それが公共図書館運営の指針になって行く。そこでは、従来の県立図書館が市町村立図書館を指導するというあり方に代わって、住民へのサービスを直接行う中小図書館(市町村立図書館)と、その活動を背後で支える県立図書館という新たなパラダイムが打ち出されている。しかし奄美分館の存在は、そのような「市町村立図書館」対「県立図書館」という構図を大きくはみ出したものであった。奄美分館の場合、県立図書館でありながら、奉仕をサポートするような市町村立図書館など奉仕区域にはそもそも存在しなかった。奄美分館に新館が誕生する一九六四年の蔵書数は一〇、五九一冊。同時期の全国の市立図書館の平均蔵書数(二二、〇九〇冊)にも遥かに及ばない小規模な県立図書館である。そしてそこは、奄美群島の住民に図書館サービスを行う唯一の場所であった。しかも、決して多いとはいえないその蔵書のうち半数は、船の中や港の待合室などを含む、各島のサービスセンターへの貸出文庫であったのだ。

また島尾は、群島の全六ケ所で「母と子の二十分間読書運動」を開始し、十四の読書グループを組織している。島尾はこれらの図書館サービスのあり方を、戦後長らく鹿児島県立図書館の図書館長をしていた椋鳩十（本名：久保田彦穂）から学んだ。椋鳩十こそが、図書館運営における島尾の師匠であった。

北は喜界島から南は与論島に至るまで繰り広げられたこのようなサービスは、本人が赴いた場合でも間接的なサービスに留まった場合でも、否が応でも「道の島」総体を視野に入れて展開されねばならなかった。しかも、奄美群島の歴史は決して一様ではない。かつては「鬼界島」と記されて、本土勢力の出先のような観もあった喜界島もあれば、「奄美」とはいえ、沖縄の三山分立時代には北山王国の領土であり、完全に沖縄文化圏に属する沖永良部島や与論島もある。例えば沖永良部や与論島では、楽器の三線も奄美三線ではなく沖縄の三線を使用するのである。また、奄美のシマ（集落）のあり方を俎上に載せて行くと、否が応にでも首里に都のある琉球王国に組み入れられていた古琉球の時代以来の沖縄との複雑な関係が目に入ってくることは改めていうまでもない。

島尾が作り上げた奄美分館の性格を一言で言い表すと、「土着型参考図書館」と規定して間違いはない。椋鳩十は、一九六四年の奄美分館新装落成式のスピーチで次のように語っている。「今後分館は、①地方文化保存のための保存図書館　②調査研究のための参考図書館　③量・質ともに備えた貸出図書館の三つの顔を備えた図書館として運営されることを望み、作家であり、郷土研究家である島尾分館長に期待する」（注5）。

地域文化や諸活動の原拠としての郷土史料の充実は、分館発足時からの方針であった。島尾は、自らの図書館長としての分掌事務のなかに、「分館運営の統括・図書の選択分類」と並んで「郷土資料の蒐集・整理」という一項目を明確に掲げて、そこに情熱を注ぎ込んだ。入手困難であった薩摩藩士・名越左源太時敏の著作である『南島雑話』

や、全国でも分館にしかない貴重資料である「南島興産請求訴訟」資料（南島興産商社、一八八九–九二）などの資料収集、その集大成とも言える「郷土資料目録」（一九六九）の刊行、そしてそれまで奄美で誰も手につけることがなかった近世地方文書の写しの収集（『奄美史料』として刊行）を行った。これらの島尾の仕事が、南島研究者の基礎資料とて如何に重要なものかは論ずるまでもない。

あとひとつ島尾の功績に帰するのが、図書館に事務局を置き、図書館員が自らの職務として事務を担った郷土研究会の活動である。それは、一九五一年に文英哲《カザリ》らによって作られた「奄美史談会」を、一九五八年の分館開館と同時に再発足させたものであった。彼らは月に一度郷土研究（民俗学・歴史学）の研究会を開いて研究発表・討議を行ったほか、会報の発行を重ねていった。独特の地域性・歴史性を帯同した奄美には、地域に根を張った研究者たちがいた。復帰前、彼らは当時の琉米文化会館の館長であった文英哲をまとめ役として、郷土研究を開始していた。そして、文の死後、一歩間違えば拡散しかねない復帰後の郷土研究を、島尾敏雄分館長はよく繫ぎとめ得た。一九六七年には、奄美郷土研究会の活動に対して「南日本文化賞」が与えられている。そして、沖縄学の泰斗である外間守善の強い勧めで、その会報が『奄美の文化』（法政大学出版会、一九七〇）としてまとめられている。また島尾は、一九七四年には琉球大学と共催の史談会を奄美で開催している。

前述したように、島尾は九州帝国大学では東洋史を専攻していた。そして、神戸在住時は神戸外国語大学で「世界歴史」の授業を受け持つ教官であった。大学で沖縄学を講じる研究者ではないし、万事に控えめな島尾が学術論文として南島論を出した訳ではない。しかし、どう考えても歴史学に関してはアマチュアの研究者ではない。アカデミズムの外側に身を置きながら、決してアマチュアではないというその微妙な立ち位置こそが、南島の歴史や民俗に関して、自由に想像力を駆使できる場所だったのではあるまいか。〈ヤポネシア〉概念はそこで産声をあげたのである。

三

「ヤポネシアというのは、ミクロネシア、ポリネシア、インドネシアだとかありましょう。われわれは、これまで大陸の方ばかりを眺めてきすぎたような気がするんです。地図をみても、大陸を真ん中に置くから、日本はもう大陸に振り落とされそうな形で、ちょっと乗っているという感じです。しかしそういうことだけじゃなくて、やはり半分は太平洋に面しているんですから、その面から日本を見れば、メラネシアとか、ミクロネシア、ポリネシアみたいに、ここにも一つの島々のグループがあるという気がするんです。大陸の方ばかり目につけてきて、その傾向が本土で主流になって中央集権を作ってきた。そういうものが中心になった日本的なものがあるわけでしょう。それももちろん、日本だけれども、もっと底流するところに、東北もあるんだし、琉球弧もあるんだし、ということを考えはじめて、まあヤポネシアということを言ってみたんですけど(注6)」。

歴史家網野善彦が述べたように、「日本」も「日本人」も五世紀頃に成立した概念にすぎない。二十一世紀の今日、ウイルス学の知見は、この列島に住む人々の多様性を見事に証明してしまっている。しかし、まだ「日本」や「日本人」という概念の自己同一性に疑念が問題にされるずっと前に、島尾は通常は大和＝日本として捉えられる私たちの「正史」に対し、蝦夷や南島を「あと二つの日本」として相対化して見せた。「いくつもの日本」という捉え方、畿内中心主義史観の相対化、この作業は現在では民俗学者・赤坂憲雄をはじめ、多くの人々によって進められている。

「日本列島を構成してきたもの、それはいろいろあると思うんです。大陸から朝鮮半島を通って九州、本土へ広がっているもの。中国南部に根を有するもの。もっと南に下って、ポリネシア、インドネシアと連続するもの。ぼくは日本にはポリネシア、インドネシア的側面も濃厚にあると言いたいわけです。そういうふうに考えると解放されるんです。朝鮮半島からはいったコースだけですと、ちょっとどうしようもないでしょう。九州から関東の辺までが固められて、普通に言われる日本というものが、すこぶる頑丈にできあがってますからね」[注7]。

日本人と南洋との深い関わりや、私たちのルーツの一部が南方にあるという知見自体は、別に島尾敏雄のオリジナルではない。戦前から、鳥居龍三や岡正雄などの民族学者によって指摘されてきたことだ。また、柳田国男が『海上の道』を著して、米とともに列島を北上する日本人像を描いたのは一九六四年であり、島尾のヤポネシア論の展開と時期的には変わらない。しかし、島尾の南の方へ開かれた日本というイメージの斬新さは、あくまでも文学的に柔らかな言葉で語られているが故に持ちえたその広がりにある。大陸の先進文明を視野に入れていつも緊張している、優等生の本土人とはかけ離れた「あと一つの日本人」がそこにいる。その想像力の広がりのなかにこそ、その概念が後年になって、谷川健一のような民俗学者や、岡本恵徳、川満信一といった沖縄の文学者たちによって支持され使われるようになった理由がある。島尾の表現は、文学であるが故に、学問を超えて受容されていく基盤を持った。島尾のいう、「すこぶる頑丈にできあがった日本」「単調な日本」が何を意味するかについて、語りはじめると途端につまらない文明論に足を捉えられてしまう。曖昧な表現が、ゆったりとした膨らみを形成する。吉本隆明は書いている。

「ほんとうは、いいたいことが山ほどあるのに、ことさら一作家の感想めかしてしか語らない、というのは、彼の南島に対する造詣の深さかもしれない！　それほどそこは、何も解明されていないのだ」[注8]。

逆に言えば、アカデミズムの外側からの抽象的な思想的フレームの提示は、私たちの弧状列島全体の歴史や民俗や宗教を解く鍵を秘めた、まだまだ未知のままに置かれた領域の多い、「宝庫としての南島」を浮かび上がらせたとも言える。そのフレームは、大陸諸国との関係で緊張を強いられ、とかく近視眼的になりがちな現在の日本の在り方を考えるとき、非常に貴重で示唆に富むもののように思えてくる。

そしてそのフレームは、大洋に散らばる島嶼を船に本を載せて廻った、図書館長としての日常生活が生み出したものであった。

（この文章に使用した鹿児島県立図書館奄美分館のデータは、拙稿「道の島に本を担いで……奄美の図書館長島尾敏雄」『図書館人物伝』（日外アソシエーツ発行、紀伊国屋書店発売、２００７年）所収による。）

（いたにやすひこ・早稲田大学大学院、社会教育主事）

注

1　安達史人『言語空間の遠近法』（対談集）右文書院、２００２年、270頁

2　4-5行目の引用も含む。同上書、271頁

3　「島尾敏雄　琉球弧の視点から」『吉本隆明全著作集9』勁草書房、１９７５年、216頁

4　吉本隆明・島尾敏雄対談「傍系について」同上書、274頁

5　「南海日日新聞」昭和三十九年（１９６４）十月十六日号

6　島尾敏雄「回帰の想念・ヤポネシア」『ヤポネシア考』葦書房、１９７７年、217-218頁

7　同上書、218頁

8　吉本、前掲書、219頁

島尾ミホインパクト――葬送儀礼クライシスと女系社会――

岩見幸恵

一、はじめに

感受性の強いミホは、少女時代から自分が信じ、大切にすべき価値観において周囲と自分の間に横たわる云い知れぬ違和感を抱き続けて来た。それは養父文一郎の優しさにも、キリスト教、家族、最愛の夫敏雄にさえ。それでも彼女は奄美・沖縄地域特有の、神と交信する依り代となり、一族を守るオナリガミとして人生を送った。彼女が違和感の正体を解明したかは不明であるが、それは明治以来日本及び奄美・沖縄地域が、女系的社会から男系的社会へ大きくシフトしたことに起因する。養父の学んだ中国文化もキリスト教も、夫の文学仲間の共産主義、戸籍や結婚制度さえ男系社会の専有物で、そこから女系的アイデンティティは零れ落ちていた。そして彼女は結婚に際して仏教徒の島尾家から棄教を求められたキリスト教徒に戻り、更に先駆的女系呪術の真の体現者として、来るべき風土に根ざす女系社会への回帰を予見し、島尾敏雄文学を読み解く新たな鍵となった。鍵はリンクによって開く。リンクは息子伸三の証言的文章にも引継がれ、同音異義、比喩、堤喩等によって時代背景や歴史的事項とつながり、フィクションとノンフィクションの垣根、時空を越えて機能する。

島尾敏雄研究の分岐点は平成十九年（二〇〇七）三月二十五日の島尾ミホの死にある。彼女は平成十四年（二〇〇二）娘マヤの死去以来の独り暮らしで、二十七日東京から奄美市（旧名瀬市）を訪れた孫のまほが自室で亡くなっているミホを発見。夫と同じ名瀬カトリック聖心教会で葬儀が行われた。ミホは大正八年（一九一九）鹿児島のザビエル教会で誕生後、程なく洗礼を受ける。母方の一族は古いキリスト教徒という。実兄がいたが、実母の死去でミホだけが実父方の親戚に預けられる。養女ではなく里親。『赤毛のアン』のカスバート兄妹とアンや『竹取物語』に似て祖父母と孫との如くである。実親の長田《おさだ》家も里親の大平家も琉球王朝の末裔の旧家という。東京の女学校に入学した時、実兄と一緒に実父の家に下宿。

ミホは敏雄の死（一九八六）から自身の死までの間、終始黒い喪服というスタイルを固持。二人で作り上げた島尾作品を守り、後世に残す為、独自の世界観、ミホというキャラクターを顕示し、発信力を強めながら葬送儀式を続けて行く。『死の棘』はいわば現実と虚構が交錯したブログの様な、ノンフィクション的日記を元にミホが管理者的役割を果たした作品。当然個人情報が丸裸になる危険性を持ち、そのためのソフトランディングが必要となる。また昭和四十四年（一九六九）、カトリックは教義を変更して、葬儀において永遠の命と復活を詠い、地域に対する柔軟性を示し、これにより日本化が可能となった。そこで日本式に敏雄の三回忌（一九九〇）小栗康平による『死の棘』の映画化。七回忌（一九九二）名瀬に移住。十三回忌（一九九八）に『死の棘日記』刊行。十七回忌『島尾敏雄事典』刊行と年忌ごとにイベントを行い、映画『ドルチェ―優しく』（二〇〇〇）でミホとマヤは自身を演じる。これは例えば昭和四十九年（一九七四）、敏雄とミホが裏表に呼応する『出孤島記』（冬樹社）と『海辺の生と死』（創樹社）を出版。同年は軍艦島廃止、ルバング島の小野田寛郎、ウォーターゲート事件でニクソン辞任、原子力船むつ放射線漏れ、『宇宙戦艦ヤマト』、佐藤栄作ノーベル平和賞、ロッキード事件で田中角栄辞任等とリンクする。また『死の棘』単行本出版の昭和五十二年（一九七七）は領海二百海里問題、ハイジャック多発、白黒テレビ放送の廃止、リニアモーターカー浮上走行成功等があった。そもそも『死の棘』の物語年、昭和二十九年（一九五四）はビキニ水爆実験、『ゴジラ』、死の灰、世界初の原子力発電所、『二十四の瞳』『七人の侍』、テレビ放送開始等にリンクする。

かつて、この物語のキャラクター継承は村上春樹や、『うる星やつら』（一九七八）のラムとあたる、『クレヨンしんちゃん』（一九九〇）の野原家、『新世紀エヴァンゲリオン』（一九九九）の碇一族、『のだめカンタービレ』（二〇〇一）の真一と恵、『銀魂』（二〇〇四）のマダオ、大五郎とその母等が主であったが、その後の映像化等によるアイコン化が加速。G・ローランズ主演の、設定が『死の棘』に似た米国映画『こわれゆく女』（一九七四）、『きみに読む物語』（二〇〇四）。日本映画の海外展開ではカンヌ国際映画祭の河瀬直美の『殯《もがり》の森』（二〇〇七）や奄美が舞台の『2つ目の窓』（二〇一四）、モントリオール映画祭とアカデミー賞の滝田洋二郎『おくりびと』（二〇〇八）。『1Q84』（二〇〇九）の依り代フカエリは、いずれもミホの世界観に共通する地域に残る伝統的な殯《もがり》や民俗学的タブー、死に際しての儀式等の日本の多様な風土性を扱う。

二、劇的《ドラマチック》な戦争というフィクション

敏雄の生前からの企画で一周忌にミホの小説『海辺の生と死』の文庫化とこれよりも時代を遡り、現実とリンクする寓話『祭り裏』（一九八七）の出版を果たした。これによりミホの小説が一般化する。その作品の一つに少女のミホが祭りの日、木陰の穴の中に潜んで広場の劇的状況にある二人の男の諍いをのぞき見る。これは彼女の人生も劇的である事の裏返しで、ミホも敏雄も第二次世界大戦時の戦争体験を記すが、非常時の、しかも楽園が舞台の劇的ロマンスである。ただ敏雄はいつ出撃するかわからず、ミホは出撃後の集団自決のストレスに苛まれる。敏雄の実戦体験欠如とは逆に、島尾一族は実戦に巻き込まれ、満州の妹美江は自決、ビルマには弟義郎、六甲の実家は神戸空襲。しかし敏雄は何もないまま復員し結果的に劇的な戦争を描く。『朝日新聞時代の松本清張』（一九七七）の著者吉田満は、『戦艦大和ノ最期』の吉田とは別人だが、敏雄と似た戦争体験を持つ。少尉で大陸の小さな飛行場の司令官となるが、主な業務は古参の准尉や下士官が行い吉田にはほとんど仕事がない。例えば「歌舞伎のような戦争」は司馬遼太郎の『花神』に描く、第二次長州征伐に参加した大村益次郎の言。長州軍も幕府軍も実戦経験がなく、『平家物語』等の合戦物の様に名乗りを上げ刀や槍を構え、見得を切り大時代的戦をした。合理的戦は物陰からライフル銃で敵を狙い、沈黙と共に引き金を引く。また空襲では蒸し焼きになる危険な防空壕に逃げるのではなく、山か海か川底に身を潜める。野坂昭如の神戸空襲を描いた『火垂るの墓』にある様に敵の攻撃は焼夷弾。幸い六甲の実家は神戸の地震（一九九五）まで無傷で残る。防火訓練が功を奏し、江戸川乱歩の東京池袋の家も一軒だけ類焼を免れた。朝鮮には再応召の衛生兵松本清張がいた。その教訓は誰も当てにせず速やかに逃げる事であったという。そして終戦。ミホと敏雄が再会した時、経験おいても逆転があった。ミホは敏雄に会う為に特攻艇で奄美の古仁屋に向かい、嵐で難破するが外洋経験を得る。『未来少年コナン』（一九七八）の残され島からの出航を想起させる。一方の敏雄は訓練だけで外洋経験に乏しい。ベニア板の粗末なモータボートと批判される特攻艇だが、今日的にはプレジャーボート。外洋用ヨットでも自作キットはベニア板製。特攻艇の問題点は船底が平な平底船で、スピードの為に安定性を犠牲にした。後に大統領になったJ・F・ケネディの乗った魚雷艇も平底である。川や湖の静かな水面では有効だが、外洋では底の丸いカッター（救命艇）やヨットでないと転覆する。ところで沖縄・奄美のサバニという名の木造の小型船は特殊な平底舟で、高速で古代のラピュタ人の様に遠洋航海も可能。バルチック艦隊を最初に発見した、久松五勇士が大本営に知らせる為にサバニを使った話は有名。ミホの作品に登場する板付け舟はサバニの一種。奄美移住の翌年の台風（一九五七）は大きな被害を及ぼしたが、この時に活躍したサバニの船大工、坪山豊は奄美方言の民謡の唄者（シンガーソングライター）でも有名。ミホも唄者。もう一点は『天空の城ラピュタ』（一九八六）の空賊船と同じ名前の英国のモスキート。ベニア板製の飛行機で零戦同様パイロットを守る装甲板はない。しかし大戦中から戦後まで現役で、ロンドンからベルリンまで飛べる数少ない飛行機。速度も速く偵察機や戦闘機、爆撃機として運用。木製故に製造は指物師（家具職人）が担当。そして英国には更に過激な飛行機があった。ハリケーンは後ろ半分が空賊船同様布張りの戦闘機。英国防空戦で活躍し、ロンドンオリンピック（二〇一二）で共に展示飛行をした英国の誇り。第二次世界大戦でモスキート同様に活躍した双発の飛行機が日米にもあった。米国は山本五十六の飛行機を撃ち落とし、サン＝テグジュペリが最後に乗ったロッキードP38。日本の百式司令部偵察機は、硬直した運用で性能を十分に引き出せず、有名なエピソードがない不幸な運命の飛行機。

三、祟り神と遺体の損壊

日本神道では善人でも悪人でも死ぬと神になる。かつて天皇を現人神《あらひとがみ》としたのは、一般人は死ぬと神だが、天皇は生前から神であったので現人神とした。『もののけ姫』（一九九七）に祟り神となったイノシシが登場する。菅原道真や平将門はいずれも悪人として死んだ祟り神である。神は祭ることで封印する。道真は天満宮、将門は神田明神。木曾義仲は義仲寺にその怨霊を封じた。江戸時代まで楠木正成も北畠親房も安徳天皇も寺に封じられたが、明治期それらを神社にした。何故か義仲だけ取り残された。寺は怨念や怨霊を封印しただけで、祟り神を守り神とする神社とは機能が異なる。祟りとは天変地異のこと。地震や津波、洪水、山崩れ、火山の噴火等それら全て。死者をきちんと葬儀していないという心配は人々を苦しめる。悪人でなくとも自然死でない場合、祟り神となる。『もののけ姫』のイノシシは、鉄砲に撃たれ銃創で苦しみ死んだ不自然死。寿命がつきた老衰や病死なら遺体があり、十分な葬儀を行う事で祟り神を防げる。しかし海で遭難すると遺体がない。殺されたり、事故死では遺体が損傷している。日本人が死後であっても監察医の解剖を嫌うのは、遺体を傷つけると祟り神になるという信仰。火葬は遺体を傷つける事ではなく、正当な葬儀上の儀式で、仏教の極楽浄土に行く手続き。故に靖国神社の問題は深刻である。戦死者はほとんど遺体がなく、葬儀も行われていない。戦犯も悪人として死んでいる。しかし神であり、天変地異の原因となる。その意味で靖国神社は祟り神を封印した神社である。乃木神社は殉死した乃木希典を封印する。東郷神社は自然死した東郷平八郎を祭る神社で、応神天皇を祭る石清水八幡宮同様に霊的に強い人間、依り代であった人間が、天寿を全うしたからといって恨みを持たずに死んだという保証がない故の封印。ミホも霊能者、魔女的存在と捉える人は多い。祟り神を避けるため日本の戦いは卑怯を排除する。スパイや忍者、テロリストや暗殺者も鉄砲同様に卑怯と考える。元寇の時、蒙古・高麗連合軍は火薬と毒矢で武装。日本は当初、毒矢に苦しむが、侵略軍が皮の鎧と盾、短い鋼でない剣であった為、鉄の鎧と鋼の長刀で圧倒する。日本刀は圧倒的切れ味で敵を瞬殺でき、皮の鎧を切断できる。毒矢は散弾銃に似て、敵を傷つけ苦しませる事を目的とする。日本刀だけが唯一、敵を出来るだけ長く苦しませる復讐的戦いを卑怯する。苦しんで死ぬと怨霊や祟り神となる。故に西欧のバンパイアを殺す方法と同じ、一瞬で殺せる首切りを選ぶ。「赤穂義士祭と旅の浪曲師」（『海辺の生と死』）の「吉良の首探し」はこのリンク。例えば鳩が平和の使者なのは、ノアの方舟で鳩がオリーブの枝を持って帰ったキリスト教的イメージ。鳩を食料とする人にとっては、平和の使者ではない。「鳥九題」（『海辺の生と死』）のミホが悪魔の使いとするフクロウをマヤが十字架で追い払うエピソードも同じリンク。水木しげる、緑川ゆきの描く妖怪や『もののけ姫』の物の怪は氏子を失った古い神。奄美・沖縄ではケンムンやキジムナーと呼ぶ。妖怪や精霊、神も人が意識する事によって存在し、人が存在しなければ存在しない。祟り神は妖怪ではないが、人が意識する事によって存在する。

四、風葬と土葬

阪神間には奄美・沖縄出身者が多く居住する。この地域の宗教を琉球神道といい、葬式は最大の宗教的軋轢である。戦後は火葬が一般化するが、仏式と称す、風葬、洗骨を行う再葬制という土葬、あるいは鳥葬があった。風葬は、まず大きな家族墓に一旦遺体を安置し十分に遺体が朽ちた頃、墓を開け、遺体を綺麗に洗い、再び葬儀を行うという習慣。鳥葬の名残は猫の弔いにあり、死体を高い木に吊るす。猫は奄美・沖縄語ではマヤという。土葬は阪神間では珍しい。平安時代の捨て墓は遺体を山野に放置する一種の土葬で、然る後に墓を建てる。山陰地方の漁村地域に両墓制という土葬葬儀の方法がある。遺体を埋葬する墓とは別に、お参りをする為の祭り墓を作る。また瀬戸内海の島には本来の島民は土葬で、外来の人は火葬という枠組みの地域もある。弔いを主要テーマとする金子みすゞの出身地、長門市仙崎の沖合の青海島の漁村がみすゞの実父の出身地。父親は中国で客死し、家族の墓には入れず、病死だが当初は馬賊に殺されたと主張した。一種の変死である自殺したみすゞも、家族の墓に入らず父と同じ墓に眠る。仙崎は北前船の寄港地でみすゞの母親の一族を含め他地域からの移住者が多く、青海島とは葬儀の習慣が異なる。日本は江戸幕府がキリスト教弾圧の為に行った宗門改めで全ての家族が仏教寺院の檀家か、神道神社の氏子となった。しかし奄美・沖縄地域では宗門改めがなかっ為に、真言宗とか日蓮宗といった宗旨がなく葬儀業者はキリスト教以外には対応できない。「洗骨」（『海辺の生と死』）によるとミホとその母親（養母）は風葬行事に参加している。つまりキリスト教入信後も洗骨等の宗教行事に参加し、故に彼らのキリスト教は排他的一神教ではなく、キリストも多神教の中の一つの神となる。またこの小説には墓も区別されるハンセン病の遺体は火葬するとあり、火葬に対する抵抗感はこの辺りにあった。また文一郎は土着の宗教行事には一切参加しなかった。

かつてキリスト教では自殺者は教会の墓地に埋葬出来なかった。シェイクスピア『ハムレット』のオフィーリアの死に、その様にある。またハムレットが道化師の墓を掘り返す墓堀人夫を見るエピソードがある。「旅の人たち」（『海辺の生と死』）でも島を訪れる旅芸人の人々等、いわゆるトリックスター的、まれびとを描く。ミラン・クンデラの『年老いた死者は若い死者に場所を譲ること』（一九七〇）では公共墓地の貸借年限延長を忘れ、父親の遺体が行方不明になる。筆者も仏国パリの墓地で、ハムレットさながらの墓堀を目撃、米国アーリントン墓地では大統領夫人のジャクリーンの埋葬直後の墓を見た。洗骨は奄美・沖縄特有の葬儀方法であるが、キリスト教の土葬に似た側面を持つ。インドのヒンズー教は仏教の母体で、仏教も多神教である故に、多神教である神道の日本では受け入れ易かった。

ヒンズー教は墓を作らず、火葬後、川に遺体を流す。インドはイスラム教徒やキリスト教徒の侵略を受け、未亡人の殉教という制度があった。しかしインドを故地とするロマ（かつてジプシーと称された）の人々をキリスト教徒は不道徳な民と呼び、逆にロマもキリスト教徒を不道徳とした。おそらくそれはロマの女系的側面を指し示すものである。

日本の火葬は当初、仏教関係と上流階級の人々中心。仏教の密教が主であるのも、神道が呪術を行う宗教で、密教の呪術に共感できたからである。古代ギリシャ・エーゲ海文明も多神教で神話は日本の神話とよく似た物語がある。西欧キリスト教はギリシャを性的に不道徳な文明と記述するが、これも女系的故のことであろう。戦国時代、日本にやってきたキリスト教の宣教師達は日本は女性の地位が高く、フリーセックスの国と本国に報告。これは例えばイタリアでは一九七〇年代まで離婚は出来なかった事等に由来する。アフリカや中南米のブードゥ教は精霊という多神教の神と呪術を多用する点で、日本の神道や仏教の密教に似ている。キリスト教やイスラム教では呪術を異端的邪教、悪魔との契約、魔術師、魔法使い、魔女の行う行為とする。キリスト教やイスラム教では神が全ての運命を決定しており、人が呪術によって人為的にその運命を変えることは神への冒涜となり、中世の宗教裁判では火あぶりとなった。しかし日本の宗教行事の多くが、運命の改変を願う呪術である。

五、依り代とオナリガミ

『もののけ姫』のカヤはオナリガミでアシタカが旅立つ時、お守りにペンダントを渡し、結果的にサンが祟り神に取り込まれそうになった時、このペンダントが彼女を救う。ミホは敏雄を文学仲間の思想の闇から救い、シンイチで登場する伸三を『死の棘』の世界から生還させ、作品とまほを後世に送る。キリスト教の聖書にゴルゴダの丘でキリストが磔になった時、父なる神に話しかける一節がある。これはキリストが依り代でなかったかという疑念を生む。依り代は日本的な考え方で、英語等には依り代に対応する言葉がなく、三位一体説が生まれた。依り代はシャーマニズム的で、シベリアの少数民族や北米先住民の呪術師が有名。日本でも呪術を行う陰陽師、密教の僧侶、神社の神主、口寄せする巫女、琉球神道のノロ（公的神女）とユタ（民間の霊能者、拝屋）も同じ役割をなす。横溝正史の描く土俗的な世界観に似ている。同趣の世界観を描く、横溝の疎開先の岡山県出身の岸本斉史の『NARUTO』（一九九九）の、うちはマダラとオビトは、依り代関係にある。そして日本全体を統べる依り代は天皇である。

伊波普猷《いはふゆう》に『をなり神の島』（一九三八）があり、奄美・沖縄ではおびただしい数の依り代、オナリガミが存在する。『未来少年コナン』のラナもコナンの依り代的な存在。敏雄のオナリガミはミホである。オナリガミは家族の中の女性が依り代となり、男達を守護する。天皇家の女性が斎宮になる制度に似ているが、天皇自身が依り代である。邪馬台国の卑弥呼も依り代で、他に政事を行う男子がいた。『もののけ姫』でもヒイ様という老巫女に男の村長がいる。琉球王国には聞得大君《きこえおおぎみ》という王の依り代（神女、巫女）がいた。神功皇后は本来依り代であったが夫の死後、天皇に即位する事で、今日の天皇同様に依り代と行政官である王が一体化した天皇となる。依り代は一種の神であるから死後の封印等が必要。太平洋の島々は基本的に女系社会を作る。例えば遺産相続は女性の権利。かつて奄美・沖縄の神人（巫女）の一族も女性が財産相続した。日本でも平安時代の貴族は、今日の漁村等に残る通い婚であった。英国のキャサリン妃は英国王室史上初めて、実家で王子の子育てをした。本来は男系社会の制度である宮殿で乳母が子育てをするが、女系的である。美智子皇后もかつて、それを主張したが結局宮殿での子育てとなった。すなわち明治以前、天皇家では母親の実家で子育てが行われたが、明治政府は皇室典範等を定め英国風に男系的に、宮殿での子育てを始めた。同時に明治の歴史書では神功天皇も皇后となる。

六、再び女系的社会へ

『新世紀エヴァンゲリオン』制作会社のガイナックスは当初、男系の『王立宇宙軍オネアミスの翼』（一九八七）で莫大な負債を抱えるが、沖縄女子宇宙高校が舞台の女系の『トップをねらえ』（一九八八）で起死回生の利益を得る。宮崎駿作品もその多くが女系主人公で、今日少なくともサブカルチャー世界は女系へシフトしている。そしてそれは日本だけでなく世界的傾向であり、やがてはメインカルチャーも女系へシフトして行く。世界一幸福な国ブータンも女系の仏教国で、照葉樹林の森林率が高く、『天空の城ラピュタ』のシータの生まれ故郷的国。キリスト教やイスラム教は一神教。一神教は砂漠や乾燥地域等の食物の入手困難な社会で成立する。多神教は気候風土に恵まれた、湿潤なあるいは海辺の様な、食料が豊富で婦女子、子供でも簡単に食物を手に入れる事の出来る社会で成立する。ゆえに一神教は男系となり、多神教は女系となる。中国や韓国の儒教も一神教的男系である。文学、芸術等の師弟制度、徒弟制度も男系である。散文以外の定型詩は約束事が多く、藤原定家以来の古今伝授等の師弟制度。音曲も検校による男系の師弟か徒弟制度であったが、江戸時代に廓という特殊な場所で女性の芸者が生まれ、女性が音曲に加わる。沖縄も近代まで三味線は男性の専有物で女性が三味線を演奏する事は忌避された。金子みすゞの祖母が娘浄瑠璃の演者であったのも仙崎に北前船の船乗りの為の廓があったからである。近代において天皇を取り巻く制度だけが女系的であったが、明治政府は皇室典範等を定め男系へ軌道変更、民法や戸籍法よって男系的社会を作り上げた。それでも戦前の入籍は第一子の出産を前提にすることが多くあった。今日的婚姻制度は明治期に生まれた戸籍に、入籍する女性を男子の付属品と扱う制度である。つまりそれ以前の日本は女系的社会であった証拠となる。ミホは神戸と福島の巨大地震と無関係ではない。敏雄自身は横浜で生まれたが、関東大震災に遭遇せず、神戸に移り住み、六甲の住居は神戸の地震で取り壊された。島尾家の故地、福島の相馬小高は311で甚大な被害を受けた。人の力で地震や津波を予知することも起こすことも出来ないが、敏雄とミホは『月暈《つきかさ》』（一九五三）と『海嘯《かいしょう》』（一九八三〜一九八四、未完）という答えと更なる謎を、『死の棘』の予言と共に未来に投げかけている。

（いわみさちえ・甲南大学非常勤講師）

島尾敏雄とミホ、そして「九州文學」の周辺

志村有弘

福岡

島尾敏雄は、昭和十五年四月、九州帝国大学法文学部経済学科に入学した。島尾は福岡に来た理由を「はっきり思い出せない」と、いかにも島尾らしい表現で言い、「十四世紀」同人で福岡出身の中村健次と川上一雄と「一年まえすでに九州帝大法文学部の仏文科に入学していた冨士本のほかは、「こをろ」の矢山しか福岡に私のしるべはいなかった」（『わたしの文学遍歴』未来社、昭和四十一年）と回想している。

九州大学に入学し、福岡に来たとき、島尾は冨士本の下宿で旅装を解き、下宿探しは眞鍋呉夫が付き添ってくれた。島尾が眞鍋と会った最初である。矢山哲治は、島尾の心に終生重く根を下ろすことになるのだが、そのころ九州帝大の農学部に学んでいた。

昭和十五年十二月当時、島尾は福岡市地行東町一二六番地　恒屋方に住んでいた。年末には箱崎昭和町三一五〇番地五に転居する。

ところで、「新潮」平成二十一年一月号に掲載された「島尾敏雄未発表遺稿集」は「地行日記」・「憂愁の街」・「無題」・「秋風日記」である。「地行日記」は昭和十五年の「こおろ」（第4号から「こをろ」）時代を舞台としており、矢山のことを「公明正大なずるさ」と記しているのが興味深い。「憂愁の街」・「無題」は鈴木直子が「解説」に記してい

るように、長崎高商時代の「白系ロシア人たちとの交流に由来する」と考えられる。これら未発表作品が九州を舞台としていることを確認しておきたい。

島尾は、昭和十六年、経済学科を退学し、法文学部文科に入学し、東洋史を専攻することになる。同年八月当時、島尾は福岡市靖国町三八四　荻野政朋方に十七年二月まで住んでいるが、この下宿には「こをろ」同人の福岡高校生千々和久弥も住んでいた。同年十二月八日、日本は太平洋戦争に突入した。昭和十七年、弟義郎が会津若松連隊に入営。夏、島尾は妹美江の里帰りを朝鮮まで迎えに行った。昭和十七年六月当時、島尾は福岡市箱崎御茶屋跡三一五八　藤野慶次郎方に在住する。福岡時代の島尾はなぜか頻繁に下宿を変えている。

昭和十八年一月、矢山哲治が西鉄の電車で自殺した。原田種夫は『西日本文壇史』（文画堂、昭和三十三年）で矢山の自殺に触れて「矢山哲治が急行電車に飛びこんで、二十六年の生涯を閉じた。このことを知らせたのは島尾敏雄であった。時代の重圧で矢山は倒れたのであろう」と記している。

「こをろ」第13号（昭和十八年六月）は「矢山哲治追悼号」となり、島尾は「矢山哲治の死」と題して「鳥よお前何故死んだ／トンビの裾飜へして通りぬける／夜空に血を吐き泣いたとて／ほと、ぎすの悔ひは叶ひはせぬ何故死んだ鳥よ」という詩でおのれの苦衷、深い哀しみを綴っている。

平成十四年、林富士馬（平成十三年九月四日没）を偲ぶ会が池袋で開かれたとき、眞鍋が「矢山哲治は戦争に殺された」と話していたことを印象深く記憶している。その場には、島尾と親交のあった森脇（斎田）昭吉もいた。眞鍋の言葉は、原田が記している「時代の重圧」ということなのであろうか。

昔、私は岩下俊作と小倉で話し込んだことがあった。岩下俊作とは「富島松五郎傳」（無法松の一生）の作者である。そのとき、岩下は「こをろ」同人たちの優れた文学的資質を高く評価していた。島尾も眞鍋も矢山も「こをろ」の同人であった。小川悦子は連載「『杏花村』5―真鍋呉夫先生の思い出―」（新現実、二〇一四年春季号）に「真鍋先生は、矢山哲治のすすめで、昭和十六年、東京駿河台の文化学院に入学する」と記す。矢山と「こをろ」同人たちの結び付きを示すもの。

九州大学時代の島尾については、庄野潤三の『前途』（講談社、昭和四十三年）や『文学交友録』（新潮社、平成七年）に詳しい。『文学交友録』には実名で記されているが、『前途』では島尾は「小高」という名前で登場する。これは、島尾の父祖の地が福島県の小高であることから、その地名を島尾に冠したものであろうか。『前途』の「七月六日」の項には小高が「海軍予備学生の志願表を学校に出して来た」と語る場面がある。「こをろ」時代の島尾については、眞鍋呉夫の『露のきらめき　昭和期の文人たち』（KSS出版、平成十年）に、矢山から島尾を紹介されたことなどを記し、島尾の姿勢について、難解な表現であるが、「外来の視点から見直した土着の事物への自虐をまじえた居直り」と述べている。

九月、島尾は九州大学を繰り上げ卒業した。卒業論文は「元代回弱鶻人の研究」。同月、明日の命が分からないことを考えてか、私家版『幼年記』（七十部）刊行した。同年十月、志願して第三期海軍予備学生となり、旅順海軍予備学生教育部に入隊する。昭和十九年二月、第一期魚雷艇予備学生となり、海軍水雷学校（横須賀）で訓練を受け、後に大村湾岸の川棚臨時魚雷艇訓練所に移る。五月、海軍少尉任官の震洋の配置が決まる。十月、第十八震洋隊隊長に任ぜられ、十一月、奄美群島加計呂麻島呑之浦の基地に赴任する。十二月、海軍中尉任官。この年、大平文一郎の娘ミホと知り合い、親しくなってゆく。

それから歳月が流れ、島尾は昭和五十八年五月九日、鹿児島の講演旅行から茅ヶ崎への帰途、福岡の箱崎昭和町を訪れている。おそらく、青春の地を確認する思いで箱崎界隈を歩いたものであったろう。

原田種夫の周辺と島尾ミホ

原田種夫は同人誌第二期「九州文學」には創刊当初から関わっていた。日記を克明に綴り、それを根幹として名著『西日本文壇史』や労作『記録九州文学』（梓書院、昭和四十九年）を書くのだが、こうした仕事は原田種夫にして初めて成し得たものだと思う。

私は原田種夫が他界したのち、種夫次男の種眞（歴史小説家・故人）の協力を得て『九州文壇日記』（叢文社、平成三年）を編纂した。種眞から昭和四年より書き続けられていた日記が送られてきた。全てをコピーし終わると、どの部分を収録し、どの部分を捨てるかを決めていった。その『九州文壇日記』昭和十八年二月の項に、

十時、起床。島尾君より矢山哲治君二十九日早朝急行電車に跳ねられて死亡の由知らせ来る。矢山の詩集「柩」というタイトルが、彼の死と結びつけられるようである。

と記されている。

ところで、原田は第二期「九州文學」の創刊号からの百九冊が国書刊行会から復刻されたとき、「その頃からわたしは、山田牙城、劉寒吉、それにわたしが生きている内に、雑誌の幕を引こうと決心をした」（『あすの日はあすの悦び』第二集、財界九州社、一九八九年）と述べている。私も原田から直接「もう初期の百九冊が復刻されたからいいのです」と話された。しかし、休刊が決まったあと、宮崎の黒木清次が私のところに「「九州文學」を東京で再刊できないか」と希望を伝えてきた。

これは書いてはいけないことなのかも知れないが、原田種夫は私に劉寒吉葬儀のおりの弔辞のコピーを送ってきており、その中で、

昭和58年8月5日のことであった。君の、奥さんと、わたしの友人のYという男の肩をかつて、不自由な体を

大患後間もない、わたしのところに来た。もちろん山田牙城も後から来た。この三人の集合は、大げさにいえば、「九州文学」の歴史的事件で、その日、雑誌の休刊を決定した。しかも、この日が、生きた劉寒吉の姿を見た最後であった。

と記している。「Y」が「I」であるのか判読しかねるところがあり、読点は文字と文字との間に打たれているが、一マス取って記した。弔辞と共に活字にしてある「胃潰瘍始末」も送られてきたのだが、手紙には「必要なことがあるかも知れぬと思いましてお届けいたします」と書いてあった。「胃潰瘍始末」は、最初、某医師から胃癌と宣告されたのだが、実は胃潰瘍であったということの「始末」記である。封筒の中には「胃潰瘍始末」も弔辞（コピー）も各二部ずつ入っていた。「某医師」とは九州ゆかりの詩人である。

詳細に述べることは控えるが、「朝日新聞」朝刊（昭和五十八年九月十四日号）には「「九州文学」来月で休刊」という見出しで「原田、劉氏の健康優れず、後輩に再起託す」と記し、「讀賣新聞」夕刊（昭和五十八年九月十四日号）には「「九州文学」45年の灯消す」というタイトルで「世話人高齢でやむなく休刊」とあり、「西日本新聞」夕刊（昭和五十八年九月二十日号）には「燃える情熱の喪失」「同人の高齢化　新人の登場もなく」と記されている。

当時、私は「毎日新聞」夕刊（昭和五十八年十月六日号）に「「九州文学」の休刊」と題して「昨今、巷では休刊・廃刊の噂がひそかに流れていたが、現実に休刊となるかと思うと、大変寂しい思いがする」・「将来、「九州文学」が再刊されるかどうかは分らない。ともあれ、昭和文学史に輝かしい足跡を残した「九州文学」の名は永遠に不滅である」と、その感想を述べた。現在、第七期「九州文學」が、波佐間義之発行・編集人のもと刊行され続けている。

原田種夫は、平成元年八月十五日に他界した。八十八歳であった。告別式は八月十九日、福岡市の安国寺で行われた。死去の報は遺族から電話で知らされ、そのあと「讀賣新聞」の秋山敬記者から追悼文の依頼があった。私は混乱する気持ちをなんとか抑えながら、徹夜で追悼文を書き上げ、翌日の朝、秋山記者に原稿をＦＡＸで送った。その追悼文は十六日の夕刊に掲載された。

島尾ミホ（当時、鹿児島市宇宿町二五五三在住）は、八月十七日に書いた書簡を送ってくれた。その手紙には原田の死去を「残念の極み」と述べ、私の追悼文を読んだ由を記したのち「島尾が亡くなりまして早二年以上がたちました、人はいつかは彼岸へ去らなければならないと思いますと、淋しゅうございますが、せめて此の世に在る間は、心豊かに神の御旨に沿うようにつとめて生きていきたいと願わずにはいられません」と記していた。私は島尾ミホの心優しさに感動したのは言うまでもない。

大泉黒石と亡命ロシア人

島尾敏雄を語るとき、私の場合、どうしても大泉黒石のことから述べてゆかなければならない。

大泉黒石（本名、大泉清。ロシア名、アレキサンドル・ステパノウヰッチ・キョスキー）は、明治二十六年（一八九三）、長崎市八幡町に生まれた。父アレキサンドル・ステパノウヰッチ・ワホヴイッチは貴族で、ロシア領事館の領事の任にあった。黒石の父がロシアの皇太子と共に長崎に来たとき、当時十六歳の本川恵子と知り合った。そうして黒石が誕生するわけだが、母は黒石を産むと一週間後に死去した。そのため、黒石は祖母の手で育てられた。長崎の鎮西学院から京都の三高に学び、大正八年（一九一九）、「私の自叙伝」（後に「俺の自叙伝」と改題）を「中央公論」に発表し、文壇にデビューする。

長崎で四年間過ごした島尾敏雄は、「長崎のロシヤ人」（修道社刊『ロシア文学全集』月報、昭和三十四年五月。後に昭和三十七年、未来社刊『非超現実主義的な超現実主義の覚書』収録）の中で、「アレキサンドル・カクスキイ（大泉黒石）のことは、彼がロシヤの将軍を父に持った日本の著作家であったことから、とりわけ関心がよせられた。（中略）彼の自伝的小説を読んでからというものは、一層気持が傾いて彼の一切の著書を集めようと熱っぽい気持になったこともあった」と記している。「自伝的小説」とは「俺の自叙伝」のこと。

昭和四十六年の春、私は「大泉黒石の文学と周辺」という三十枚ほどのエッセイを、原田磯夫主宰の雑誌「九州人」に発表した。それを読んだ島尾は、「長いこと、ロシア人と日本人との混血児である大泉黒石に深い関心を持っていた」旨の手紙を送ってくれた。島尾敏雄は含羞の人であったが、その一方で私のような者にでも、読後の感想を書いて送ってくれる、そういう性質を有していた。その後、私は、大泉黒石の調査を続けて百五十枚くらいの原稿にし、『近代作家と古典』（笠間書院、昭和五十二年）と題する小著に収録した。この本を島尾に贈ったとき、「やはり、生前の黒石に会っておけばよかった」という手紙を書いてきた。

島尾といっしょに、大泉淵（黒石四女。当時鎌倉に在住）のところへ遊びに行ったことがあった。そのころ、島尾は、新潮クラブに宿泊して、小説「魚雷艇学生」を書いていた。真夏であったにもかかわらず、島尾はスーツ姿でネクタイを締めていた。そのうえ、コートを持ち、帽子をかぶっていた。

「暑いのは、いくら暑くても平気なのです」

そう言いながら微笑していたが、それはいかにも島尾に似つかわしい気がした。

大泉淵の家で、「死の棘」の話が出た。島尾は、まるで人ごとのように、「あれは、疲れるシンドイ作品ですね」と語っていた。自分の作品に対する愛着はあるのだろうが、世の中に出てしまえば、その作品に対しては自分も一読者という感覚を持つ人であったのだろうか。

島尾は、大正六年四月、横浜市に生まれ、青少年時代を神戸・長崎・福岡と、港町ばかりで過ごしていた。後年、奄美大島などに住むのだが、作家と風土との関係が密接不離な関係にある以上、〈島尾敏雄と沖縄・九州〉という命題を看過することはできない。

昭和十一年四月、島尾は長崎高商に入学した。

どこでもいいからどっか神戸から遠くはなれたところに行きたいと思った。私の頭の中には小樽と長崎と鹿児島の高商があったが、結果として長崎高商にはいった。(『私の文学遍歴』)

長崎高商に入学して二年目の昭和十二年、長崎高商の友人四人と共に同人雑誌「十四世紀」を創刊したが、この第一号が発禁処分となった。島尾は取り調べを受けたことよりも「私にかぎって言えば、そのとき特高刑事と校長の意見に何ひとつ抗弁しないで、「十四世紀」を中止し、そのあと在学中にはものを書かないことに同意してしまったことに対してだ。自分のその態度に失望した」と回想している(『私の文学遍歴』)。これも、いかにも島尾敏雄らしい姿勢を示している。

「十四世紀」事件のあと、島尾は南山手町の下宿に移り、ドストェフスキーやプーシキン、ゴンチャロフなど、ロシアの小説を耽読する。その一方で亡命ロシア人たちの姿に関心を抱いて行く。ロシア人の血を引く大泉黒石への関心も、亡命ロシア人への関心と無関係ではあるまい。

島尾は、「名著発掘―大泉黒石著「魯西亜文学史」―」(文芸、昭和四十一年五月)で、黒石の『魯西亜文学史』を神戸の古本屋で偶然に見付け、飛び上がる思いで購入し、この本をどうしても手放す気になれず、どんなときも持ち歩いていた、と書き記している。島尾は、長崎での四年間と大泉黒石について、一部前掲の文と重複するが、

私は長崎での四年間の生活を、ロシヤの小説とこれら亡命ロシヤ人ぬきに回想することはできない。長崎という町は、キリシタン以来、ジャガタラお春だとか、道富丈吉、志本イネなどと混血児にまつわるエピソードの多いところだが、同じような境遇に生れたアレクサンドル・カクスキィ(大泉黒石)のことは、彼がロシヤの将軍を父に持った日本の著作家であったことから、とりわけ気持がよせられた。少年の頃父についてロシヤに帰り近隣の大地主のおじいさんであった老トルストイに頭をなでられたこと、血の日曜日だったかの流血の現場にまきこまれたことなどが書かれていた彼の自伝的小説を読んでからというものは、一層気持が傾いて彼の一切の著書を

集めようと熱っぽい気持になったこともあった。（長崎のロシヤ人、『非超現実主義的な超現実主義の覚え書』所収、未来社、昭和三十七年）

と記している。

なお、昭和十五年二月、交友会誌の「扶搖」に発表した「南山手町」には当時十九歳の島尾の「憂愁」に閉ざされた心象風景が綴られている。

島尾文学と長崎

島尾は、長崎高商から九州帝大を経て海軍予備学生を志願し、旅順海軍予備学生教育部に入った。そうして昭和二十年八月十三日、特攻隊員として出撃命令を受けながら敗戦を迎える。特攻隊員として死を完結できなかった思いは、その後の島尾に重くのしかかった。ともあれ、島尾は敗戦のおよそ一カ月後に伊東静雄らと同人雑誌発行の準備として「読書の会」を作り、翌二十一年五月には三島由紀夫・庄野潤三・林富士馬らと同人誌「光耀」を発刊する。

島尾は、昭和二十一年一月には、名作「島の果て」をすでに書いていた。これは、戦時下を舞台に童話的手法で書かれた作品で、ミホのために書いたものであった（島尾ミホ「私の好きな夫の作品」、『島尾敏雄Ⅱ』かたりべ叢書30、宮本企画、平成二年）。「島の果て」は朔中尉とトエの交流を軸に全篇に流れる抒情性は限りなく美しい。

島尾は同二十一年四月に「孤島夢」、十二月には「摩天楼」を書く。「摩天楼」は、「神通力」を得た「私」が、「NANGASAKU」（長崎のことか）の市街を飛行して歩く内容で、いかにも島尾独自の世界を展開している。

「単独旅行者」（昭和二十二年十月二十日作。同二十三年五月、「芸術」発表）は、「南山手町」の続篇とも称し得る作品で、島尾の長崎への思いが一層鮮明に示され、「この町で学生であった時分、この鉄柵で港の海を眺めながら青春の界内での情緒を整理することが出来ずに、疲れた足をひきずっていたのだ」と記す。「僕」が彷徨している「この町」は、ろう。

「南山手」などの地名から見て長崎であることは明白である。「僕」は次に天草島へ行く。天草島の富岡に着いたとき、

「僕はNの都市に居た時に、何度この連絡船で此の町にやって来たことだろう」と綴る。「Nの都市」とは、長崎であろう。

「月下の渦潮」（近代文学、昭和二十三年十一月）は、大学生の浜小根ら四人が長崎旅行をするという設定である。伊万里に着き、伊万里の駅を出るとき、作者は登場人物の浜小根に託して「今更になって異人のロチに改めて教えられた艶光りのした長崎」と述べている。そして、つぎのように記す。

平戸は小長崎だといってもよかった。（中略）地勢も構造も長崎に似ていたので、浜小根には余計現在の一切が長崎に向って吸いよせて行かれるように感じた。だから、平戸の寄りみちは、長崎で主題が奏でられるべきものの、前奏曲という風に思いなして見られた。然し長崎に一体何があるというのだろう。何も特別に長崎だけに誘われるものは有りはしないのに。

末尾の「何も特別に長崎だけに誘われるものは有りはしないのに」という一文は、作者島尾敏雄の心を逆を書いたものだ。伊万里も平戸も、島尾にとって長崎の「前奏曲」と見えてしまうのである。

「出孤島記」（文芸、昭和二十四年十一月。第一回戦後文学賞受賞）は、戦争文学の秀作である。特攻隊員である「私」は、死を決意しているものの、一方で死の「恐怖」に怯える。作品の中に、原爆投下の報を聞いて、「長崎の壊滅ということは殊に私を感傷的にした。私はそこで四年間も暮していたことがあったのだから」と言い、「長崎壊滅の報せは、暗い終末をいっそう確定的に予信されたと思った」と思う。奥野健男はこの作品について「特攻隊という百パーセントの死への体験を経たものでなければ書けない」と述べている。「長崎の壊滅」は「私」を「感傷的」にし、「暗い終末」を確信させるものであった。長崎の「壊滅」は、島尾にとって青春時代の「壊滅」を意味する。そして、「不思議なことに、原子爆弾のニュースは私を軽い気持にした。これで私も楽に死ぬことが出来そうだ」とも記す。青春の

地・長崎の壊滅は、島尾の心に、これで素直に死を迎えることができるという思いが起こってきたのであろう。長篇小説『贋学生』（河出書房、昭和二十五年）では、長崎旅行を設定し、「さあ長崎だ。長崎は私の避難所。ここは逃げて来てかくれる所だ。（中略）長崎には私がひとりでこっそりやって来る所だ」と奇妙な表現をする。「私」を島尾に置き換えると、長崎は島尾にとって「避難所」「かくれる所」「ひとりでこっそりやって来る所」ということであろう。島尾が長崎の町を歩くときは、〈単独旅行者〉でなければならず、そこは「避難所」なのである。

また、島尾が見た夢を綴る『記夢志』（冥草舎、昭和四十八年）にも、ときおり長崎の夢が記されている。そして、戦争文学「湾内の入江で」（新潮、昭和五十七年三月）は、島尾の体験を根底に置いた作品で、その中に「大村湾岸の川棚なる町は知らなかったが、長崎で四年間の学生生活を送った私には、同じ県内だという気易さがあったし、その周辺の大村や嬉野は會遊の土地でもあった」と記している。長崎は、島尾敏雄にとってなにものにも代え難い、大切な青春の地、同時に文学の母胎であった。

先年、私は『芥川龍之介の回想』（笠間書院、昭和五十年）という小著を島尾に贈った、その中には蒲原春夫の芥川の回想や河童忌のことに触れた文があった。島尾は昭和五十一年一月五日付（当時、島尾は指宿在住）の私宛の書簡で、長崎高商七十周年記念式典に出席したことを記し、「一週間ばかり長崎に居りましたが久し振りで昔の記憶の甦りを確かめてきました（中略）昭和二十一年の長崎での河童忌の参会者の中の野崎比古、後藤武士の両氏は高商の恩師でよく知っている方です」と書き記していた。

島尾は昭和五十二年の夏に神奈川県茅ヶ崎に転居した。だが、その年の十一月十三日付の葉書では「この冬は寒さがこたえそうなので家内と那覇に行くことにしています。来春先にはもどってくる予定です」と書いてきて、五十四年正月時には「三月末まで沖縄に行きます」という葉書が送られてきた。五十七年九月十一日付の私宛の葉書に「明日から十日近く鹿児島に行ってきます」、そうして五十九年末に鹿児島市吉野町に転居した。島尾の場合、郷愁を感じさせるのは長崎であり、住むのに良いと思っていたのは鹿児島と沖縄であった。私は島尾が「なぜか長崎と沖縄が好きだ」と語っていたのを思い出す。

ミホの思い――敏雄追慕の日々

私の手元に島尾夫妻からの手紙が何通か残されている。敏雄は封書もあるが、概して葉書が多かった。ミホの場合は葉書もあったが、概して封書が多く、速達便もあり、電報がくることもあった。

平成二年（一九九〇）、私はミホに宮本企画から出した『中谷孝雄と古典』を贈った。十月二十一日付の書簡がミホから送られてきた。

お手紙並びに御高著「中谷孝雄と古典」を戴きまして有難うございました。島尾に触れていらっしゃるところを先づはじめに、涙をこぼし乍ら拝読致しました。島尾に関する事にはすぐ涙が先立ちます。

中谷孝雄氏の御著書はいつも島尾の机近くの本棚に並んでいました（下略）

と記されていた。島尾の中谷文学への思いは、庄野潤三の『前途』に見ることができる。本を贈ると、ミホは「島尾の霊前に置いて、御厚情を島尾と共に感謝致しました」と書いてきた。電報の場合もそうであった。

話が前後するが、『九州文化百年史』（財界九州社、昭和六十三年）という本を贈ったときは、電報で「9しゅうぶんか100ねんしのごしゅっぱんおめでとうございます。りっぱなごほんをいただき、まことにありがとうございました。とても、うれしゅうございました。しまおとしお　とともに、あつくおれいをもうしあげます。しまお　としお、みほ」と打たれていた。昭和六十三年九月十六日の電報である。

そして、平成元年三月五日の電報には「きれいなごほんができましたことをとてもうれしくおよろこびをもうしあげます。たくさんおおくりいただきましてありがとうございました。ごこういをこころからかんしゃいたします。し

まお　としおとともにみほ」とある。

『九州文化百年史』には島尾敏雄のことに触れたエッセイが入っている。それで贈ったものである。三月五日の電報は、宮本企画で出した文庫本のかたりべ叢書25『島尾敏雄』（平成元年刊）の本を出したおりのものであろう。ミホはそこに「夫の作品の清書」と題するエッセイを寄稿している。二通の電報は両方ともお祝い電報なのであるが、島尾ミホという人はこうしたこまやかな心遣いをする人であった。そして「しまお　としおとともにみほ」と書き記すところに私は深い感動を覚える。なお、ミホは同叢書30の『島尾敏雄Ⅱ』（平成二年）に「私の好きな夫の作品」を寄稿している。

敏雄が他界したのち、ミホから転居通知がきた。住所は「奄美大島　名瀬市真名津街三の三〇」とあり、そこには印刷されて「夫島尾敏雄が帰天致しまして以来、東京の子供たちのもとへと考え続けて参りましたが、思いを巡らせました末に、亡父の七回忌を迎えますのをしおにと、二十年近く夫と共に過ごしました奄美大島へ参りました」と記されていた。

「朝日新聞」夕刊（平成四年十一月九日）に「奄美に帰った島尾ミホさん」というタイトルで、奄美に帰ったミホの心情が克明に記されている。記事を書いたのは小飯塚一也。そこには、「夫の葬儀から一年半は寝込んだような生活だった。夢で会う島尾さんの体は温かい。そういうときは気持ちが満たされる。一方で、「島尾はいないのだ」と思うと悲しみに耐えられなくなる」と記されている。

思いは千々に乱れながら、考え続けた末に奄美へ帰った。とはいえ、敏雄に対する思いは消えることはなかった。平成十年（一九九八）十二月十六日に認めた私宛の封書には「今日、鹿児島では初雪が降りました。庭の山茶花や椿の花の上に霏霏と舞う雪を見ていますと、島尾が他界へ参りましたのも、椿や山茶花が真紅な花を咲かせていた時でした、などと思い出しました」と記していた。ミホの心の寂しさがひしひしと伝わってくる。そういえば、島尾が他界してから、電話で色彩を失った、全て眼にはモノクロの世界しか見えなくなったと話してきたこともあった。

ミホは「亜熱帯の島で迎え送る幸―夫・島尾敏雄を追慕する日々」（朝日新聞夕刊、平成六年三月二日）で、真夜中、雪の積もった小道に正座し、降り積もる雪の中で夫の名を呼び続けたこともあったと述べ、

眠れぬ夜々が続き、精神も身体も均衡が乱れて衰弱した私は、雪の夜の後から、時折奇妙な状態に陥るようになりました。脳の機能に変調が兆したのか、視覚神経の異常によるのか、何れにしろ突然電気ショックを受けた時のような、激しい衝撃が頭部を打ち、真昼の太陽がさっとかげり、空気中の太陽熱が、冷たい霧と入れ替わったかと思える、しっとりと皮膚ににじむ寒気が全身を包み、辺りが深い青みを帯びた薄やみに暮れて、眼（め）に映るすべてが暮色に沈み、庭の樹木や花々でさえ薄墨色にあせて、物音も消え果てた深夜の静寂の底に、引き込まれる心地におちてゆくことを、繰り返すようになりました。身体が破滅に向かうことは、夫のもとへの道程の短縮と、私はむしろ安らぎのうちにありました。

と記している。まさに夫を「追慕する日々」である。

ミホが他界したのは、平成十九年三月二十五日。「朝日新聞」夕刊（同年四月十三日）には「幽明境を異にする夫を、これほど深くおもい続けた妻を知らない」（筆者は白石明彦）と記されている。

ミホには『海辺の生と死』（創樹社、一九七四年四月七月二十五日　第一刷発行）という作品がある。この作品は第十五回田村俊子賞を受賞した。今、私の手元にある『海辺の生と死』（一九七五年四月二十五日　第三刷発行）には「志村有弘様　恵存　島尾ミホ」と大きく書かれ、「島尾の本棚にありましたものでございます　一九九〇年二月十八日　鹿児島市宇宿町二五五三　自宅にて」と記されている。敏雄の誕生日は「四月十八日」。月が違うとはいえ、「十八日」の符合に、私は心の中に痛みにも似た、言い知れぬ深い重さを感じ続けている。

（しむらくにひろ・相模女子大学名誉教授）

あとがき

島尾敏雄の会編『島尾敏雄』を鼎書房から刊行したのは、二〇〇〇年十二月のことであった。そのとき、島尾敏雄氏が他界してからすでに十年以上の歳月が流れていた。その書の「はじめに」でミホ夫人が、「私は島尾の執筆中の姿勢を、常に身近に見てきたが、祈りの中の修道士さながらに近寄り難く真摯に思えた。徹夜をすることが多く、然し一晩中机の前で沈思黙考して、一行も書けない夜々が続くことも屢々であった」と記している。この文章は、島尾の執筆上の苦行にも似た姿をよく伝えていると思う。

それからさらに歳月が流れ、ミホ夫人が他界した。そして、生き残っている私が再び「あとがき」を書くことになった。むろん、それは、今回も鼎書房主の命によるものであるのだが、前回の「あとがき」で「島尾敏雄氏が他界してから、いつのまにか十年以上の歳月が流れた。しかし、歳月が流れたとはいえ、島尾ミホさんをはじめとして一族の方々はむろんのこと、島尾敏雄その人、島尾文学を追慕する人は絶えることはない。それどころか、ますます島尾敏雄、島尾敏雄文学に対する思いは熱くなって行くかのようである」と記していた。その後ミホさんが他界されたことを無念に思う。ご健在であれば、「はじめに」を書いていただけたはずだ。

本書は島尾伸三氏と志村有弘が意見を出し合って、諸氏に寄稿をお願いした。玉稿をお寄せ下さった方々に衷心より御礼申し上げたい。そして志村個人の立場としては、前回と同じく、島尾伸三さんが実父母、潮田登久子さんが義父母、しまおまほさんが祖父母の思い出を綴っていることが嬉しい。これらの諸文は身内の人物でなければ書くことのできないもの。そして、今回ご寄稿下さった阿賀佐圭子・安達原達晴・石田忠彦・井谷泰彦・岩谷征捷・岩見幸恵・おおくぼ系・澤田繁晴・高橋広満・槌賀七代・波佐間義之・早野喜久江・比嘉加津夫・宮本瑞夫・八重瀬けい・吉村弥依子の諸氏の文章も、それぞれ〈島尾敏雄・ミホ〉に対する最大の関心事を示したものであることを誇らしく思う。

最後になったが、本書の企画を提案して下さった鼎書房の加曽利達孝氏に篤く御礼申し上げると共に、本書が〈島尾敏雄・ミホ〉という不世出の作家の解明にいささかでも役立つならば幸いである。

二〇一五年初春

志村有弘しるす

島尾敏雄とミホ　沖縄・九州

発　行――二〇一五年二月二五日
編　者――島尾伸三・志村有弘
発行者――加曽利達孝
発行所――鼎　書　房　http://www.kanae-shobo.com
〒132-0031　東京都江戸川区松島二-一七-二
TEL・FAX　〇三-三六五四-一〇六四
印刷所――イイジマ・互恵
製本所――エイワ

ISBN978-4-907282-18-9　C0095